古典文獻研究輯刊

二六編
曾永義 主編

第11冊

西遊文學的形成

周運中 著

國家圖書館出版品預行編目資料

西遊文學的形成／周運中 著 -- 初版 -- 新北市：花木蘭文化
事業有限公司，2022〔民 111〕
目 4+222 面；19×26 公分
（古典文學研究輯刊 二六編；第 11 冊）
ISBN 978-626-344-001-2（精裝）
1.CST：西遊記 2.CST：研究考訂
820.8   111009917

ISBN-978-626-344-001-2

9 786263 440012

古典文學研究輯刊
二六編　第十一冊   ISBN：978-626-344-001-2

西遊文學的形成

作　　者　周運中
主　　編　曾永義
總 編 輯　杜潔祥
副總編輯　楊嘉樂
編輯主任　許郁翎
編　　輯　張雅淋、潘玟靜、劉子瑄　美術編輯　陳逸婷
出　　版　花木蘭文化事業有限公司
發 行 人　高小娟
聯絡地址　235 新北市中和區中安街七二號十三樓
　　　　　電話：02-2923-1455／傳真：02-2923-1452
網　　址　http://www.huamulan.tw 信箱 service@huamulans.com
印　　刷　普羅文化出版廣告事業
初　　版　2022 年 9 月
定　　價　二六編 23 冊（精裝）新台幣 62,000 元

西遊文學的形成

周運中　著

作者簡介

周運中，1984 年生，江蘇省濱海縣人，南京大學學士，復旦大學博士。中國海外交通史研究會理事、百越民族史研究會理事，南京大學海洋文化研究中心特約研究員。著有《鄭和下西洋新考》《中國南洋古代交通史》《中國文明起源新考》《正說臺灣古史》《濱海史考》《九州考源》《秦漢歷史地理考辨》《鄭和下西洋續考》《西域絲綢之路新考》《唐代航海史研究》《道士開闢海上絲綢之路》《魏晉南北朝地理與政局研究》《百越新史》《中國東南的歷史進程》《明代〈絲路山水地圖〉的新發現》《牛津藏明末閩商航海圖研究》《山海經通解》等書，發表論文百餘篇。

提　　要

　　本書指出《西遊記》故事多數源自玄奘《大唐西域記》，在唐宋佛寺的俗講中逐漸變成文學作品。人參果的原型是塞舌爾的海椰子，西遊文學最早在山西產生，南宋流傳到江南。孫悟空源自猴子避馬瘟的習俗，宋元時期在南方融入華南猴神齊天大聖形象。蔡鐵鷹考證玉華國故事原型是吳承恩在湖北荊王府任教經歷，本書指出，鳳仙郡故事源自吳承恩任浙江長興縣丞的經歷，金平府故事源自吳承恩在南京的經歷，證明吳承恩確實是今本《西遊記》的改定者。吳承恩在書中暗批嘉靖帝迷信道術，用孫悟空在海上稱王影射在海上稱王的徽商王直，五指山暗指王直的號五峰，菩提祖師暗指王直的靠山葡萄牙人，金箍棒的原型是葡萄牙人帶到東方的火槍。

目　次

引　言

　　全世界很難再找到第二本書，像《西遊記》這樣，受到人們的普遍歡迎。古今中外，不分男女老少，上到帝王將相，下到普通百姓，都愛看西遊、談西遊，實在是令人稱奇！

　　多數人在看過《西遊記》之後，哈哈一笑，不去思考《西遊記》風靡世間的原因。我以為，《西遊記》之所以有如此大的魅力，正是因為集合神奇魔幻和風趣詼諧於一體。

　　如果《西遊記》只有神奇魔幻，甚至近乎恐怖，婦女兒童就不喜歡看了。反過來，如果《西遊記》只有風趣詼諧，或者流於滑稽，又要失去一半受眾。《西遊記》是如何煉成神幻趣味特殊風格的呢？很少人能說清楚！

　　過去研究《西遊記》的人很多，成果也可以說是蔚為大觀。但是這些研究成果和《西遊記》受歡迎的程度比起來，實在是不相匹配！有學者曾經指出：「在四大奇書中，《西遊記》的研究論著似乎是最少的。」

　　其實這不能怪前人的研究不好，根本原因還是因為《西遊記》很難研究！從唐朝玄奘取經，到吳承恩完成百回本章回小說，西遊故事和西遊文學的發展，經過了接近一千年！

　　這近一千年的時間中，保留下來的主要西遊文藝作品有：南宋杭州中瓦子張家刻印的《大唐三藏取經詩話》、元代楊景賢的《西遊記》雜劇、吳昌齡的《唐三藏西天取經》雜劇、元代朝鮮人學習漢語教材《朴通事諺解》所引的《西遊記》平話、元代王振鵬的《唐僧取經圖冊》等，還有不少零散的資料保留在戲曲的劇目及其他書籍之中，還有一些文物資料。其實這些保留下來的資料不過是西遊文學發展史長河中的一些水滴，材料實在不多。

　　有人說，三國故事發生在唐僧取經之前四百年，所以三國故事的形成比西遊故事早。但是我們現在看到的最早三國文學作品，卻是元代刻印的《全相三國志平話》，比我們看到的最早西遊文學作品，還要晚很多！可見西遊文學的形成不僅不比三國文學晚，甚至很可能比三國文學早。

　　因為三國故事多是政治鬥爭，普通百姓和婦女兒童未必有興趣。而唐僧取經的故事充滿神秘色彩，所以唐代就應該普遍流傳，形成最早的西遊故事了。加上中國的活字印刷和市井娛樂，本來就在宋代有飛躍發展，所以西遊故事自然是在宋代就蓬勃發展。

　　因為西遊文學作品經過長期發展，所以我們要理清這個過程很不容易。如果不把這個過程弄清楚，我們就不知道哪些內容來自玄奘的真實經歷，哪些內容是唐宋元明時期的發展創作，哪些內容來自吳承恩的如花妙筆。

　　這三個問題是我們研究《西遊記》的主要問題，有的人忘記在吳承恩之前，西遊文學有近一千年的發展過程，想當然地以為這本書是某個人一夕之間造就，大談結構分析和理論探討，即使說得天花亂墜，也是無本之木、無源之水。其實這本書中有矛盾之處很正常，因為本來不是出自一人之手，所以我們不必過度糾纏細節。

　　前人研究《西遊記》最大的缺憾，是沒有認真對照唐玄奘本人寫的《大唐西域記》，大概因為這本書不僅記載的多是外國的事，而且很多是佛教故事，玄奘翻譯用的字又很生僻，行文古奧，所以很多人沒有興趣讀下去。我過去也沒有認真看，自從研究《西遊記》，才開始稍為認真地讀《大唐西域記》。

　　不讀不知道，一讀嚇一跳！原來《西遊記》絕大多數故事都是從《大唐西域記》的記載演化而來，連基本順序都沒有變化，而前人竟然沒有發現！有的學者說《西遊記》：「真正能與西域聯繫起來的大概只有火焰山。」現在看來，這種看法完全錯了。或許是因為他們沒有讀《大唐西域記》，或許因為他們沒有認真讀。我這不是批評研究中國文學史的人，因為即使是研究歷史學的人，也很少有人真正認真研讀玄奘的《大唐西域記》。現在有不少人，想探尋《西遊記》中諸多事物的由來，又脫離玄奘的原書，自然不得要領。

　　究其原因，是因為《西遊記》本來就出自古代講經說法的故事，也即所謂變文。因此雖然故事情節有很多變形，但是基本順序都未改變！

　　我的發現，澄清了以前的很多誤會，比如有人說火焰山源自吐魯番的火焰山，老鼠精源自于闐的鼠神廟，說車遲國的名字源自古代新疆的車師國，

說車遲國鬥法源自元代的佛道鬥爭，這些都是錯誤的說法。

　　另外，我首次研究出，人參果的故事其實也是來自唐代阿拉伯人，人參果的原型在今天印度洋上的島國塞舌爾，就是世界上最大的果實海椰子。海椰子的果實很像人頭，所以阿拉伯人訛傳為人形果，唐代這個故事就傳入中國，而且唐代人就記載了兩個版本，有明確的地點和外形描寫。海椰子演化為人參果的時間很早，最遲在宋代就在《大唐三藏取經詩話》中出現。

　　找出《西遊記》的各個故事的由來，是本書的第一大貢獻，本書的第二大貢獻是首次明確最早的西遊文學產生於山西。最近我又看到了金代山西墓葬所刻的西遊記故事畫像，竟然出現了前人一般是元代才出現的豬八戒，更加證明了我的觀點。

　　現存最早的西遊文學作品是《大唐三藏取經詩話》，前人對這本書由來的分歧很大。我認為，這本書是從晚唐到宋金時期在今山西省南部形成。晚唐五代在河中府一帶出現了西遊故事，宋金時期在絳州一帶逐漸形成文本，因為平陽府繁榮的印刷業得以流傳到遠方。所以山西在聯結唐代西域和明代淮安的西遊學時空歷程中，起了最重要的作用。過去我們忽視了山西的重要作用，其實豬八戒故事也有源自山西的因素。人參果的原型雖然來自塞舌爾，但也是在山西和當地的特產人參融合。

　　本書的第三大貢獻是，首次發現南宋到元代曾經有《西遊記》話本小說，是吳承恩改寫《西遊記》的祖本。因為今本《西遊記》說唐僧離開大唐國界鞏州、河州，其實這是北宋的國界。書中稱回鶻為烏戈，稱哈密為哈俲，都是很早的翻譯用字。今本的斯哈哩國日落處，又參考了趙汝适《諸蕃志》的茶弼沙國、斯加里野國條對日落處、意大利西西里火山的描寫，說明存在一個宋元古本，很可能是在南宋杭州的瓦子由說書藝人創作。

　　有的人光看到了西遊故事和西遊文學的千年發展過程，完全忽視了吳承恩的創造性成就，甚至貶低吳承恩的功勞。本書的第四大貢獻，就是找到了吳承恩改寫《西遊記》的鐵證，弘揚了吳承恩的功勞。

　　現在我們看到的長篇小說《西遊記》中，有六百多條淮安方言詞彙，還有很多淮安諺語和淮安風貌描寫。明代的天啟《淮安府志》明確說吳承恩是《西遊記》的作者，明代的淮安也找不到第二個人能寫《西遊記》，吳承恩肯定是《西遊記》的作者。但是現在吳承恩留下的文字，從來不提他創作《西遊記》，這就需要我們去研究。

　　吳承恩的同鄉、淮陰師範學院的蔡鐵鷹教授發現《西遊記》玉華國的原型是吳承恩曾經任職的荊王府，我受到他的啟發，發現《西遊記》末尾的鳳仙郡、玉華國、金平府非常獨特，是吳承恩添加的內容，而且鳳仙郡故事的原型就是吳承恩在浙江長興縣任職的經歷，金平府的原型就是吳承恩來往多次的金陵南京！這就證明了吳承恩就是現在流傳的長篇小說《西遊記》的作者。

　　吳承恩全面改寫了《西遊記》，昇華了此前的《西遊記》，他的偉大功勞不能抹殺。研究《西遊記》必須要研究吳承恩，必須要熟悉淮安。淮安的劉懷玉等先生，對書中的淮安文化研究非常深入。

　　蘇興教授寫的《吳承恩譜傳》是必讀之書，朱一玄、劉毓忱所編的《西遊記資料彙編》為研究者提供了很大便利。雖然世界各地的學者都為西遊研究貢獻很多，但是現在的綜合性研究，仍然首推淮陰師範學院的蔡鐵鷹教授，他編有《西遊記資料彙編》、校有《吳承恩集》、著有《吳承恩年譜》、《西遊記的誕生》等重要著作。

　　如果我們找到了西遊故事的真正根源，查明西遊文學起源的時代地點，弄清楚吳承恩的真正功勞，《西遊記》的歷史就成為一條有頭有尾有身段的神龍，這就是本書各部分的由來。

　　神龍見首不見尾，西遊故事和西遊文學從唐代到明代，經過了近一千年的修煉，到吳承恩時代終於得道成仙，但是一直隱藏在雲霧之中。到我這本小書，才露出真正的原形。

　　所謂不識廬山真面目，只緣身在此山中！現在很多研究《西遊記》的書，雖然在很多細枝末節提出新的看法，但是不識大體，不能搭建一個研究的大框架。正像孫悟空不能翻出如來佛的掌心，也不能翻出歷代《西遊記》的掌心。

　　本書明確了《西遊記》的來源，建立了《西遊記》發展史的新體系，因此定名為《西遊記奇源》。人生如白駒過隙，很多事情要看緣分。我的家鄉江蘇省濱海縣在雍正九年（1731年）之前就屬淮安府山陽縣，我和吳承恩也是同鄉，這也是我研究《西遊記》的緣分。從玄奘取經，到吳承恩改定《西遊記》，再到我的小書，很多事都是因為緣分。

第一章　西遊故事原型考證

一、玄奘西行概況

　　玄奘，俗姓陳，陳留緱氏縣（今河南偃師緱氏鎮）人。祖父陳康，是北齊的國子博士。玄奘生於隋朝仁壽二年（602年），少年在洛陽淨土寺出家。隋末唐初，玄奘到長安，又因戰亂，到成都求學，泛舟到荊州，北上相州、趙州。雖然多方遊學，仍然感到很多問題不能解決，於是想去印度取經。

　　唐太宗貞觀三年（629年），玄奘從瓜州偷渡出關，先到伊吾（今哈密），原本準備直接向西北，到天山以北，取道西突厥。但是被高昌國王麴文泰搶先接走，麴文泰篤信佛教，他命令伊吾王送來玄奘，派上好馬匹，命貴臣迎接。玄奘半夜到高昌城（今吐魯番高昌古城），麴文泰開門迎接，親自出宮，僕人前後高舉燭火。麴文泰看見玄奘，激動地流淚不已，派臣官侍奉。還命八十多歲的本國統王法師，與玄奘同住，勸玄奘住在高昌，不去印度。

　　玄奘走意已決，麴文泰在母親面前與玄奘結為兄弟，開大帳，聽玄奘講法，王公大臣都來聽講。玄奘升到法座前，麴文泰低跪為隥，供玄奘踩在他的身上，而且每天如此。

　　玄奘離開高昌前，麴文泰派四個沙彌跟隨玄奘，為玄奘製做法服三十具，因為西土寒冷，又造面衣（圍脖）、手衣（手套）、靴、襪等各數件。給黃金一百兩銀錢三萬、綾及絹等五百匹，充玄奘往還二十年所用之資。給馬三十四、手力二十五人，遣殿中侍御史歡信，送至突厥的葉護可汗衙。又作二十四封書信，通屈支（龜茲）等二十四國，每一封書信，附有大綾一匹為信物。又以綾絹五百匹、果味兩車，獻給葉護可汗，並有書信稱玄奘是他的結拜兄弟，

欲求法於婆羅門國，願可汗憐愛玄奘如憐愛高昌王。

玄奘出發的那天，高昌王麴文泰與諸僧、大臣、百姓等傾都出送，出城而西。麴文泰抱玄奘慟哭，道俗皆悲。傷離之聲，振動郊邑。麴文泰敕令王妃及百姓先還，自己與高僧大德已下等人，各乘馬送數十里而歸。

玄奘西行到焉耆（今焉耆）、龜茲（今庫車），翻越凌山（天山），經過大清池（今伊塞克湖），到素葉水城（碎葉城，在今托克馬克），進入粟特人之地。經過突厥可汗避暑的千泉，到胡商雲集的怛邏斯城，經中國人聚集的小孤城，到石國（今塔什干）。過大沙磧，到粟特人的中心颯秣建國（今撒馬爾罕，即康國），這一帶的昭武九姓之國臣屬突厥。經過突厥人的國界鐵門，到吐火羅之地（今阿富汗）。又過大雪山（興都庫什山），進入印度。

高昌城北的宮城遺址

玄奘路過的庫爾勒鐵門關河谷

塔什庫爾干縣的石頭城和雪山

和田北部沙漠中的熱瓦克佛寺

玄奘遍遊五天竺之地，從阿富汗北部的阿姆河向東，到阿姆河源頭的瓦罕走廊。登上帕米爾高原，到揭盤陀國（今塔什庫爾干縣）。東下高原，到佉沙國（疏勒，今喀什），經瞿薩旦那國（于闐，今和田）、尼壤城（今民豐縣尼雅），過大流沙（羅布泊沙漠），到折摩馱那國（且末）、納縛波國（樓蘭）荒廢的都城，回到沙州（敦煌）。

玄奘在貞觀十九年（645年）正月到長安，受到舉國歡迎，帶回的657部經書和很多佛教寶物安放在弘福寺。二月，謁見唐太宗李世民，李世民資助他在弘福寺翻譯經書，玄奘的餘生主要是帶領弟子譯經。次年，玄奘寫成《大唐西域記》進獻，記載他在國外的見聞。

貞觀二十二年（648年），為玄奘造大慈恩寺。二十三年（649年），李世民去世。唐高宗李治永徽三年（652年），慈恩寺造塔安放玄奘從印度帶回的經像，即今大雁塔。麟德元年（664年），玄奘去世。弟子慧立、彥悰寫《大慈恩寺三藏法師傳》，記載玄奘的生平。

玄奘葬在長安城東的白鹿原，總章二年（669年）遷葬長安城南的樊川北原，在墓地建興教寺。

唐末戰亂，玄奘頂骨移到終南山紫閣寺。北宋端拱元年（公元988年），金陵天禧寺住持可政見紫閣寺荒廢，迎頂骨到南京天禧寺，建塔安放。明成祖朱棣改建為大報恩寺，清咸豐六年（1856年）毀於太平天國的戰亂之中。1943年，日本人要在南京城南建神社，發掘出玄奘頂骨的石函，內有銅盒，鐫刻唐三藏三字。移交雞鳴寺山下的文保會，主任褚民誼將玄奘遺骨分為五

份，分別送交洛陽白馬寺、廣州黃花崗七十二烈士墓、東京、北京、南京小九華山。〔註1〕經過數次戰亂，玄奘頂骨現在分別保存在南京小九華山玄奘寺、南京靈谷寺、成都文殊院、西安大慈恩寺、臺灣南投玄奘寺、新竹玄奘大學、日本埼玉縣慈恩寺、奈良藥師寺、印度那爛陀寺。

　　玄奘西行取經的事蹟演化為《西遊記》，我們對比《西遊記》和《大唐西域記》就會發現，《西遊記》絕大多數故事來自《大唐西域記》和《大慈恩寺三藏法師傳》。

西安大慈恩寺大雁塔與玄奘像、南京玄奘寺三藏塔與玄奘像

二、鞏州、河州是北宋國界

　　吳承恩《西遊記》第十三回說唐僧從長安出發：

> 　　師徒們行了數日，到了鞏州城。早有鞏州合屬官吏人等，迎接入城中。安歇一夜，次早出城前去。一路饑餐渴飲，夜住曉行，兩三日，又至河州衛。此乃是大唐的山河邊界。

　　這一段話中有河州衛，這是明代的地名，因為明朝在各地設立衛所，但是鞏州、河州這兩個地名告訴我們，這一段話的由來不僅不是明代，連元代、金代都不是，而是北宋，因為鞏州、河州是北宋國界。

　　唐朝末年，天下分崩離析，隴山以西被吐蕃佔領。直到北宋神宗王韶開

〔註1〕張恒：《在南京發現的唐玄奘遺骨》，《江蘇文史資料選輯》第十輯，第227～228頁。

熙河路時，才逐步恢復隴山以西的故地。熙寧五年（1072 年），王韶在古渭寨（今隴西縣）建通遠軍，宋徽宗崇寧三年（1004 年）改為鞏州。

熙寧五年，王韶在隴西拓地兩千里，招降蕃族三十萬口，建熙州（今臨洮）和熙河路。次年，攻佔河州（治今臨夏）、洮州（治今臨潭）、岷州（治今岷縣）、疊州（治今迭部）、宕州（治今宕昌），五十四天，拓地千里。元豐四年（1081 年），宋取蘭州，熙河路改名為熙河蘭會路。宋哲宗元符二年（1099 年），宋在邈川城（今樂都）立湟州，在青唐城（今西寧）立鄯州。次年，宋軍退出河湟地區。宋徽宗崇寧三年（1104 年），宋再占河湟，得湟州、鄯州、廓州（治今化隆群科古城），又改鄯州為西寧州。大觀二年（1108 年），溪哥城降宋，宋建積石軍（治今貴德）。

宋與西域之間的實際商路是從河州渡河，北上青海，再到西域。因為蘭州、會州是防衛西夏的邊城，而河湟的部落則願意為宋朝提供通往西域的道路。黃河以外都是吐蕃部落之地，漢人不多。這就是《西遊記》鞏州、河州為國界的由來，說明這一段在南宋已經有底本。

金朝改鞏州為鞏昌府，元代的鞏昌路、河州路都不是國界，明代的河州也不是國界，洪武四年（1371 年）設河州衛，六年（1373 年）設河州府，十二年（1379 年）廢河州府，屬臨洮府，仍有河州衛。明代人把《西遊記》這一段話中的河州改為河州衛，但是鞏州、河州兩個地名。

北宋政和元年（1111 年）鞏州、河州一帶地圖

三、白龍馬的家鄉在天馬徑

　　白龍馬源自胡人老翁送給唐僧的赤馬，所以元代楊景賢《西遊記雜劇》第二本第七齣《木叉售馬》說，南海龍王的三太子火龍，因為行雨差遲，要被玉帝斬首，觀音救下火龍，送給唐僧，成為白馬。又說：「火龍護法西天去，白馬駝經東土來。」白馬駝經是東漢典故，相傳佛教最早傳入中國，是白馬駝經到都城洛陽，這就是洛陽白馬寺的由來。

　　元代王振鵬的《唐僧取經圖冊》，上冊第 2 幅的《張守信謀唐僧財》，源自石槃陀要謀財害命的事。第 4 幅是《遇觀音得火龍馬》，第 5 幅是《流沙河降沙和尚》。顯然，火龍馬就是白龍馬，火龍馬的名字從紅色演化而來。

　　今本《西遊記》的白龍馬是西海龍王的兒子，為了符合西行的地域。雖然改為白龍馬，但是仍然保留火的情節，說白龍馬因為縱火燒了殿上的明珠，所以被罰跟隨唐僧取經。

蘭州博物館藏唐代胡人牽馬陶俑

　　因為胡人老翁是石槃陀介紹給唐僧，所以今本《西遊記》傳說白龍馬住在蛇盤山鷹愁澗，蛇盤可能是從石槃陀的名字訛傳而成，讀音接近。鷹愁澗來自焉耆，讀音接近。

　　焉者人也姓龍，敦煌所出唐代《沙州地志》說：「龍部落，本焉者。今甘、肅、伊州各有首領，其人輕銳，健戰鬥。」龍部落是遷到河西走廊的焉者人，焉者王又名龍王。

　　至於龍和馬的關係，源自玄奘《大唐西域記》屈支國：

> 　　國東境城北天祠前，有大龍池。諸龍易形，交合牝馬，遂生龍駒，懍戾難馭。龍駒之子，方乃馴駕，所以此國多出善馬。聞之先志曰：近代有王，號曰金花，政教明察，感龍馭乘。王欲終沒，鞭觸其耳，因即潛隱，以至於今。城中無井，取汲池水。龍變為人，與諸婦會，生子驍勇，走及奔馬。如是漸染，人皆龍種，恃力作威，不恭王命。

　　玄奘離開高昌國，向西經阿耆尼國（焉者），到屈支國，就是龜茲國，源自 Kutsi，元代譯為苦叉，現在稱為庫車縣。玄奘說這裡有大龍池，生出龍馬，人也是龍種。

　　焉者、龜茲在高昌之西，但是在《西遊記》中出現在大唐國界之西，這是因為師徒五人最早出現的角色是白龍馬，其次才有孫悟空、沙和尚、豬八戒等人陸續出現，所以被小說安排在前面了。

　　不過還有一種可能，那就是源自永登縣的天馬徑，《水經注》卷二《河水》說廣武（在今永登）：

> 　　城之西南二十許里，水西有馬蹄谷。漢武帝聞大宛有天馬，遣李廣利伐之，始得此馬，有角為奇。故漢武帝《天馬之歌》曰：「天馬來兮歷無草，逕千里兮巡東道。」胡馬感北風之思，遂頓羈絕絆，驤首而馳。晨發京城，食時至敦煌北塞外，長鳴而去，因名其處曰候馬亭。今晉昌郡南及廣武馬蹄谷，磐石上馬跡若踐泥中，有自然之形，故其俗號曰天馬徑。夷人在邊效刻，是有大小之跡，體狀不同，視之便別。

　　永登縣西部進入青藏高原，本來出產良馬，所以天馬徑很可能源自本地出產的良馬。如果白龍馬的老家是源自永登縣，則今本《西遊記》的白龍馬出現的地點就不是提前，而是正好了。而且晚唐在河西走廊的龍家（焉者）人一度佔據甘州，又退往肅州。

　　今天永登縣城西部有馬場、馬荒灘村，是養馬之處，位置符合。馬場村東南的大利村，有白馬娘娘廟，每年六月六有廟會。

張掖大佛寺的《西遊記》壁畫

四、孫悟空源自猴子避馬瘟

我們看到宋元時期的很多壁畫,畫唐僧取經,都是只有孫悟空和其他隨從,沒有沙和尚。唐僧出了大唐國界,在五行山遇到孫悟空,又名兩界山。蘭州是北宋的國界,古名金城郡,金城郡的名字源自在中原的正西方,西方對應五行的金。蘭州之北到河西走廊,必經永登縣,在莊浪河流域,古名烏亭水。蘭州源自五行,烏亭的讀音接近五行,所以五行山很可能在今永登縣。恰好是北宋和西夏的國界,故名兩界山。孫悟空在五行山,饑餐鐵丸,渴飲銅汁,恰好都是金屬,對應五行的金。蘭州城南有五泉山,也接近五行山。

甘肅瓜州縣榆林石窟,第 2 窟水月觀音圖的右下角畫有唐僧和孫悟空,第 3 窟普賢畫像的左側也有唐僧和孫悟空,孫悟空都在牽馬,時間是西夏。〔註 2〕第 29 窟也有西夏時代的唐僧和孫悟空壁畫,孫悟空個子比較矮。

東千佛洞第 2 窟南甬道的西夏壁畫,出現孫悟空牽馬的形象,已經穿上了人的衣服。第 2 窟北壁也有西夏時代的唐僧和孫悟空壁畫,孫悟空的服飾類似南甬道的壁畫,手中還有一根棍棒,有人認為是金箍棒,但是我認為文獻中的金箍棒出版很晚,所以很可能是普通棍棒。

〔註 2〕王靜如:《敦煌莫高窟和安西榆林窟中的西夏壁畫》,《文物》1980 年第 9 期。

甘肅瓜州縣榆林窟第 3 窟唐僧和孫悟空〔註3〕

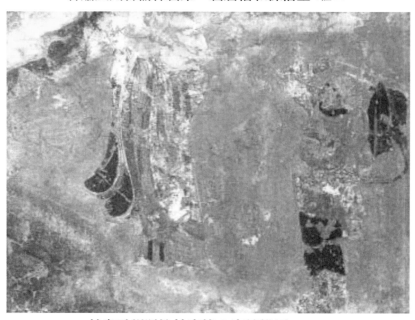

甘肅瓜州縣榆林窟第 2 窟線描圖〔註4〕

〔註3〕孫修身主編:《敦煌石窟全集》第 12 冊第 175 頁。

〔註4〕孫修身主編:《敦煌石窟全集》第 12 冊,香港商務印書館,1999 年,第 172
頁。

瓜州縣東千佛洞第 2 窟南甬道壁畫的孫悟空牽馬〔註5〕

瓜州縣東千佛洞第 2 窟北壁的唐僧和孫悟空牽馬圖〔註6〕

〔註 5〕劉玉權主編：《敦煌石窟全集》第 19 冊，上海人民出版社，2000 年，第 180 頁。
〔註 6〕孫修身主編：《敦煌石窟全集》第 12 冊第 173 頁。

山西稷山青龍寺唐僧取經圖

　　山西省稷山縣青龍寺，創建於唐代，現在建築多是元明遺物。2003年，大殿拱眼的壁畫中發現了唐僧取經圖，唐僧在前，後有一名隨從，再後才是孫悟空牽馬，時間約是元末明初。〔註7〕根據我的考證，中國最早的西遊文學就出現在山西的南部，稷山縣青龍寺的壁畫印證了我的考證。

　　元代王振鵬《唐僧取經圖冊》，上下兩冊共32幅圖，畫有唐僧和一名隨從出發，上冊第5幅是《流沙河降沙和尚》，第7幅是《毗沙門天王與索行者》，第8幅是《八風山收豬八戒》。行者就是孫悟空，孫悟空排在沙和尚之後，反映了一種早期說法。王振鵬是從南宋入元的人，所以他的圖冊其實反映了南宋《西遊記》的傳統。

　　孫悟空、沙和尚、豬八戒雖然出現了，但是在王振鵬這套圖畫中，後續圖畫出現的還是唐僧、孫悟空和一個隨從，看不到沙和尚和豬八戒。孫悟空甚至很少與唐僧、隨從共同出現在一幅圖中，僅有上冊第8幅《佛賜法水救唐僧》、第15幅《玉肌夫人》，三人共同出現。

〔註7〕王澤慶：《青龍寺壁畫中的唐僧取經圖》，《美術》2004年第9期。於碩：《山西青龍寺取經壁畫與榆林窟取經圖像關係的初步分析》，《藝術設計研究》2010年第3期。

王振鵬《唐僧取經圖冊》上冊第 15 幅《玉肌夫人》局部

　　在《玉肌夫人》一圖上，孫悟空在左，中間是隨從，再左是唐僧，最右側是玉肌夫人。牽馬的是隨從，早期唐僧取經圖中，僅有王振鵬的圖不是孫悟空牽馬，說明這是孤例。事實上，王振鵬的《唐僧取經圖冊》雖然對我們研究西遊文學發展極有價值，甚至還有吳承恩《西遊記》不提的故事，但是這也說明這是西遊文學發展史上的旁支。不過王振鵬的圖上，孫悟空仍然背著行李，這一點和瓜州縣的壁畫一致。

　　關於孫悟空的由來，說法很多。早期流行的說法是源自淮河水神無支祁、源自印度神猴哈奴曼。後來又有人提出源自石槃陀牽馬，源自羌族猴神，源自中國南方猴神，源自佛教猴神等。

　　其實這些說法都不能成立，因為早期的研究，沒有理清西遊文學的地域發展歷程。本書首次理清，西遊文學最早在西北產生，山西的地位最為重要，而後才向南發展。所以孫悟空不可能來自淮河或華南，本書在下文首次指出無支祁類似猿猴，其實是黿，猿是黿的訛傳。

　　至於印度的猴和孫悟空沒有故事情節上的必要聯繫，也不是孫悟空的由來。哈奴曼說源自胡適的假想，在早期的西遊文學中看不到任何哈奴曼的痕跡。哈奴曼因為有名，所以才被人和孫悟空牽連。但是正是因為哈奴曼的故事太有名，故事已經非常繁複，所以憑這一點就不可能是孫悟空的原型。哈

奴曼有自己的複雜故事，可是哈奴曼的複雜故事基本不出現在孫悟空身上。

哈奴曼出自《羅摩衍那》，但是季羨林翻譯《羅摩衍那》時就指出，這本印度教的經典歷史上在中國的流傳及其有限。古代印度教在中國的影響極小，中國人自然不可能瞭解《羅摩衍那》和哈奴曼。

日本學者太田辰夫指出，《大唐三藏取經詩話》中的猴行者是白衣秀才，佛典中的猴神將也會穿白衣。中野美代子認為孫悟空源自密宗的獼猴從者，磯部彰認為源自大獼猴護法神。〔註8〕我認為這些看法不能成立，因為佛教的猴神是神的護衛，不是唐僧的護衛，神可以在很多地方庇護唐僧，但是不可能降格為唐僧的隨從，每天跟隨唐僧。孫悟空的形象會受到佛教猴神將的影響，但這不是孫悟空成為唐僧弟子的根源。

張乘健提出《大唐三藏取經詩話》的宗教思想主要是密宗，但是已有學者指出此書也有淨土宗的思想，還有不少佛教常識錯誤，所以作者不是佛教中人，而是說話藝人。

蔡鐵鷹提出密宗通過西藏向西北傳播，因而影響到了在西北成書的《大唐三藏取經詩話》。但是我已經考證《大唐三藏取經詩話》是在山西的南部成書，不是西北，這裡不是密宗流傳的核心地。

所謂羌族崇拜猴的說法，不能證明孫悟空來自羌族的猴神，因為羌族的文化未對中原的華夏文化產生很大的影響。而《大唐三藏取經詩話》是在中原產生，此說不能彌合中間的遙遠路程和文化上的巨大差異。如果孫悟空來自羌族的文化，則早期的西遊故事中不可能僅有這一個孤證，一定還有來自羌族文化的其他因素，但是我們找不到。

至於西王母以猴為形的說法出自今人蕭兵，其實不能成立，因為《山海經》的《西次三經》、《大荒西經》都說西王母是虎齒、豹尾，根本不提任何其他動物，蕭兵竟據以說西王母是猴形，自然毫無根據。

即使青藏高原上的藏族等很多民族有猴神的傳說，也不能說明為何這種傳說會進入唐僧取經的故事，畢竟唐僧取經時，經過的河西走廊都是漢地，高昌等地是胡漢文化融合之地，不是羌族、藏族之地。玄奘《大唐西域

〔註8〕〔日〕太田辰夫：《〈西遊記〉研究·大唐三藏取經詩話》，研文社，1984年。
〔日〕中野美代子著、王秀文等譯：《西遊記的秘密》，中華書局，2002年。
〔日〕磯部彰：《日本孫行者的形成》，《東洋學集刊》38號，1977年，收入趙景深主編：《中國古典小說戲曲論集》，上海古籍出版社，1985年。

記》不提在這一路上受到青藏高原文化的影響，所以孫悟空不可能源自羌族、藏族。

其實孫悟空的來源很簡單，而且明代人早已說過，只不過現代的研究者未曾留意。

明代人李時珍《本草綱目》卷五十一「獼猴」條說：

> 養馬者廄中繫之，能辟馬病。胡俗稱馬留云……《馬經》言，馬廄畜母猴辟馬瘟疫，逐月有天癸流草上，馬食之永無疾病矣。《西遊記》之所本。

明代人謝肇淛《五雜組》卷九：

> 京師人有置狙於馬廄者，狙乘間輒跳上馬背，揪鬃搤項，躪之不已，馬無如之何。一日，復然，馬乃奮迅斷彎，載狙而行，狙意猶洋洋自得也。行過屋桁下，馬忽奮身躍起，狙觸於桁，首碎而仆。觀者甚異之……置狙於馬廄，令馬不疫。《西遊記》謂天帝封孫行者為弼馬溫，蓋戲詞也！

《明史》卷八二《食貨志六》說弘治十五年（1502年）為了省錢：

> 放去乾明門虎、南海子貓、西華門鷹犬、御馬監山猴、西安門大鴿，減省有差，存者減其食料。

明代人已經說得很清楚，錢鍾書《談藝錄》引了一些相關史料，可惜僅追溯到北魏賈思勰《齊民要術》。

北宋許洞《虎鈐經》卷十「馬忌」條說：「養獼猴於坊內，辟患並去疥鮮。」

唐末五代時韓諤《四時纂要》說：「常繫獼猴於馬坊內，辟惡消百病，令馬不患疥。」

北魏賈思勰的《齊民要術》：「《術》曰：常繫獼猴於馬坊，令馬不畏，辟惡，消百病也。」

邢義田又有長文詳細考證這種看法來自上古，相關史料和文物浩如煙海。〔註9〕東晉干寶《搜神記》卷三《郭璞》就說，西晉永嘉年間，將軍趙固的愛馬忽然死去，郭璞利用猿猴使死馬復活。

1973年，甘肅金塔縣漢代居延肩水金關遺址，出土了一件木版畫，畫有養馬人和一匹馬，馬的上方，樹上就掛有猴子。這裡是漢代的邊塞，大量養馬，這幅畫正是指猴子。

〔註9〕邢義田：《立體的歷史：從圖像看古代中國與域外文化》，三聯書店，2014年。

東阿畫像石〔註10〕、成都曾家包包畫像石〔註11〕

四川新津三號石棺畫像〔註12〕、西安繆家寨漢代廁所遺址猴子騎馬陶俑〔註13〕

　　山東省東阿縣鄧廟漢畫像石墓出土的畫像石，報告描述：「前室北面橫額畫像畫面左側為一連理枝樹，樹上有六隻鳥及兩個巢，樹左側立一馬，馬上站立一童子，樹右側側立一人一猴。」樹的右側，有一個猴子，正在爬樹，突吻大眼，尾巴翹起，和其他兩人造型明顯不同。

　　四川新津縣出土的三號石棺，也有類似的拴馬樁，上面也有一隻猴子。

〔註10〕陳昆麟、孫淮生、楊燕、李付興、吳明新：《山東東阿縣鄧廟漢畫像石墓》，《考古》2007年第3期。

〔註11〕高文編：《中國畫像石全集》第七卷《四川漢畫像石》，圖43，河南美術出版社，2000年。

〔註12〕高文編：《中國畫像石全集》第七卷《四川漢畫像石》，圖146。

〔註13〕陝西省考古研究所：《西安南郊繆家寨漢代廁所遺址發掘簡報》，《考古與文物》2007年第2期。

四川成都曾家包包出土的東漢墓畫石像，拴馬柱上掛著一隻猴子。

河南新密市打虎亭一號漢墓，南耳室西壁有石刻畫像，有五匹馬和拴馬椿，有的拴馬椿上有猴子塑像。陝西旬邑百子村的東漢墓壁畫上，有根拴馬柱，立柱頂上有一塊形狀不易辨識的小獸，很可能也是猴子。

西安碑林有很多唐代拴馬椿，很多都有猴子塑像，說明猴子養馬的看法在唐代的西北早已深入人心。類似的拴馬椿，南京博物館也有很多。西安南郊杜陵邑北側繆家寨漢代廁所遺址，出土一件釉陶猴子騎馬俑。

北京故宮博物院藏有一幅唐代《百馬圖》，畫面左側，餵馬的草料旁邊，有個柱子，拴著一隻猴子。

陝西歷史博物館有一件唐三彩駱駝，駱駝背上有一隻猴子，出土於陝西禮泉縣唐代麟德元年（664 年）鄭仁泰墓。

內蒙古庫倫旗前勿力布格遼代六號墓出土規模很大的壁畫，一頭駱駝上有一隻猴子。

日本鎌倉時代《一遍聖繪》畫上，馬廄旁的柱子，拴著一隻猴子。日本滋賀縣石山寺《緣起繪卷》第十七紙，可以看到馬廄前拴著一隻猴子。

唐代《百馬圖》局部、內蒙古庫倫旗遼代壁畫局部〔註14〕

鄂爾多斯草原地帶，曾多次徵集到一種小型騎馬銅垂飾。王克林、田廣金、郭素新等學者都將騎在馬上的人物看成是人，認為是西周至戰國晚期之間草原騎士的形象，稱之為騎馬銅人飾。不過，吉林大學林澐教授，引用美國著名學者艾瑪邦克之說，認為在中國西北和內蒙古各地採集的這類垂飾或小護身符，不是騎馬的騎士，而是猴子騎在馬上，表示馬上封侯。邢義田認為，其實源自猴子避馬瘟的說法。

〔註14〕徐光冀主編：《中國出土壁畫全集》第三冊，科學出版社，2011 年。

　　我發現元代陶宗儀《南村輟耕錄》卷二五《院本名目》，記載秀才家門有《看馬胡孫》，就是指猴子看管馬匹，孫悟空在宋代《取經詩話》中的形象就是秀才。同一條的和尚家門還有《唐三藏》，說明金代就有這兩種戲。

　　因為古人認為猴子能讓馬不生病，所以拴馬、養馬的地方都會出現猴子的形象，所以唐僧騎馬去西天取經，古人也照例畫出猴子。時間長了，就演變為猴行者、孫悟空。從瓜州縣榆林窟的西夏壁畫和弼馬溫的名號來看，孫悟空進入《西遊記》不僅很早，而且一直有明確的解釋。

　　或許還受到佛教猴神將故事的影響，但不是主要原因。泉州開元寺有南宋時期兩座石塔，西塔第四層浮雕有猴神將，有人說是孫悟空，缺乏證據。另有一個人像，右下角有一個小人，有人說是唐三藏和孫悟空，但是明顯不是僧人服裝，所以肯定不是唐三藏。西遊文學從西北傳入南方，中國東南不可能是西遊故事是產生地域。但是因為西遊文學在南宋發展，所以孫悟空的名號也融入了一些東南文化的因素。

泉州開元寺西塔（黑圈處為猴神將）、猴神將

五、豬八戒源自武威金剛亥母

孫悟空在唐宋之際就已經進入西遊故事，豬八戒要晚到宋元之際。現存最早的南宋西遊文學作品《大唐三藏取經詩話》，全文沒有豬八戒。現在最早出現的豬八戒石刻出自金代大定年間的山西墓葬，山西澤州縣的元代大雲院摩崖石刻也有豬八戒，證明豬八戒確實是最早出自山西的人物形象，詳見本書第三章。有人不知豬八戒在金元時代已經出現，認為豬八戒是影射明代的朱元璋，缺乏證據，不能成立。

因為豬八戒出現較晚，所以元代王振鵬《唐僧取經圖冊》第 4 幅是得到火龍馬（白龍馬），第 5 幅是降服沙和尚，第 8 幅《八風山收豬八戒》才是降服豬八戒。八風山的名字很奇怪，很可能是黑風山抄寫出錯。元代楊景賢《西遊記雜劇》說豬八戒是黑風大王，住在黑風洞，所以應該是黑風山。

今本《西遊記》在豬八戒之前的黑風山，出現的是黑熊精，這是從豬八戒的黑風山分化衍生出來的故事。圖中右上角畫出一個紅髮黑身的魔鬼，很可能就是豬八戒，外形一點也不像豬。王振鵬《唐僧取經圖冊》的很多畫法與西遊故事並不貼切，說明他很不熟悉西遊故事。王振鵬是浙江溫州人，西遊故事從西北傳入南方，所以中國東南人原來不熟悉西遊故事。

王振鵬《唐僧取經圖冊》上冊第 8 幅《八風山收豬八戒》局部

元代楊景賢的《西遊記雜劇》中，孫悟空、沙和尚之後緊接白骨精，然後才是豬八戒出場。

　　杭州飛來峰有很多宋元時代的佛教造像，龍泓洞東入口的西側有唐僧師徒四人雕像，在山崖的底部。其上有一方元代至大三年（1310 年）石刻，從整體風格來看，應是元代雕像。

　　西起第一人是玄奘，位於隊伍之前，頭後有圓光，左上角還有題刻：唐三藏玄奘法師。其後是孫悟空，站在高處，引馬前行，身上帶刀，是武士裝扮，可惜頭部受損。其後是一匹馬，馬的上方有題刻：朱八戒。馬旁有一人，袒胸露乳，很可能是豬八戒。其後又有一匹馬，旁有一人，上方有題刻：從人。這個從人，很可能是沙和尚。也有人認為朱八戒三個字可能是後人改刻，這個袒胸露乳的人未必是豬八戒。〔註 15〕

唐僧師徒四人雕像

孫悟空和豬八戒

〔註 15〕於碩：《杭州飛來峰高僧取經組雕內容與時間再分析》，《南京藝術學院學報（藝術與設計版）》2013 年第 1 期。

　　廣東省博物館藏有一件元代磁州窯的瓷枕，上有唐僧取經圖，畫出四個人。前三個人，依次是孫悟空、豬八戒、唐僧。最後一個人可能是沙和尚，也有可能是普通隨從，不是挑著擔子，而是撐著傘。

　　1969年，河北省磁縣上潘汪，出土的一件元代瓷枕，現藏於河北省文物研究所。這件瓷枕上也有唐僧取經圖，但是只畫出三個人。左側是唐僧、孫悟空，右側一人無法辨認，雖然僅有三個人，但是最右側一個人很有趣，是挑著擔子，而不是撐著傘。這兩件瓷枕，代表元代河北流傳的西遊故事的不同版本。兩個版本組合起來，才是後來我們看到的西遊故事，也就是沙和尚挑著行李。

廣東省博物館藏元代磁州窯瓷枕的唐僧取經圖

河北省磁縣出土元代瓷枕唐僧取經圖

關於豬八戒的由來，前人爭論很多。不過很多問題是在研究豬八戒故事的細節，我認為豬八戒是否出現和他的故事細節是兩個問題。

在唐僧師徒四人之中，豬八戒出現最晚，孫悟空我因為猴子養馬的說法出現，沙和尚因為流沙河的鬼怪出現，不僅出現得早，而且都有典故。

但是豬八戒的角色出現在師徒四人之中，其實找不到什麼根據！玄奘《大唐西域記》、慧立《大慈恩寺三藏法師傳》都沒有記載唐僧取經的早期經歷和豬有什麼關係，為何憑空出現一隻豬呢？

有人提出豬八戒源自波斯戰神韋勒斯拉納，有十個化身，其中之一是野豬，波斯和粟特人的藝術中經常出現野豬。印度教的主神毗濕奴化身野豬，從洪水中救出大地女神。〔註16〕吐魯番阿斯塔納唐代墓中出土的錦上有野豬紋，這種紋樣來自中亞。如果此說成立，則豬八戒出自波斯或粟特人、印度人，但是豬八戒晚到金代才出現，唐代很多胡人來到中原，北宋中原已經很少有粟特文化。而且豬八戒是水神，不是戰神，所以這個說法值得懷疑。

豬八戒到了元代才出現，元代朝鮮人的漢語教材《朴通事諺解》引《西遊記平話》有黑豬精朱八戒，楊景賢的《西遊記》雜劇說豬八戒是：

> 摩利支天部下御車將軍，生於亥地，長於乾宮。搭琅地盜了金鈴，支楞地開了金鎖。潛藏在黑風洞裏，隱顯在白霧坡前。

陳寅恪認為豬八戒的故事來自印度，義淨譯《一切有部毗奈耶雜事》三《佛制苾芻發不應長因緣》說牛臥苾芻住在豬坎窟中，衣衫襤褸，鬚髮皆長，

〔註16〕張同德：《豬八戒、野豬戰神與女真族》，《明清小說研究》2019年第2期。

宮人以為有鬼，又變身為豬，陳寅恪說驚動宮人發展為豬八戒招親。〔註17〕

甘肅秦安出土仰韶文化豬紋陶壺、吐魯番阿斯塔納唐墓出土野豬紋錦

　　按今本《西遊記》的順序，豬八戒出現在五行山、鷹愁澗之後，在流沙河之前，則應該在今甘肅省永登縣以北。

　　北宋的河西走廊屬西夏，我認為豬八戒很可能源自西夏，西夏是党項人，党項又名唐古特、唐兀，都是 Tangout 的音譯。這個字很可能源自突厥語的豬tonguz，因為這個字最早出現唐代的突厥毗伽可汗碑文，記載毗伽可汗的第二十七年，出征唐兀。党項人的名號源自豬，很可能源自氏族圖騰。豬能提供熱量，所以高原民族需要豬。甘肅省秦安縣王家陰窪出土的 6000 多年前的早期仰韶文化陶壺上，就有豬的花紋。

　　因為唐兀人來自青藏高原，而且河西走廊靠近烏斯藏，所以《西遊記》稱高老莊在烏斯藏，烏斯藏是元代出現的名字。烏斯藏是藏語 dbus-gtsang，指西藏本部，又名 Ü-Tsang，清代譯為衛藏。

　　高老莊的讀音非常接近合羅川、喀羅川，合羅、喀羅是黑色 kara 的音譯，喀羅川是今天的莊浪河，合羅川是今天的張掖的黑河。莊浪河在蘭州西部注入黃河，是西行的必經之路。西夏在今莊浪河的下游，設啅羅和南軍司（在今永登縣紅城鎮），啅羅即莊浪。其西有扎六嶺，扎六也是莊浪。

〔註17〕陳寅恪：《西遊記玄奘弟子故事之演變》，《歷史語言研究所集刊》第 2 本第 2 分，1930 年。收入陳寅恪：《金明館叢稿二編》，商務印書館，年。

　　莊浪河的上游，今天還有天祝縣藏族自治縣，其北是烏鞘嶺，原名烏沙嶺。翻過烏鞘嶺，是古浪縣的黑松驛鎮，再北是河西走廊。黑松驛的西部是張義鎮，這是西漢的張掖縣。黑松驛，漢代是蒼松縣，蒼是蒼黑，所謂藏青色即蒼青色的訛誤。《甘肅通志稿‧建置五‧關梁》：「黑松林堡在縣南三十里，即舊蒼松衛，兵燹後松柏斬伐殆盡，堡南十五里龍溝堡，萬山重疊，附近多番族。」

　　烏沙嶺、黑松林，令人想到豬八戒出現在黑松林，元代吳昌齡的雜劇《西遊記》第四本：

　　　　（土地云）小聖亦然不知。當年八月十五夜，則見在黑松林內，
　　現出本像，蹄高八尺，身長一丈。仔細看來，是個大豬模樣。

吳承恩《西遊記》第十八回豬八戒說：

　　　　我家住在福陵山雲棧洞，我以相貌為姓，故姓豬，官名叫做豬
　　剛鬣。

　　我以為，福陵山就是烏嶺山的音訛。福的讀音 fu 和烏的讀音 wu，非常接近。現在中國不少地方人還把 wu 讀成 fu，說明確實容易訛誤。

　　雲棧洞很可能是指烏鞘嶺高大，棧道好像在雲中，明代的《陝西行都司志》記載烏鞘嶺：「北接古浪界，長二十里，盛夏風起，飛雪彌漫。」清代道光二十二年（1842 年）路過烏鞘嶺的林則徐在《荷戈紀程》記載：「地氣甚寒，西面山外之山，即雪山也。」

　　豬八戒出自烏鞘嶺，還有一個重要的證據，就是《西遊記》中緊接豬八戒的是烏巢禪師授《心經》，烏巢禪師在各種宗教中都找不到由來，我認為烏巢顯然就是源自烏鞘嶺（烏沙嶺），讀音很近。《西遊記》中的烏巢禪師住在樹上，這是源自唐代杭州的鳥巢禪師，但是鳥巢禪師的年代比玄奘晚，也和《心經》無關。敦煌的 S.2464 號卷子漢梵對照《般若波羅蜜多心經》，序言稱是從長安大興善寺石壁上錄出，慈恩和尚（玄奘）奉詔述，益州空惠寺僧人授《心經》給玄奘，會保祐他度過困難。玄奘到了印度那爛陀寺，看到這個益州僧人，這個僧人自稱是觀音菩薩，現身升空。《大慈恩寺三藏法師傳》記載玄奘在瓜州之北的沙河，口念蜀僧授予的《心經》，獲得救助。所以《西遊記》把這個故事放在流沙河之前，黃風怪是從流沙河分化衍生出來的故事。

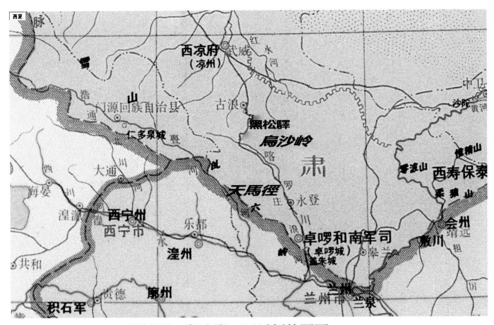

黑松驛、烏沙嶺、天馬徑位置圖〔註18〕

　　浮屠的意思可以是佛，也可以是佛塔，浮屠山應該是有塔的山，很可能是指黑松驛附近的天梯山石窟，石窟之西有塔兒溝，在今武威南部，又名涼州大佛窟。天梯山石窟是北涼僧人曇曜主持開鑿，北魏滅北涼，遷走北涼十萬人，包括三千佛僧，就有曇曜等人，他們在大同主持開鑿了雲岡石窟，因此天梯山石窟對中國石窟的發展史非常重要。1958 年因為建石羊河水庫，天梯山石窟的很多壁畫搬到了甘肅省博物館。天梯山石窟的一些北涼壁畫人物帶有明顯的印度相貌特徵，臉圓唇厚，黑膚黑髮，反映其源頭直接來自印度。

　　天梯山在東西要道，其南就是張義鎮，也即最早的張掖縣。唐宋時期仍然非常出名，現在的大佛窟是唐代開鑿，玄奘和宋代西行的僧人很可能到過天梯山。宋代西行的僧人很可能把蘭州到武威的路線詳細記載下來，又被中原人講述玄奘西行故事時採用，演變為西遊文學的重要內容。

　　武威城南十五公里的新華鄉纏山有金剛亥母洞，有西夏修建的亥母寺遺址，出土大量西夏以來的文物，包括世界上現存最早的泥活字印刷品《維摩詰所說經》等佛經和銅炮、石碑、壁畫、唐卡、佛像、瓷器、鐵器、錢幣、書

〔註18〕底圖來自譚其驤主編《中國歷史地圖集》第六冊第 37 頁，黑體字是本書添加。

籍、文書、絲織品等。出土擦擦（佛像小造像）超過十萬枚，是甘肅出土擦擦
最多的寺廟，說明歷史上地位重要。這正是西遊故事形成的年代，也在西行
的必經之路，地位又很重要，所以我們相信豬八戒的形象一定來自是今武威
境內。

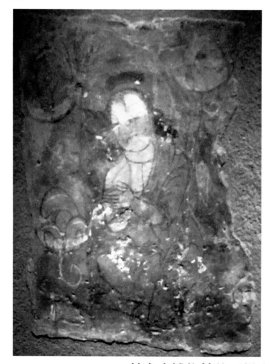

甘肅省博物館的天梯山石窟北涼壁畫

在今本《西遊記》中，豬八戒故事之後是黃風怪、沙僧故事，黃風怪是
從沙僧的故事衍生出來，接下來就是第 23 回黎山老母考驗豬八戒，也是一個
老母，這就是從金剛亥母衍生出來的故事。

藏傳佛教的女神金剛亥母，藏語是 Rdo-rje-phag-mo，音譯是多吉帕姆，
意譯是金剛豬母，古人在漢譯時改豬為亥。源自印度教的摩利支天 Maricideva，
意譯為光明佛母，坐在豬群拉的車上，有時以三頭八臂的形象出現，其中的
一個頭是豬頭。

天祝縣石門寺有明代永樂十七年（1419 年）的光明佛母石刻，坐在七頭
豬拉的車上，藏文寫有光明佛母。元代楊景賢《西遊記》雜劇中，豬八戒自稱
是摩利支天部下的御車將軍。

至於豬八戒故事的另一些細節，則是源自山西的黑豬精。因為西遊文學

最早出現在唐宋時期的山西，這裡就有黑豬精的傳說。關於西遊文學最早出現在山西出現，黑豬精源自山西，下文有詳細論證。

北宋前期還有很多中原的僧人從陸路去印度取經，他們多次得到皇帝接見和資助，趙匡胤甚至一次派遣 157 人西行，有人往返十多年，非常類似唐代的玄奘。他們走的路線很多也和玄奘重合，所以北宋應該有不少中原人熟悉玄奘走過的道路。《宋會要輯稿‧蕃夷》：「宋乾德三年，滄州僧道圓自西域還，得佛舍利一、水晶器、貝葉梵經四十夾來獻。道圓天福中詣西域，在途十二年，住五印度凡六年，五印度即天竺也。還經于闐，與其使偕至。太祖召問所歷風俗山川道里，一一能記。四年，僧行勤等一百五十七人詣闕上言，願至西域求佛書，許之。以其所歷甘、沙、伊、肅等州，焉耆、龜茲、于闐、割祿等國，又歷布路沙、加濕彌羅等國，並詔諭令人引道之。」趙匡胤賜錢各三百，南宋志磐《佛祖統紀》稱賜錢三萬是總數。

乾德四年派遣如此多的僧人西行，因為前一年有甘州回鶻可汗、于闐王和瓜州（今瓜州）、沙州（今敦煌）都遣使來宋。這次西行的路線，南宋范成大《吳船錄》記載開封僧人繼業，開寶九年（976 年）從印度回來，建立四川峨眉山牛心寺，繼業記錄的行程，經階（今武都）、靈（今靈武）、涼（今武威）、甘（今張掖）、肅（今酒泉）、瓜、沙州、伊吾（今哈密）、高昌（今吐魯番）、焉耆（今焉耆）、于闐（今和田）、疏勒（今喀什）、大石（今塔什庫爾干）、布路（今吉爾吉特 Gilgit）、伽濕彌羅（今克什米爾）、健馱邏、曲女城、雞足山、伽倻山、王舍城、那爛陀寺、泥波羅（今尼泊爾）、磨逾里（今列城）、三耶寺（今扎囊縣桑耶鎮）。敦煌石窟所出的《西天路竟》記載的路線基本一致，應該就是這次西行的某個僧人的行程。〔註 19〕

懷問三去印度，比玄奘去的次數還多。《佛祖統紀》卷四五：「沙門懷問，嘗往天竺，為真宗皇帝建塔於佛金剛座之側。今欲再往，為皇太后、今上，更建二塔。乞賜先朝《聖教序》、皇太后發願文、《聖上三寶贊》刊石塔下，及製袈裟，奉釋迦像。詔可，仍令詞臣撰《沙門懷問三往西天記》……寶元二年五月，三往西天懷問，同沙門得濟、永定、得安，自中天竺摩竭陀國還。進佛骨

〔註 19〕黃盛璋：《敦煌寫本〈西天路竟〉歷史地理研究》、《繼業西域行記歷史地理研究》，《中外交通與交流史研究》，安徽教育出版社，2002 年，第 88～134 頁。黃文未能考出磨逾里，我認為就是玄奘《大唐西域記》卷四的秣邏娑國，即藏語 Mar-sa，即拉達克，又名 Mar-yul，我認為即磨逾里。

舍利、貝葉梵經、貝多子、菩提樹葉、無憂樹葉、菩提子念珠、西天碑十九本。召見尉勞，賜號顯教大師、紫衣、金幣。」

　　除了西行的中原僧人，還有很多印度僧人來華，也留下一些地理記載，這也是北宋人能熟悉西行路線的一個原因。

六、沙和尚源自沙漠幻影

　　唐僧師徒四人，沙和尚不僅排在最後，而是特點最不鮮明，優點不如孫悟空，缺點也不如豬八戒。但是大家可能想不到，最不起眼的沙和尚其實是最早出現的角色，因為沙和尚源自古人去西域路上的大沙漠，這是玄奘《大唐西域記》全書開篇的故事，所以最早出現。

　　東晉高僧法顯從長安步行去印度，又從海路回到中國。他記載西行經歷的《佛國記》說：

　　　　復與寶雲等別燉煌，太守李暠供給，度沙河。沙河中多有惡鬼、
　　　　熱風。遇則皆死，無一全者。上無飛鳥，下無走獸。遍望極目，欲
　　　　求度處，則莫知所擬。唯以死人枯骨為幖幟耳，行十七日，計可千
　　　　五百里。得至鄯善國，其地崎嶇薄瘠。

　　從敦煌到新疆之間的沙漠，很難度過，很多人死在路上，一路上要以前人的屍骨為路標，自然令人心驚膽寒，害怕惡鬼。鄯善國就是樓蘭，此時已經到了衰亡期，所以土地貧瘠。到了玄奘取經的時代，樓蘭已經亡國，所以玄奘來去都不從樓蘭走。

　　北宋太平興國六年（981年），太宗遣供奉官王延德、殿前承旨白勳，出使高昌國。王延德記載：

　　　　次歷納職城，城在大患鬼魅磧，東南望玉門關甚近。地無水草，
　　　　載糧以行。凡三日，至鬼谷口避風驛，用本國法設祭，出詔神御風，
　　　　風乃息。凡八日，至澤田寺。高昌聞使至，遣人來迎。

　　這塊沙漠，又名大患鬼魅磧，這個名字其實是音譯兼義譯，因為鬼魅不僅指沙漠中的惡鬼，也是突厥語沙漠 qum 的音譯，現在一般寫成庫姆。

　　玄奘渡過沙漠的歷程非常艱辛，因為唐朝和突厥的戰爭，使得唐朝下令百姓出關。玄奘來到瓜州，聽說玉門關外，又有五個烽候，上有守望的士兵。各自相去百里，中間無水草，無法生存。五烽之外，即莫賀延磧，屬伊吾國境。玄奘聽說，非常愁苦，乘坐的馬匹又突然死去。

　　此時涼州（在今甘肅武威）都督府又發來文件，要求查訪準備偷渡出關的僧人玄奘，嚴加捉拿。幸好有涼州官吏李昌，平日信佛，放玄奘出關。可是玄奘的弟子二人，畏懼困難，離他而去。

　　此時出現一個胡人，名為石槃陀，請玄奘為他授戒。石槃陀是中亞的石國（在今烏茲別克斯坦首都塔什干）人，這一帶是粟特人，槃陀是粟特人常用名字，粟特語指僕人。

　　石槃陀帶來一個胡人老翁，非常熟悉西行路程，曾經來去伊吾（今哈密）三十次。胡人老翁說，西路險惡，沙河阻遠，有鬼魅熱風。即使有很多人一起走，還會迷路。胡人老翁看玄奘決心西行，於是把自己的老馬送給他，這匹馬曾經走過沙河十五次。

瓜州城遺址西北角墩

瓜州城東的塔爾寺佛塔

　　漢代的玉門關在今敦煌西北，唐代的玉門關在今瓜州縣東部的布隆吉鄉，在唐代的瓜州城北部。玄奘和石槃陀，半夜偷渡，在玉門關上游的梧桐樹叢中，渡過瓠盧河（今疏勒河），睡下休息。石槃陀拔刀而起，走向玄奘，不到十餘步又回。玄奘起來誦經，念觀音菩薩。石槃陀先去睡覺，又找了藉口，離開玄奘，玄奘自此孤身一人。

　　玄奘唯有望著骷髏堆和馬糞前行，忽然有軍人數百隊，布滿沙磧間，乍行乍止。皆裘駝駝馬之像，及旌旗槊纛之形。易貌移質，倏忽千變。遠看反而明顯，走近了又消失。玄奘開始以為是強盜，後來才知是妖鬼。又聽到空中有聲音告訴他，不要害怕，由此稍安。玄奘遇到的是沙漠中的幻影，也即海邊人俗稱的海市蜃樓，但是古人以為是妖怪。

　　玄奘經過八十餘里，見到第一烽。害怕守衛的士兵發現，白天趴在沙溝。到夜間才出發，到烽西見水，走下飲用。洗手之後，取皮囊盛水。突然有一箭飛來，差點射中膝蓋。須臾，又有一箭飛來，玄奘知道已經為人發現。

　　玄奘於是大聲說：「我是僧人，從京師來，不要射我。」即牽馬向烽，烽

上士兵開門而出，帶給校尉王祥。幸好王祥信佛，說第四烽的官員王伯隴是他親戚，可以放行。

玄奘害怕王伯隴不放行，又在第四烽半夜出發，也是在取水時有箭飛來，王伯隴聽說王祥要放行玄奘，告訴他不必走第五烽，可以直接走近路到野馬泉，在百里之外。

玄奘進入莫賀延磧，長八百餘里，就是法顯等前人所說的沙河。上無飛鳥，下無走獸，也沒有任何水草。玄奘迷路了，找不到野馬泉。還失手丟失了水袋，準備回到第四烽，又怕涼州文書來到，害怕王伯隴變卦。玄奘下定必死的決心，口念觀音，向西北而進。四顧茫然，人鳥俱絕。夜則妖魑舉火，爛若繁星。晝則驚風擁沙，散如時雨。四夜五日，滴水不沾，差點渴死。

第五夜的半夜，忽有涼風觸身，夢見大神叫他快走。又走了十里，那匹老馬突然狂奔，到了泉水旁邊，玄奘終於看見泉水，脫離了死亡的威脅。兩天後，玄奘才出流沙，到伊吾。其實是胡人的那匹識途老馬救了玄奘，但是玄奘都歸功於觀音保祐。

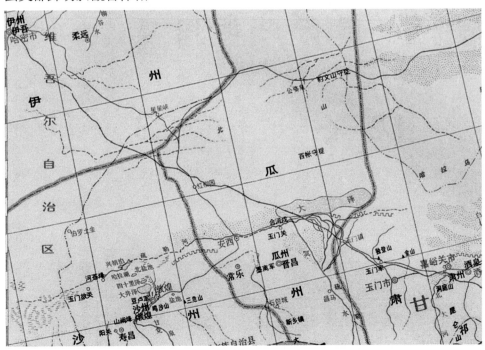

唐代瓜州玉門關到伊州的地圖〔註20〕

〔註20〕譚其驤主編《中國歷史地圖集》第五冊第61頁。

哈密東南的泉水地圖〔註21〕

今天我們乘火車經過這條路，看到兩邊仍然多是荒無人煙的荒漠戈壁。瓜州和哈密之間，有一些泉眼。玄奘過了第四烽，應該到了今天的瓜州縣的西北部。唐代的第五驛可能就是第五烽，在今馬蓮井附近，馬蓮井在星星峽之南，玄奘避開了第五烽。又過了五天才找到泉水，過了兩天到伊吾，救了他命的泉水應該在今哈密的東南。今天野馬泉在今哈密的東部，在今天路過星星峽的公路以北，不知是不是唐代的野馬泉。

玄奘應該是錯過了馬蓮井、紅柳井、苦水等泉水，明清人記載哈密東南80里的也帖木兒泉，應在今大泉灣。其東100里是格子煙墩，再南170里（應是70里之誤）是引只克（引池兒），即突厥語的駱駝刺 yantak，可能在今天山墩子附近。清代祁韻士《萬里行程記》記載，苦水140里到格子煙墩，70里到長流水，40里到四十里井子，40里到黃蘆岡，靠近大泉灣，80里到哈密。玄奘找到的泉水可能是駱駝刺泉，駱駝刺泉到哈密250里，騎馬兩天可以到。也可能在格子煙墩或其西的長流水，或者在格子煙墩之北的城泉子。長流水之西又有鹽泉、鹽池、甘泉，不過這些地方到哈密似乎僅需一天。

沙和尚就是源自沙河的鬼怪，其實源自沙漠中的幻影和枯骨。現在我們

〔註21〕底圖來自《新疆維吾爾自治區地圖冊》，中國地圖出版社。

能看到的最早的西遊文學作品，是南宋杭州中瓦子張家所刻的《大唐三藏取經詩話》，這本書只是唐宋時期眾多西遊文學中偶然流傳下來的一部，所以次序未必可靠。第八篇才出現深沙神：

> 深沙云：「項下是和尚兩度被我吃你，袋得枯骨在此。」和尚曰：「你最無知。此回若不改過，教你一門滅絕！」深沙合掌謝恩，伏蒙慈照。深沙當時哮吼，教和尚莫驚。只見紅塵隱隱，白雪紛紛。良久，一時三五道火裂，深沙袞袞，雷聲喊喊，遙望一道金橋，兩邊銀線，盡是深沙神，身長三丈，將兩手托定。師行七人，便從金橋上過。過了，深沙種合掌相送。

至於幫助玄奘的胡人老翁、王祥、王伯隴，在西遊文學中也產生了很大變化。現在我們看到的《西遊記》，唐僧出了鞏州城、河州衛，先被野牛精、熊羆精、老虎精抓住，又被太白金星變成的老公公解救。其實這個老公公搭救的情節，就是源自給玄奘指路的胡人老翁。

唐僧隨後被猛獸圍繞，又被獵戶劉伯欽解救，劉伯欽綽號鎮山太保，這個劉伯欽就是從王伯隴演化而來。

吳承恩《西遊記》在沙和尚之前有個黃風怪，其實就是從沙漠的黃沙演變而來，所以次序是沙和尚之前。

沙和尚成為唐僧的弟子，主要原因是在《大唐西域記》中出現的早。但是可能還有一個原因，就是宋元時代，人們習慣稱粗笨、土氣的人為村沙，沙就是傻。村沙一詞在元代的雜劇、散曲中經常出現，沙和尚也傻裏傻氣，所以很可能是在元代，人們把宋代的深沙神附會為沙和尚，也就是傻和尚，成為唐僧的一個老實隨從。

元代蒙古人楊景賢《西遊記雜劇》中，沙和尚的名字是回回人河裏沙，這是元代人對宋代以來西遊故事的改造，元代回回人遍布中國，河裏沙其實是穆斯林常見名字哈桑。

七、人參果源自塞舌爾的海椰子

看過《西遊記》的人，都記得人參果。人參果是兒童形狀，樹高千尺，三千年一開花，三千年一結果，一萬年結三十個，聞一聞活三百六十歲，吃一個活四萬七千年。

前人已經指出，人參果的原型出自唐代阿拉伯，但是沒有把唐代的史料

收集完全，更沒有發現人參果的原型。

唐代杜佑《通典》卷一九三大食國（阿拉伯）說：

> 又云：其王常遣人乘船，將衣糧入海，經涉八年，未極西岸。
> 於海中見一方石，石上有樹，枝赤葉青，樹上總生小兒，長六七寸，
> 見人不語而皆能笑，動其手腳，頭著樹枝，人摘取，入手即乾黑。
> 其使得一枝還，今在大食王處。

劉昫《舊唐書》卷一百九十八《西戎傳》大食國（阿拉伯）：

> 海中見一方石，石上有樹，幹赤葉青，樹上總生小兒，長六七
> 寸，見人皆笑，動其手腳，頭著樹枝，其使摘取一枝，小兒便死，
> 收在大食王宮。

劉昫《舊唐書》的資料來自杜佑《通典》，而杜佑的資料又很可能來自他的族侄杜環寫的《經行記》。

唐代阿拉伯人興起後，迅速建立大帝國，不僅滅波斯，而且席捲中亞。唐玄宗天寶十載（751年），唐朝大將高仙芝和石國（今塔什干）發生戰爭，石國兵敗，求援阿拉伯。高仙芝在怛邏斯城（今哈薩克斯坦江布爾）和阿拉伯人發生大戰，唐朝大敗。阿拉伯人俘虜了很多中國人，帶到中亞和西亞，中國的造紙術傳入西方，對世界歷史的發展產生了很大影響。

唐朝俘虜中有位杜環，是宰相杜佑的族侄。杜佑在《通典》卷一九一說，天寶十載，杜環被阿拉伯人帶到西海（波斯灣），寶應初年（762年）跟隨阿拉伯人的商船回到廣州，著有《經行記》，記載他的西行經歷。杜環《經行記》說大食國：「綾絹機杼，金銀匠、畫匠：漢匠。起作畫者，京兆人樊淑、劉泚。織絡者，河東人樂環、呂禮。」可見中國人到達阿拉伯，陝西、山西人居多。

唐代很少有中國人到達西亞，所以《經行記》的記載非常珍貴。可惜這部書僅未能流傳，僅能通過杜佑《通典》引用的文字，略見一二。

杜環在阿拉伯聽說，阿拉伯西海中，航行很久，才看到一塊方石，應該是個小島。島上有一種樹，枝是紅色，葉是綠色，能結出小孩，長六七寸。如果人摘取，就變黑。曾經有人摘來，送給阿拉伯的國王。

唐代段成式《酉陽雜俎》卷十《物異》：

> 大食西南二千里有國，山谷間樹枝上化生人首，如花，不解語。
> 人借問，笑而已，頻笑輒落。

段成式的《酉陽雜俎》是研究中西交流史的最重要書籍之一，其中保留

了大量珍貴的唐代域外資料。

這一段話很像杜佑所說，但又有不同。都說在大食西南，杜氏說要走八年，但是段成式說是兩千里。杜氏說是兒童形狀，段成式說是人頭形，又說很像花，如果聽到人的笑聲就會落下。

段成式所說，很可能不是從杜環的書中抄來，而是來自其他阿拉伯人的資料或傳聞。

其實杜環、段成式所說的人形果故事確實在阿拉伯非常流行，就是阿拉伯地理學家經常說的 Wakwak 樹，傳說這種樹結出的果子是人形，或人頭形，也有人說是女人形。

耶路撒冷的阿拉伯人穆塔哈爾・本・塔希爾・馬克迪西（Mutabar Bin Tāhir Al-Makdisī）在 966 年所寫的《創世與歷史》說：

> 在印度，也有一種叫瓦格瓦格的樹，據稱果實似人頭。〔註22〕

拉姆霍爾莫茲（Ramhormoz）的巴佐爾・本・薩赫里亞爾（Bozorg bin Šahriyār）約在十世紀所寫的《印度珍異記》說：

> 巴比薩德的兒子穆罕默德，告訴我，據他從瓦克瓦克地區登陸的人那裡獲悉，在那裡生長有一種圓葉的大樹，有時也長橢圓形的葉子，結一種類似葫蘆一樣的果子，但比葫蘆要大得多，和人形具有某種相似性。當風曳動它的時候，從中便發出一種聲響。這種果實的內部充滿空氣，好像是馬利筋的果實一樣。〔註23〕

摩洛哥人伊本・圖法伊爾（Ibn Tufayl）在 1185 年之前寫的《哈伊・本・雅克桑》說：

> 有一印度島嶼……島上有一樹，象生長水果一樣長出女人，馬蘇第把這些女人說成是瓦克瓦克女子。〔註24〕

馬格里布人伊本・賽義德（Ibn Said）在 13 世紀說：

> 據馬蘇第的記載，山中生長有一種果樹，結一種類似椰子的果實，並且能生出一些少女來，而且是用頭髮懸在樹上的，每個少女

〔註22〕〔法〕費瑯輯注、耿升、穆根來譯：《阿拉伯波斯突厥人東方文獻輯注》，第134 頁。

〔註23〕〔法〕費瑯輯注、耿升、穆根來譯：《阿拉伯波斯突厥人東方文獻輯注》，第657 頁。

〔註24〕〔法〕費瑯輯注、耿升、穆根來譯：《阿拉伯波斯突厥人東方文獻輯注》，第217 頁。

都發出一種瓦克瓦克的呼聲，如果有人將頭髮割斷，並將她們從樹上放下來，她們就會一命鳴呼。〔註25〕

大馬士革人迪馬斯基（Dimaškī）約在1325年寫的《海陸奇蹟薈萃》說：

> 瓦克瓦克島位於附海中，在烏斯蒂孔山脈以遠地區，緊靠海岸，人們經由中國海而到達那裡。這個群島由於一種中國的樹而得名，這種樹與核桃樹或者肉桂樹很相似，樹上結的果實如同人的腦袋一般。當一個果子從樹上掉下來時，就可以聽到重複多次的瓦克瓦克的呼喊音，然後落在地上。這些島嶼和中國的居民都能從中推測出各種徵兆。〔註26〕

敘利亞人伊本・瓦爾迪（Ibn al-Wardī）1340年左右寫的《奇蹟書》中說：

> 這個島上生長著一種奇怪的樹，其果實的外貌很像是人，它們的身體、眼睛、手、腳、頭髮、乳房以至陰部都與女人相似。她們的面龐漂亮，以頭髮為線懸掛在樹上。她們從類似一個大皮包的套子裏鑽出來，當暴露於光天化日之下時，就發出了一種瓦克瓦克的呼叫聲，直到有人剪斷她們的頭髮為止。〔註27〕

阿拉伯人經常說瓦克瓦克國在非洲的東南部，埃及人努偉理（Nuwayrī）於1332年之前所寫的《阿拉伯文苑》說：

> 印度洋及其島嶼起始於中國東部，位於赤道以上（南），它從西邊開始，經過瓦克（wak）地區，向僧祇人的索發拉延伸，接著又通過向僧祇人地區，一直到達彌琶羅（貝伯拉）地區，此處有一個海峽。〔註28〕

貝伯拉（Berbera）在今索馬里西北部海岸，海峽即曼德海峽，所以此處的描述其實是從東向西，則瓦克瓦克在今莫桑比克的索發拉（Sofala）之南，在今非洲東南部。阿拉伯人稱黑人為僧祇（Zanji），即今桑給巴爾島（Zanjibar）和坦桑尼亞的由來。

〔註25〕〔法〕費瑯輯注、耿升、穆根來譯：《阿拉伯波斯突厥人東方文獻輯注》，第369頁。

〔註26〕〔法〕費瑯輯注、耿升、穆根來譯：《阿拉伯波斯突厥人東方文獻輯注》，第415頁。

〔註27〕〔法〕費瑯輯注、耿升、穆根來譯：《阿拉伯波斯突厥人東方文獻輯注》，第461頁。

〔註28〕〔法〕費瑯輯注、耿升、穆根來譯：《阿拉伯波斯突厥人東方文獻輯注》，第436頁。

阿拉伯人馬蘇第（Masūdī）在 943 年所寫的《黃金草原》說：

> 中國海與新羅國相連，而僧祇海的海界一直延伸到索發拉國和
> 盛產金子及其他珍奇、氣候炎熱而土地肥沃的瓦克瓦克國。〔註29〕

突尼斯人伊本‧哈勒敦（Ibn Khaldūn）約在 1375 年寫的《緒論》說：

> 接著是科摩羅（Komor）島，它呈長形，從索發拉對面開始一
> 直向東延伸，向北方的傾斜度很大。就這樣，它一直與中國的上部
> 海岸（也就是說南海岸）相接壤。在南邊是瓦克瓦克群島，東邊是
> 新羅群島。〔註30〕

因為阿拉伯人描述海洋時，經常是從中國說到非洲，而且認為瓦克瓦克
與中國不遠，所以說瓦克瓦克和朝鮮半島的新羅鄰近，所以既有瓦克瓦克在
中國南部之說，也有在東部之說，其實瓦克瓦克是在中國遙遠的西南方，更
加靠近非洲大陸。所謂索發拉對岸的科摩羅（Komor）島，不是現在的科摩羅
群島，而是科摩羅附近的馬達加斯加島，馬達加斯加島的西海岸正是從西南
向東北延伸，則瓦克瓦克就在馬達加斯加島附近。

因為瓦克瓦克鄰近非洲大陸，有時甚至與大陸上的國家混淆，摩洛哥人
埃德里奇（Edrīsī）在 1154 年寫的《諸國風土記》說：

> 這古塔城是金子國索發拉之最後一城邦……該城及其所在地
> 區產金子，比索發拉國其他任何地區都要多。該國與瓦克瓦克國相
> 毗鄰，瓦克瓦克有兩座城邦：一座叫達魯（Daru），一座叫納布哈納
> （Nabhana）。〔註31〕

費瑯注納布哈納說：「即伊尼亞巴內（Inhambane），在莫桑比克港內。」

有的文獻說瓦克瓦克在索發拉之南，伊本‧哈勒敦《緒論》說：

> 它的海岸，從南端開始依次是僧祇人地區和伯貝拉地區（位於
> 亞丁灣）……隨後，這個海，陸續流經摩加迪沙城、索發拉地區、
> 瓦克瓦克地區和其他民族的地區。〔註32〕

〔註29〕〔法〕費瑯輯注、耿升、穆根來譯：《阿拉伯波斯突厥人東方文獻輯注》，第
　　　　125 頁。

〔註30〕〔法〕費瑯輯注、耿升、穆根來譯：《阿拉伯波斯突厥人東方文獻輯注》，第
　　　　514 頁。

〔註31〕〔法〕費瑯輯注、耿升、穆根來譯：《阿拉伯波斯突厥人東方文獻輯注》，第
　　　　202～203 頁。

〔註32〕〔法〕費瑯輯注、耿升、穆根來譯：《阿拉伯波斯突厥人東方文獻輯注》，第
　　　　513 頁。

如果我們把瓦克瓦克解釋為馬達加斯加島附近，則這個順序也能成立，因為從阿拉伯到馬達加斯加的距離比索發拉遠。

英國學者巴茲爾‧戴維遜（Basil Davidson）說阿拉伯人一般把索法拉以南的地方稱做瓦克瓦克，加拉語中是有瓦克二字，指上帝，古代庫施語的天堂也是這個字，從古代起也為索馬里人所使用。〔註33〕

其實此說不確，我認為，Wakwak 源自奧羅莫語（Oromo）的黃金 warqee，阿拉伯人說瓦克瓦克產黃金。奧羅莫語是亞非語系庫施語族中使用人數最多的一種語言，分布在埃塞俄比亞和肯尼亞，南到馬林迪，因此奧羅莫人可以接觸到非洲東南海上事物。非洲南部的主要商品是黃金和象牙，因此在內陸崛起了津巴布韋古國，沿海興起了索法拉、基爾瓦（Kilwa）、桑給巴爾、拉穆（Lamu）、曼達（Manda）等斯瓦西里商業城邦。馬達加斯加也產黃金，費琅說塞舌爾的古名 zarin 出自波斯語的黃金 zer，但是塞舌爾不產黃金。〔註34〕

我認為，塞舌爾是轉運非洲南部黃金的樞紐，所以有金島之名。塞舌爾分為多個群島，南面是非洲大陸、科摩羅群島和馬達加斯加島，東北是馬爾代夫群島和查戈斯群島，是印度洋上最大的群島國家，也是非洲最大的群島國家。

阿塞拜疆人卡茲維尼（Kazwīnī）13 世紀所寫的《世界奇異物與珍品志》說：

> 瓦克瓦克群島此島與闍婆格島相毗鄰，只要沿著星辰運到的方向前進就可以達到那裡。據傳說，這一群島實際上是由一千七百多小島嶼所組成。〔註35〕

闍婆格（Java）在今印度尼西亞，瓦克瓦克群島在其西部，有 1700 多個小島，指今塞舌爾群島及馬達加斯加群島。

瓦克瓦克樹，其實就是塞舌爾普拉蘭（Praslin）島和庫瑞（Curieuse）島的特產海椰子樹（Lodoicea maldivica），伊本‧賽義德說，瓦克瓦克樹類似椰子樹，正是海椰子。因為果實分為兩瓣，又名復椰子（double coconut），兩瓣果實拼合，形似人腦，所以穆塔哈爾‧本‧塔希爾‧馬克迪西的《創世與歷

〔註33〕〔英〕巴茲爾‧戴維遜著、屠爾康、葛信譯：《古老非洲的再發現》，北京：三聯書店，1973 年，第 228、435 頁。

〔註34〕〔法〕費琅：《蘇門答剌古國考》，第 134 頁。

〔註35〕〔法〕費瑯輯注、耿升、穆根來譯：《阿拉伯波斯突厥人東方文獻輯注》，第 327 頁。

史》說像人頭，迪馬斯基的《海陸奇蹟薈萃》說像人腦。

所以段成式說像人頭，杜氏說在大食之西，段成式說在西南，還是段成式說的準確，塞舌爾在阿拉伯的西南海上，不是西方。

海椰子果實有肉質而多纖維的外皮，所以又傳說類似核桃。因為外面有殼，又分成兩瓣，中間聯結，所以巴佐爾‧本‧薩赫里亞爾又說像葫蘆，但是比葫蘆大得多。

塞舌爾海椰子的果實

19 世紀末，英國將軍查爾斯‧戈登在訪問塞舌爾群島時突然生出一個靈感，他認為《聖經》中描繪的禁果並非蘋果而是海椰子的果實，因為這種果實長得非常像女性的骨盆，所以俗名女陰果，這就是阿拉伯文獻中傳說瓦克瓦克樹結出女人的由來。原來的傳說不是說這種果實像女人，因為女人和男人外形沒有差異，原來的傳說就是說這種果實像女陰，這才是女人的特徵，後來的傳說才訛變為像女人。

因為果實能從塞舌爾漂到馬爾代夫，所以南亞人誤以為是海底的椰子，又名海底椰，其學名中的 maldivica 即來自馬爾代夫（Maldives），又被誤以為是印度所產。

海椰子的果實，重達 25 千克，是世界上最大的果實，所以海椰子樹又名巨籽棕。海椰子樹高大，而且樹葉寬大，樹齡可達千年，可連續結果 850 年。海椰子樹有雌雄之分，常並行生長，樹根纏繞。雄樹高達 30 多米，比雌樹高出很多，又名愛情樹。

海椰子樹因為是世界上罕見的奇樹，所以成為塞舌爾的國樹，畫在塞舌爾的國徽正中，果實經常作為塞舌爾的國禮。海椰子每年收穫的成熟種子僅有 1200 顆左右，禁止出口，買賣須經政府批准，每個價格高達 2000 美元。

到這裡，我們終於明白，為何段成式說人頭形的花果，聽到人的笑聲就會落下，因為 wakwak 正是笑聲。所以段成式的記載非常可信，他的資料直接來自阿拉伯人。

再看《西遊記》第二十四回：

> 那行者倚在樹下往上一看，只見向南的枝上，露出一個人參果，真個像孩兒一般。原來尾間上是個把蒂，看他丁在枝頭，手腳亂動，點頭幌腦，風過處似乎有聲。

為何人參果要點頭晃腦，還有聲音？很可能早期的《西遊記》文本就說這些樹上的小孩會笑。

人參果為何要用金才能敲下呢？這很可能源自瓦克瓦克國盛產黃金的說法，迪馬斯基的《海陸奇蹟薈萃》說：

> 從馬八兒（或是科羅曼德爾）海岸出發，一直向瓦克瓦克群島駛去，後一個群島上的人酷愛鐵，如同其他民族珍視黃金一般，那裡狗的項圈和牽牲畜的鏈鎖都是金質的，原因是這裡多金而少鐵。〔註36〕

馬八兒在印度半島東南角，這條航路就是從南印度經過馬爾代夫、查格斯群島到塞舌爾、馬達加斯加島。

伊本·瓦爾迪的《奇蹟書》說：

> 瓦克瓦克在一個遼闊的地區，那裡的城市繁榮昌盛，而且每個城市都一概位於一個小海灣。該地蘊藏有大量黃金，土地肥沃，而且還有很多珍異物。那裡的人一點也不知道寒冷，也沒見過雨水。在黑人的大部分地區都同樣如此。瓦克瓦克的土著人沒有船舶，但阿曼的船舶卻不斷前往這裡。商人們買下他們的兒童當奴隸，用來交換海棗，然後把孩子們轉賣給外地人。〔註37〕

阿曼人可以從西亞或東非海岸直航塞舌爾、科摩羅及馬達加斯加島，他們來這裡販賣兒童。

因為塞舌爾群島連接了馬爾代夫、查戈斯群島與馬達加斯加島、科摩羅

〔註36〕〔法〕費瑯輯注、耿升、穆根來譯：《阿拉伯波斯突厥人東方文獻輯注》，第433頁。

〔註37〕〔法〕費瑯輯注、耿升、穆根來譯：《阿拉伯波斯突厥人東方文獻輯注》，第471頁。

群島以及非洲，成為便捷的海上走廊，所以早在公元前就有馬來人沿著這些島鏈到達馬達加斯加島。塞舌爾在亞洲和馬達加斯加島之間，所以阿拉伯人也早就發現了塞舌爾。據說塞舌爾還曾經有阿拉伯人的墓地，現在已經被海水沖塌。〔註38〕

法國學者費琅引馬里《航海錄》說：

Zarin 島及 Sawahil 島（非洲東岸）相去六十更（一百八十小時行程），Tayzam-turi 島及馬爾代夫島相去二十更（六十小時行程）。

馬里的《航海遊記》闍林諸島志說：

其島在 farakid 星二指（isba，約南緯四度十八分）間，闍林諸島有七，其島周圍水愈近岸，其色愈碧，又有海藻。諸島距岸（非洲岸）六更。據可信之說，farakid 星三四五指間，島嶼散佈。自闍林達於陸地（非洲），有人謂是沙洲。

費琅指出，這裡的闍林群島即塞舌爾。〔註39〕說明阿拉伯人不僅知道塞舌爾群島，還知道南印度洋西部不少群島。查戈斯群島的主島迪戈・加西亞島（Diego Garcia）發現很多貿易陶瓷，其中少數是宋元時代福建沿海仿龍泉

〔註38〕〔英〕居伊・利奧內：《塞舌爾》，南京師範學院地理系翻譯組譯，江蘇人民出版社 1978 年版，第 33 頁。

〔註39〕〔法〕費琅：《蘇門答剌古國考》，第 134 頁。

青瓷。〔註40〕說明這裡是宋元航路所經，查戈斯群島在馬爾代夫群島之南，其西即塞舌爾，西南是毛里求斯的阿加萊加群島，查戈斯群島東南是茫茫大洋，所以宋元時代就有開闢南亞經塞舌爾到非洲航路的可能。

明代《鄭和航海圖》在巳龍溜（今馬爾代夫蘇瓦迪環礁）的南面五個小島，應該是查戈斯群島，巳龍溜西面同緯度的位置畫了一組成環形的五個島，中間包圍著一個島，這組島的南面還有三個島成南北向分布（如圖），這八個島的西北面就是非洲大陸上的麻林地。塞舌爾群島恰好是環形，《鄭和航海圖》上畫的五個島環繞一個島是塞舌爾群島真實寫照，其南面的三個島可能是塞舌爾西南諸群島的示意圖，因為比較遠，所以只畫了三個島。

元代蘇州人李澤民根據阿拉伯人的世界地圖，繪製了《聲教廣被圖》。這幅圖在明代初年，被宮廷畫師改繪為《大明混一圖》，又被朝鮮使者摹繪，帶回朝鮮，改繪為《混一疆里歷代國都之圖》。《中國南洋古代交通史》一書首次指出這幅圖上，非洲東南部海中的哇阿哇就是瓦克瓦克（Wakwak）。〔註41〕

《混一疆里歷代國都之圖》日本島原本光寺本的非洲南部

〔註40〕〔美〕埃里克‧威斯特（Eric West）：《印度洋迪戈‧加西亞島發現的貿易陶瓷》，劉淼譯，鄧聰、吳春明主編《東南考古研究》第四輯，廈門大學出版社，2010年，第430～436頁。

〔註41〕周運中：《中國南洋古代交通史》，廈門大學出版社，2015年，第401～404頁。

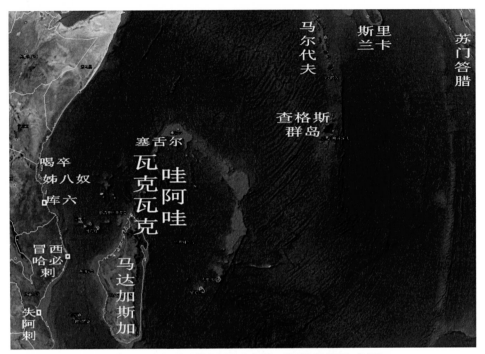

《混一疆里歷代國都之圖》非洲東部地名圖

現存最早的西遊文學《大唐三藏取經詩話》就有人參果的故事了，卷中《入王母池之處第十一》：

> 猴行者即將金鐶杖向磐石上敲三下，乃見一個孩兒，面帶青色，爪似鷹鷂，開口露牙，從池中出。行者問：「汝年幾多？」孩曰：「三千歲。」行者曰：「我不用你。」又敲五下，見一孩兒，面如滿月，身掛繡纓。行者曰：「汝年多少？」答曰：「五千歲。」行者曰：「不用你。」又敲數下，偶然一孩兒出來。問曰：「你年多少？」答曰：「七千歲。」行者放下金鐶杖，叫取孩兒入手中，問：「和尚，你吃否？」和尚聞語，心敬便走。被行者手中旋數下，孩兒化成一枝乳棗，當時吞入口中。後歸東土唐朝，遂吐出於西川，至今此地中生人參是也。

這說明唐宋時期人參果的故事早已進入西遊文學，人參果的基本情節都有了，而且人參果來自池中的磐石，明顯是來自杜環《經行記》的海中方石。

但是這個故事是在王母蟠桃之下，是中國人把人參果和蟠桃牽合起來。在後來的西遊文學中，兩個故事又分開了。可能正是因為人參果和西王母的蟠桃聯繫起來，所以人參果的位置被安插在西域，出現在《西遊記》前面。

　　人參果的名字也是誤解，原來應該是人身果，指海椰子的樣子像人形，講故事的人訛傳為人參。下文考證《大唐三藏取經詩話》作者是山西人，山西東南上黨出黨參，所以訛傳為人參。

　　人參本來就有人形，南朝劉敬叔《異苑》卷二：

　　　　人參一名土精，生上黨者佳，人形皆具，能作兒啼。昔有人掘
　　之，始下鏵，便聞土中呻吟聲。尋音而取，果得人參。

　　因為人參也有人形，所以民間有人參娃娃的傳說。人參還能啼哭，簡直就是人參果的樣子了。

　　至於人參果變成乳棗，很可能是因為中國人混淆了西亞的椰棗和海椰子，椰棗是阿拉伯人常用食物，唐代中國人已經熟悉椰棗，段成式《酉陽雜俎》卷十八記載椰棗，劉恂《嶺表錄異》說椰棗從波斯移植到了廣州。長沙銅官鎮唐代窯址，出土的瓷片上就有椰棗樹圖案。長沙窯大量出口到西亞，椰棗紋等西亞圖案專門為阿拉伯人設計。

　　浙江省寧波市博物館，展出和義路碼頭出土的一片唐代長沙窯模印貼花瓷器殘片，椰棗圖案和長沙所出瓷片非常接近。浙江省玉環縣玉城街道東門社區矮山，發現一件唐代長沙窯模印貼花瓷器，流下是獅子圖案，兩側的繫下是椰棗和棕櫚圖案。〔註42〕廣東省博物館展示一件揭西縣出土的唐代長沙窯瓷器，也有椰棗圖案，但是說明牌誤標為葡萄紋。仔細觀摩，顯然不是葡萄紋，椰棗枝葉被誤以為是垂下的葡萄果實。長沙窯主要從揚州出口，從揚州到南洋，要路過寧波、玉環、潮州，所以寧波、玉環、揭西的長沙窯瓷器應該是從揚州運來。

長沙銅官鎮窯址、寧波和義路碼頭出土瓷片上的椰棗雕塑

〔註42〕李枝霞主編：《玉環文物概覽》，文物出版社，2011年，第258頁。

廣東揭西、浙江玉環唐代長沙窯椰棗紋瓷壺、長沙窯印度舞蹈紋瓷壺

湖南省博物館還藏有一件唐代長沙窯貼花舞蹈人物紋瓷壺，舞蹈人像帶有明顯的印度風格。說明長沙窯瓷器不僅受到阿拉伯文化影響，也受到印度文化影響。從揚州航行到阿拉伯的線路，必經印度。

八、白骨精源自佛骨山

吳承恩《西遊記》第二十七回，說的是孫悟空三打白骨精的故事，這個故事在最早的《大唐三藏取經詩話》中也有，卷上《過長坑大蛇嶺處第六》：

> 行次至火類坳白虎精，次入大蛇嶺，目見大蛇如龍，亦無傷人之性。又過火類坳，坳下下望，見坳上有一具枯骨，長四十餘里。法師問猴行者曰：「山頭白色枯骨一俱如雪？」猴行者曰：「此是明皇太子換骨之處。」法師聞語，合掌頂禮而行……有一白衣婦人，身掛白羅衣，腰繫白羅裙，手把白牡丹花一朵，面似白蓮，十指如玉……婦人聞語，張口大叫一聲，忽然面皮裂皺，露爪張牙，擺尾搖頭，身長丈五。定醒之中，滿山都是白虎。

我以為，白骨精源自佛骨山，楊衒之《洛陽伽藍記》卷五烏場國：

> 去王城東南，山行八日，至如來苦行投身餓虎之處。高山龍嵸，危岫入雲。嘉木靈芝，叢生其上。林泉婉麗，花彩曜目……山有收骨寺，三百餘僧。王城南一百餘里，有如來昔作摩休國剝皮為紙，折骨為筆處，阿育王起塔籠之，舉高十丈。折骨之處，髓流著石，觀其脂色，肥膩若新。

玄奘《大唐西域記》卷三烏仗那國：

> 瞢揭釐城南四百餘里，至醯羅山，谷水西派，逆流東上。雜花

異果，被澗緣崖，峰岩危險，溪谷盤紆，或聞喧語之聲，或聞音樂
之響。方石如榻，宛若工成，連延相屬，接布崖谷。是如來在昔為
聞半頌之法，於此捨身命也……其窣堵波基下有石，色帶黃白，常
有津膩。是如來在昔修菩薩行，為聞正法，於此析骨書寫經典。

烏場國就是烏仗那國，國都瞢揭釐城在今巴基斯坦明高拉（Mingora），
東南八日大約就是四百多里，這裡是如來捨身飼虎之地，山上有收骨寺。醯
羅山就是骨山，醯羅是梵語骨頭 Hidda 的音譯。

另有一個醯羅城，玄奘《大唐西域記》那揭羅曷國（今阿富汗賈拉拉巴
德），法顯《佛國傳》也有記載。

由此我們也想到，《大唐三藏取經詩話》的白骨精在火類坳，火類就是醯
羅的異譯。由火類又衍生出了火焰山的故事，後人多誤以為火焰山在吐魯番，
吐魯番屬高昌國，玄奘從來沒有說到高昌國的火焰山，所以現在吐魯番的火
焰山和《西遊記》火焰山可能沒有直接關係。

而烏仗那國南又有如來剝皮拆骨之處，這兩個故事都和白骨、老虎有關，
演化為白骨精的故事。早期的白骨精和白虎混淆，後來的《西遊記》沒有白
虎，因為白骨成精更加恐怖，不需要白虎。

但是白骨為何演化為女妖而不是男妖呢？這是因為玄奘接連經過的健馱
邏國、烏仗那國，有很多女神女妖，如鬼子母、毗摩天女、淫女、龍女，鬼子
母就是羅剎女和紅孩兒的由來，鬼子母在元代王振鵬《唐僧取經圖冊》下冊
第 1 幅稱為龜子夫人，毗摩天女在元代王振鵬《唐僧取經圖冊》下冊第 3 幅
稱為魔女國，都演變為女妖。受到這些緊鄰的內容影響，白骨也變成女妖了。

元代王振鵬《唐僧取經圖冊》上冊第 14 幅是佛影國降瞿波羅龍，這個故
事就是玄奘《大唐西域記》卷三烏仗那國之前第二國那揭羅曷國的佛影窟瞿
波羅龍故事，《唐僧取經圖冊》上冊第 15 幅就是玉肌夫人，顯然就是白骨精，
源自烏仗那國，次序也很吻合。

宋代《大唐三藏取經詩話》的白骨精故事有大蛇，因為玄奘《大唐西域
記》烏仗那國又說：

代鴒西北二百餘里，入珊尼羅闍川，至薩裒殺地（唐言蛇藥）
僧伽藍。有窣堵波，高八十餘尺。是如來昔為帝釋，時遭饑歲，疾
疫流行，醫療無功，道死相屬。帝釋悲愍，思所救濟，乃變其形為
大蟒身，僵屍川谷，空中遍告。聞者感慶，相率奔處，隨割隨生，

療饑療疾。其側不遠，有蘇摩大窣堵波。是如來昔日為帝釋，時世

疾疫，愍諸含識，自變其身為蘇摩蛇，凡有啖食，莫不康豫。

薩裒殺地，是梵語的蛇 Sarpao 和藥 sadhi，蘇摩是梵語的水蛇 Sūma，因為這條記載緊接著如來析骨故事，所以西遊故事中原來有大蛇嶺，但是大蛇在吳承恩的《西遊記》也消失了。

九、寶象國源自象堅山

吳承恩《西遊記》在第三十二到三十六回，講的是寶象國的三公主百花羞，被黃袍怪擄去，黃袍怪誣陷唐僧，把唐僧變成老虎，孫悟空查明真相，黃袍怪是天上二十八宿中的奎木狼，私通披香殿玉女，玉女先下凡成為百花羞，奎木狼再下凡與她婚配。

寶象國的名字，可能來自玄奘《大唐西域記》卷一迦畢試國：

城西南有比羅娑洛山（唐言象堅），山神作象形，故曰象堅也。

昔如來在世，象堅神奉請世尊及千二百大阿羅漢。山巔有大磐石，

如來即之，受神供養。其後無憂王，即磐石上起窣堵波，高百餘尺，

今人謂之象堅窣堵波也。亦云中有如來舍利，可一升餘。

比羅娑洛是波斯語的象 pīlu 和梵語的堅 sāra 合成，迦畢試國在中亞和印度交界處，所以語言混雜，國都是今阿富汗喀布爾北部的 Begram。

玄奘說，迦畢試國曾被健馱邏國王迦膩色迦王（Kaniska）佔領，他得到很多國家的王子作為人質，冬天住在印度，夏天住在迦畢試國，春秋住在健馱邏國，因此有質子伽藍。玄奘說，壁畫中的王子外貌類似中國人。慧立《大慈恩寺三藏法師傳》說這座廟的名字是沙落迦，日本學者羽溪了諦認為沙落迦是新疆的疏勒國 Salaka，《後漢書·西域傳》記載疏勒王以舅為月氏的人質。

我認為寶象國公主被擄的情節，很可能來自迦畢試國的王子人質故事。雖然從王子變成公主，但是仍有共同點。

十、金角銀角源自獨角仙人

吳承恩《西遊記》在第三十二到三十六回，講的是金角大王、銀角大王的故事，紫金紅葫蘆、羊脂玉淨瓶裝了孫行者、者行孫、行者孫的有趣故事，令人難以忘懷。

元代王振鵬《唐僧取經圖冊》下冊第 2 幅是金葫蘆寺過火焰山，火焰山已經出現在了《大唐三藏取經詩話》的白骨精故事中，下冊第 1 幅龜子夫人

就是玄奘在健馱邏國說到的鬼子母，第 3 幅魔女國就是玄奘在健馱邏國說到是毗摩天女，所以金葫蘆寺的故事一定也在健馱邏國。

健馱邏的讀音 Gandhāra 接近金葫蘆，金葫蘆很可能是健馱邏的訛傳，金角大王的紫金紅葫蘆就是由此而來。

玄奘《大唐西域記》卷二健馱邏國：

> 跋虜沙城東北二十餘里，至彈多落迦山……其側不遠有一石盧，即古仙人之所居也。仙盧西北行百餘里，越一小山，至大山。山南有伽藍，僧徒鮮少，並學大乘。其側窣堵波，無憂王之所建也，昔獨角仙人所居之處。仙人為淫女誘亂，退失神通，淫女乃駕其肩而還城邑。

獨角仙人，就是金角、銀角的由來，其下緊接著毗摩天女，前面是鬼子母，次序完全符合。跋虜沙城在健馱邏國都布路沙布邏城（今阿富汗白沙瓦）東北六十五公里的 Shahbaz Garhi，彈多落迦山是其東北的 Mekha-Sanda 山，再往西北百餘里是獨角仙人所在。

金角、銀角拜九尾狐狸精為乾娘，正是源自獨角仙人為淫女誘惑，淫女就是狐狸精。所以王振鵬《唐僧取經圖冊》上冊第 16 幅是《旃檀大仙說野狐精》，在玉肌夫人（白骨精）之下，在龜支夫人（鬼子母）之前，很可能就是源自淫女，也即九尾狐狸精。

敦煌莫高窟第 428 窟東壁門南，北周壁畫出現獨角仙人的故事，左側是淫女騎在獨角仙人頭上。

莫高窟第 428 窟的獨角仙人故事壁畫〔註 43〕

〔註 43〕李永寧主編：《敦煌石窟全集》第 3 冊，上海人民出版社，2001 年，第 196 頁。

十一、烏雞國源自烏仗那國

吳承恩《西遊記》第三十六到三十九回，講的是烏雞國王被獅子精奪取王位的故事，元代王振鵬《唐僧取經圖冊》緊接著魔女國的就是下冊第 4 幅《東同國捉獅子精》，就是烏雞國故事。

烏雞國，就是烏仗那國，梵語是 Udyāna，巴利文是 Ujjāna，讀音很接近，而且次序完全吻合，因為玄奘《大唐西域記》緊接著健馱邏國的就是烏仗那國，最關鍵的是，烏雞國故事也在烏仗那國。

玄奘《大唐西域記》卷三烏仗那國：

> 瞢揭釐城南，二百餘里，大山側，至摩訶伐那（唐言大林）伽藍。是如來昔修菩薩行，號薩縛達多王（唐言一切施）。避敵棄國，潛行至此，遇貧婆羅門，方來乞丐。既失國位，無以為施，遂令羈縛，擒往敵王，冀以賞財，回為惠施。

如來在做王子時，曾經躲避敵人，丟棄國家，遇到貧窮的婆羅門，沒有財物給他。於是回國，擒獲敵人，復得王位。這個故事不就是烏雞國王的故事嗎？烏雞國王也是遇到唐僧師徒復國，情節完全一樣。

薩縛達多王，是梵語 Sarvadatta，所以元代王振鵬《唐僧取經圖冊》稱為東同國，東同就是 datta，說明《唐僧取經圖冊》都是根據《大唐西域記》，不是亂編。

十二、紅孩兒源自鬼子母

唐僧師徒四人離開烏雞國，遇到火雲洞的紅孩兒。紅孩兒的母親鐵扇公主，名為羅剎女，就是印度梵語的鬼。紅孩兒和羅剎女，在早期的西遊文學中，稱為鬼子母。

宋代的《大唐三藏取經詩話》第九篇《入鬼子母國》：

> 法師又問：「臣啟大王：此中人民得恁地性硬，街市往來，叫也不應。又無大人，都是三歲孩兒。何故孩兒無數，卻無父母？」國王大笑曰：「和尚向西來，豈不見人說有鬼子母國？」

元代楊景賢《西遊記雜劇》第三本第十二齣《鬼母皈依》：

> （紅孩兒上，哭科）（唐僧云）善哉！善哉！深山中誰家個小孩兒，迷蹤失路？少刻晚來，豺狼毒蟲，不壞了這孩兒性命？出家人見死不救。當破戒行。行者，與我馱著……（佛云）不知此非妖怪。

這婦人我收在座下，作諸天的。緣法未到，謂之鬼子母，他的小孩兒，喚做愛奴兒。

鬼子母，源自玄奘《大唐西域記》健馱邏國的鬼子母故事，卷二健馱邏國布色羯邏伐底城說：

梵釋窣堵波西北行五十餘里，有窣堵波，是釋迦如來於此化鬼子母，令不害人，故此國俗祭以求嗣。

鬼子母，梵文是 Hāritī，音譯為訶利帝，意譯為歡喜，有暴惡、青色、黃色、藥叉女神等別名，又稱為歡喜母、愛子母、功德天、天母。她是五百個鬼子的母親，原來是吃小孩的惡神，在佛的感化下，變成護法神。關愛兒童，是古代印度民間崇奉的女神，所以《西遊記雜劇》稱為愛奴兒。色羯邏伐底城，在今白沙瓦東北的查薩達（Chārsadda）。

元代出現了紅孩兒之名，但是還沒有附加火的因素，這可能是明代人附加，為了搭配火焰山鐵扇公主等情節。後來的《西遊記》中，羅剎女成為火焰山的主人，又搭配了牛魔王，衍生出一家人。鬼子母的丈夫是般闍迦，是武力和財富之神，因此被改造為牛魔王。

健馱邏石雕鬼子母和般闍迦

十三、九子鼉龍源自瞿波羅龍

唐僧師徒四人離開紅孩兒的火雲洞，到了黑水河，降服了鼉龍。鼉龍是西海龍王妹夫的第九個兒子，第四十三回西海龍王說：

> 舍妹有九個兒子。那八個都是好的。第一個小黃龍，見居淮瀆；第二個小驪龍，見住濟瀆；第三個青背龍，佔了江瀆；第四個赤髯龍，鎮守河瀆；第五個徒勞龍，與佛祖司鍾；第六個穩獸龍，與神宮鎮脊；第七個敬仲龍，與玉帝守擎天華表；第八個蜃龍，在大家兄處砥據太嶽。此乃第九個鼉龍，因年幼無甚執事，自舊年才著他居黑水河養性，待成名，別遷調用，誰知他不遵吾旨，衝撞大聖也。

為何恰恰是第九個兒子呢？

其實這是源自宋代《大唐三藏取經詩話》的《入九龍池處第七》：

> 猴行者曰：「我師看此是九條馗頭鼉龍，常會作孽，損人性命。我師不用匆匆。」……被猴行者騎定馗龍，要抽背脊筋一條，與我法師結條子。九龍咸伏，被抽背脊筋了，更被脊鐵棒八百下。

元代王振鵬《唐僧取經圖冊》上冊第4幅是《佛影國降瞿波羅龍》，這個故事源自玄奘《大唐西域記》卷二那揭羅曷國：

> 城西南二十餘里至小石嶺，有伽藍……伽藍西南，深澗峭絕，瀑布飛流，懸崖壁立。東岸石壁有大洞穴，瞿波羅龍之所居也。門徑狹小，窟穴冥暗，崖石津滴，蹊徑餘流。昔有佛影，煥若真容，相好具足，儼然如在。近代已來，人不遍睹，縱有所見，彷彿而已。至誠祈請，有冥感者，乃暫明視，尚不能久。昔如來在世之時，此龍為牧牛之士，供王乳酪，進奉失宜。既獲譴責，心懷恚恨，即以金錢買花，供養受記窣堵波，願為惡龍，破國害王。即趣石壁，投身而死。遂居此窟，為大龍王，便欲出穴，成本惡願。適起此心，如來已鑒，愍此國人為龍所害，運神通力，自中印度至。龍見如來，毒心遂止，受不殺戒，願護正法。

瞿波羅，梵文 Gopāla 音譯，意思是牧牛人。傳說瞿波羅龍本是母牛人，變成惡龍，被如來降服，那揭羅曷國在今巴基斯坦的賈拉拉巴德。

因為瞿、九、馗，古音接近，瞿的古音是 ku，接近馗 kui，九的古音是 giu，所以後人訛傳為九龍池、九條馗頭鼉龍。雖然佛影窟在《西遊記》已經沒有，但是位置仍然是在前面。

　　中國古代的龍源自鱷魚，鼉龍是揚子鱷，是中國特有物種，是鱷魚中最小的一種，很少超過 2 米，又名土龍、豬婆龍。

　　中國南方原來有灣鱷，又名馬來鱷、食人鱷、鹹水鱷、河口鱷、裸頸鱷。因為歷史上的人為捕殺和氣候變冷，現在中國南方已經沒有，東南亞等地還有，這就是中國古代蛟、龍的原型。這是最大的一種鱷，也是現在世界上最大的爬行動物。體長可達 7 米，重達 1 噸。揚子鱷是短吻鱷，嘴短，但是灣鱷的嘴長，性格兇殘，能食人。宋代中國北方已經沒有灣鱷，人們熟悉的就是揚子鱷，所以西遊故事中的瞿波羅龍變成了中國土產的鼉龍。

元代王振鵬《唐僧取經圖冊》上冊第 4 幅《佛影國降瞿波羅龍》局部

十四、龍王太子莫昂源自摩羯

　　吳承恩《西遊記》第四十三回，說西海龍王太子，名叫摩昂。摩昂的名字，其實也有根據。摩昂是傳抄失誤，原文應該是摩羯，也就是摩羯。因為昂、羯的字形很接近，所以寫錯了。

　　摩羯，源自梵語的 makara，也就是鯨魚。上古音的羯，讀作 kiat。唐代慧琳《一切經音義》卷四十說：「摩羯者，梵語也。海中大魚，吞噬一切。」摩羯是海神，所以成為龍王的太子。

　　圖畫中的摩羯，有時畫成長鼻，有時畫成長角，有時畫成全身鱗片。也有人說摩羯源自梵語的鱷魚 magar，也有人說摩羯是鱷魚、大象、鯨魚的形象混合。摩羯的原型無疑和大象無關，因為鱷魚的嘴很長，所以又附會了陸地

上的巨獸大象的形象。摩羯紋很可能是從印度傳入西亞、希臘，又變成羊頭魚尾，這顯然是進一步的訛變。

印度北方邦瓦拉納西薩爾納特考古博物館的摩羯紋石雕

馬來西亞吉打州 Kuala Muda，Kampung Sungai Mas 出土的 7 世紀摩羯石雕

古代從西域傳入中國的很多器物上都有摩羯紋，特別是唐宋遼金時期的銀器和宋代耀州窯器物。河北張家口市宣化區下八里村遼代張世卿墓、張恭誘墓，都有黃道十二宮圖，有摩羯紋。

遼寧博物館藏遼代摩羯形瓷壺、西夏王陵博物館藏瓦上的摩羯

2005 年，廈門市湖里區後坑村唐代墓中出土了波斯風格的銀碗、銀盞，銀碗外有花瓣造型，內有對稱的摩羯圖案。因為中國人很早就熟悉了摩羯，所以摩羯演化成了龍王的太子。

中國古代人也把鯨魚看成海神、龍王，《山海經·大荒東經》說北海神叫禺京，就是鯨魚。鯨魚本來就是海中最大的魚，所以漁民非常敬畏。而且鯨魚追逐魚群捕食，所以漁民利用鯨魚尋找魚群，稱鯨魚為海神。雷州半島一帶稱鯨魚為海龍公，稱鯊魚為大魚公。因為鯨魚是海龍王，所以鯨魚排出的分泌物，中國古代人稱為龍涎香。

廈門博物館藏唐代摩羯紋銀碗

十五、車遲國鬥法源自超日王鬥法

西遊故事中的車遲國鬥法，是全書最精彩的片段之一，吳承恩《西遊記》在第四十四回到第四十六回，描寫虎力大仙、鹿力大仙、羊力大仙和唐僧師徒輪番上陣，又猜謎，又打坐，又下油鍋，又砍頭顱，情節曲折，令人拍案叫絕，令人終生難忘。而大仙的惡毒、唐僧的無能和國王的顢頇，都襯托出了孫悟空的正義、英勇、機智。

但是這個故事不是吳承恩首先創造，最遲在元代已經出現。元代朝鮮人學習漢語的教材《朴通事諺解》引用了當時中國市場的暢銷書《西遊記平話》，其中就有這個故事：

　　到一個城子，喚做車遲國。那國王好善，恭敬佛法，國中有一個先生，喚伯眼，外名喚燒金子道人（《西遊記》云，有一先生到車遲國，吹口氣，以磚瓦皆化為金，驚動國王，拜為國師，號伯眼大仙）見國王敬佛法。便使黑心，要滅佛教，但見和尚，使拿著曳車解鋸。起蓋三清大殿，如此定害三寶。一日，先生們做羅天大醮。唐僧師徒二人，正到城裏智海禪寺投宿，聽的道人們祭星，孫行者，師傅上說知，到羅天大醮壇場上藏身，奪吃了祭星茶果，卻把伯眼打了一鐵棒。小先生到前面教點燈，又打了一鐵棒。

　　伯眼道：「這禿廝好沒道理！」便焦躁起來，到國王前面告未畢。唐僧也引徒弟去到王所，王請唐僧上殿，見大仙打罷問訊，先生也稽首回禮。先生對唐僧道：「咱兩個冤仇不小可裏！」三藏道：「貧僧是東土人，不曾認的，你有何冤仇？」大仙睜開雙眼道：「你教徒弟，壞了我羅天大醮，更打了我兩鐵棒，這的不是大仇？咱兩個對君王面前鬥聖，那一個輸了時，強的上拜為師傅！」唐僧道：「那般著？」伯眼道：「起頭坐靜，第二櫃中猜物，第三滾油洗澡，第四割頭再接。」說罷，打一聲鍾響，各上禪床坐定，分毫不動，但動的便算輸。

　　要動禪，大仙徒弟名鹿皮，拔下一根頭髮，變做狗蚤，唐僧耳門後咬。孫行者是個胡孫，見那狗蚤，便拿下來磕死了。他卻拔下一根毛衣，變作假行者，靠師傅立的。他走到金水河裏，和將一塊青泥來，大仙鼻凹裏放了，變做青母蠍，脊背上咬一口。大仙叫一聲，跳下床來了，王道：「唐僧得勝了。」又叫兩個宮娥，抬過一個紅漆櫃子來，前面放下，著兩個猜裏面有甚麼。皇后暗使一個宮娥，說與先生，櫃中有一顆桃。孫行者變做個焦苗蟲兒，飛入櫃中，把桃肉都吃了，只留下桃核出來，說與師傅。王說：「今番著唐僧先猜。」三藏說：「是一個桃核。」皇后大笑：「猜不著了。」大仙說：「是一顆桃。」著將軍開櫃看，卻是桃核，先生又輸了。

　　鹿皮對大仙說：「咱如今燒起油鍋，入去洗澡。」鹿皮先脫下衣服，入鍋裏，王喝彩的其間，孫行者念一聲唵字，山神土地神鬼都來了，行者教千里眼、順風耳等兩個鬼，油鍋兩邊看著。先生待要出來，拿著肩膀颩在裏面，鹿皮熱當不的，腳踏鍋邊，待要出來，

被鬼們當住出不來，就油裏死了。王見多時不出時：「莫不死了麼？」
教將軍看，將軍使鈎子，搭出個爛骨頭的先生。孫行者說：「我如今
入去洗澡。」脫了衣裳，打一個跟頭，跳入油中，才待洗澡，卻早
不見了。王說：「將軍你搭去，行者敢死了也？」將軍用鈎子搭去，
行者變做五寸來大的胡孫，左邊搭右邊趨，右邊搭左邊去，百般搭
不著。將軍奏道：「行者油煎的肉都沒了！」唐僧見了啼哭，行者聽
了，跳出來，叫：「大王有肥棗麼？與我洗頭！」眾人喝彩，佛家贏
了也。

　　孫行者把他的頭先割下來，血瀝瀝的腔子立地，頭落在地上，
行者用手把頭提起，接在脖項上，依舊了。伯眼大仙也割下頭來，
待要接。行者念金頭揭地、銀頭揭地、波羅僧揭地之後（《西遊記》
云，釋迦牟尼佛在靈山雷音寺演說三乘教法，傍有侍奉阿難，伽舍，
諸菩薩，聖僧，羅漢，八金剛，四揭地，十代明王，天仙地仙）變
做大黑狗，把先生的頭拖將去。先生變做老虎趕，行者直拖的王前
面颩了。不見了狗，也不見了虎，只落下一個虎頭。國王道：「元來
是一個虎精，不是師傅，怎生拿出他本像？」說罷，越敬佛門，賜
唐僧金錢三百貫、金缽盂一個。賜行者金錢三百貫，打發了，這孫
行者正是了的。那伯眼大仙，那裡想胡孫乎裏死了，古人道，殺人
一萬，自損三千。

　　有的人說車遲國是名字源自漢代西域的車師國，此說其實不能成立，因
為唐代的車師國早已不存在。漢代的車師國就被分為很多小國，西漢的西域
長史、戊己校尉在車師。西晉設高昌郡，前涼張軌、後涼呂光、北涼沮渠蒙
遜，佔據河西，都設高昌太守。柔然人立高昌闞伯周為高昌王，高車人立敦
煌人張孟明為王，高昌人又自立為王。總之從北朝開始，高昌國就完全取代
車師之名。

　　有的人說鬥法的故事源自元代的佛道大辯論，蒙哥汗八年（1258 年，南
宋寶祐六年），忽必烈在哈剌和林（今蒙古哈爾和林）主持了佛教和道教辯論
的戊午大會，佛道辯論，佛教獲勝。〔註44〕

　　所謂車遲國鬥法源自元代佛道爭鬥的說法，看似合理，其實也不能成立。

〔註44〕胡小偉：《從〈至元辨偽錄〉到〈西遊記〉》，《河南大學學報（社會科學版）》
　　　　2004 年第 1 期。

因為佛道辯論的情節和車遲國鬥法還有很大差異，而且此說不能解釋車遲國名的由來。車師國早已不存在，為何在元代又出現了呢？

其實佛教與外道鬥爭的故事在印度很常見，玄奘就有很多這樣的記載。車遲國鬥法的故事，無疑也是源自玄奘的記載。

值得注意的是，元代王振鵬《唐僧取經圖冊》下冊第 4 幅是《東同國捉獅子精》，上文已經說過就是烏雞國捉獅子精。下冊第 5 幅是《六通尊者降樹生囊行者》，下冊第 6 幅是《金鼎國長爪大仙鬥法》，金鼎國長爪大仙鬥法無疑就是車遲國鬥法，按照對應的次序，這個故事不可能遠離玄奘《大唐西域記》的健馱邏國、烏仗那國！

金鼎國，讀音非常接近健馱邏國，我們恰好在健馱邏國找到了非常類似的鬥法故事，玄奘《大唐西域記》卷二健馱邏國：

> 大窣堵波西有故伽藍，迦膩色迦王之所基也……時室羅伐悉底國毗訖羅摩阿迭多王（唐言超日）……欲眾辱如意論師。乃招集異學德業高深者百人，而下令曰：「欲收視聽，遊諸真境，異道紛雜，歸心靡措，今考優劣，專精遵奉。」洎乎集論，重下令曰：「外道論師並英俊也，沙門法眾宜善宗義，勝則崇敬佛法，負則誅戮僧徒。」於是如意詰諸外道，九十九人已退飛矣。下席一人，視之蔑如也，因而劇談，論及火煙。王與外道咸喧言曰：「如意論師辭義有失！夫先煙而後及火，此事理之常也。」如意雖欲釋難，無聽覽者。恥見眾辱，齧斷其舌，乃書誡門人世親曰：「黨援之眾，無競大義；群迷之中，無辯正論。」言畢而死。居未久，超日王失國，與王膚運，表式英賢。世親菩薩欲雪前恥，來白王曰：「大王以聖德君臨，為含識主命。先師如意學窮玄奧，前王宿撼，眾挫高名，我承導誘，欲復前怨。」其王知如意哲人也，美世親雅操焉，乃召諸外道與如意論者。世親重述先旨，外道謝屈而退。

超日王想迫害如意法師，召集外道百人，要他們與如意法師論戰，如意法師已經勝利，但是超日王偏袒外道，如意法師自己斷舌而死。超日王很快失國，新任國王接納如意法師弟子世親的建議，再次召集外道，外道辯論失敗。

這個故事非常類似車遲國鬥法，首先是讀音接近，車遲就是超日的訛傳，

其次是情節接近，都是老師與外道鬥法失敗，但是弟子為老師贏得勝利。加上次序完全符合，所以就是車遲國鬥法的由來。

更有趣的是，王振鵬的金鼎國鬥法之前的一幅圖是《六通尊者降樹生囊行者》，而玄奘《大唐西域記》在如意法師故事之前說：

> 第三重閣有波栗濕縛（唐言脅）尊者室……初，尊者之為梵志師也，年垂八十，捨家染衣。城中少年便誚之曰：「愚夫朽老，一何淺智！夫出家者，有二業焉，一則習定，二乃誦經。而今衰耄，無所進取，濫跡清流，徒知飽食。」時脅尊者聞諸譏議，因謝時人而自誓曰：「我若不通三藏理，不斷三界欲，得六神通，具八解脫，終不以脅而至於席！」自爾之後，唯日不足，經行宴坐，住立思惟，晝則研習理教，夜乃靜慮凝神，綿歷三歲，學通三藏，斷三界欲，得三明智，時人敬仰，因號脅尊者焉。

脅尊者八十歲才開始立志出家，少年嘲笑他太老朽，他發誓不得六神通，臂膀就不放在席子上。從此每天學習，三年學成，因此號為脅尊者。

所謂六通尊者，就是得了六神通的脅尊者。所以王振鵬《唐僧取經圖冊》和玄奘《大唐西域記》的次序，完全符合。

元代楊景賢的《西遊記》雜劇第三本第九齣《神佛降孫》，孫悟空出場時自稱：

> 小聖弟兄、姊妹五人，大姊驪山老母，二妹巫枝祗聖母，大兄齊天大聖，小聖通天大聖，三弟耍耍三郎。喜時攀藤攬葛，怒時攪海翻江。金鼎國女子我為妻，玉皇殿瓊漿咱得飲。

孫悟空之妻說：「妾身火輪金鼎國王之女，被通天大聖攝在花果山中紫雲羅洞裏。」以前我們一直不明白這個金鼎國的由來，不明白為何孫悟空還有妻子。現在看到了王振鵬的畫冊，本文又考出了金頂國就是車遲國，也就是健馱邏國，而玄奘記載健馱邏國的故事中，有鬼子母、毗摩天女、淫女，鬼子母就是羅剎女和紅孩兒的由來，鬼子母在元代王振鵬《唐僧取經圖冊》下冊第 1 幅稱為龜子夫人，毗摩天女在元代王振鵬《唐僧取經圖冊》下冊第 3 幅稱為魔女國，淫女演化為金角大王、銀角大王故事中的九尾狐狸精。

總之，金鼎國女子都是女妖，沒有一個好人。所以孫悟空說他的妻子來自金鼎國，因為這個國家的女子沒有好人！

十六、通天河是印度河

唐僧師徒四人離開了車遲國，來到了八百里通天河前，降服了老黿。通天河就是印度河，印度河是印度西北最大的河，可能因為通往天竺，或附會為通往天國，故名通天河。

玄奘《大唐西域記》卷三烏仗那國瞢揭釐城：

> 東北逾山越谷，逆上信度河，途路危險，山谷杳冥……從此東行，逾嶺越谷，逆上信度河，飛梁棧道，履危涉險，經五百餘里，至鉢露羅國。

鉢露羅國：

> 從此復還烏鐸迦漢荼城，南渡信度河，河廣三四里，西南流，澄清皎鏡，汨淴漂流。毒龍、惡獸窟穴其中，若持貴寶、奇花果種及佛舍利渡者，船多飄沒。

雖然玄奘說通天河中有很多鬼怪，但是《西遊記》通天河白黿精源自後來中國人改造的情節。

玄奘在回國路上，在印度河遇風落水，玄奘弟子慧立所著玄奘傳記《大慈恩寺三藏法師傳》說：

> 又西北行三日，至信度大河，河廣五六里。經像及同侶人，並坐船而進。法師乘象涉渡，時遣一人在船看守經及印度諸異花種。將至中流，忽然風波亂起。搖動船舫，數將覆沒。守經者惶懼墮水，眾人共救得出。遂失五十夾經本及花果種等，自餘僅得保全。時迦畢試王先在烏鐸迦漢荼城，聞法師至，躬到河側奉迎。問曰：「承師河中失經，師不將印度花果種來？」答曰：「將來。」王曰：「鼓浪傾船，事由於此。自昔以來，欲將花種渡者並然。」因共法師還城，寄一寺，停五十餘日。為失經本，更遣人往烏長那國，抄寫《迦葉臂耶部三藏》。〔註45〕

玄奘在印度河丟失佛經入水，停留五十多天，迦畢試國王又派人去烏長那國抄寫佛經，這就是《西遊記》八十一難最後一難通天河佛經落水的由來。

〔註45〕〔唐〕慧立、彥悰著、孫毓棠、謝方點校：《大慈恩寺三藏法師傳》，北京：中華書局，2000年，第114～115頁。

阿富汗、巴基斯坦的《大唐西域記》、《西遊記》地名圖

十七、女兒國源自西藏的女國

唐僧師徒四人，渡過通天河，來到女兒國，吳承恩《西遊記》在五十三到五十四回。

女兒國的原型是西藏西北部的女國，玄奘《大唐西域記》卷四：

> 此國境北大雪山中，有蘇伐剌拿瞿呾羅國（唐言金氏）。出上黃金，故以名焉。東西長，南北狹，即東女國也。世以女為王，因以女稱國。夫亦為王，不知政事。丈夫唯征伐、田種而已。土宜宿麥，多畜羊馬。氣候寒烈，人性躁暴。東接吐蕃國，北接于闐國，西接三波訶國。

婆羅吸摩補羅國的國都，在今印度哈爾德瓦東北的斯里那加爾（Srinagar），女國在其北的大雪山之北，在今西藏境內。東面是吐蕃，北面是于闐。因為玄奘在下文又說到西海的女國，所以把這個女國稱為東女國。

玄奘《大唐西域記》卷十一僧伽羅國說：

> 子女各從一舟，隨波飄蕩。其男船泛海，至此寶渚，見豐珍玉，便於中止。其後商人採寶，復至渚中，乃殺其商主，留其子女。如是繁息，子孫眾多，遂立君臣，以位上下，建都築邑，據有疆域。以其先祖擒執師子，因舉元功，而為國號。女船者，泛至波剌斯西，神鬼所魅，產育群女，故今西大女國是也。

傳說僧伽羅國的祖先是獅子所生的男子，所生的女子漂流到西方，成為西女國的祖先。

同卷狼揭羅國說：

> 臨大海濱，入西女國之路也……自此西北至波剌斯國。雖非印度之國，路次附見，舊曰波斯，略也。

狼揭羅國在今巴基斯坦西南部海岸，據說其西通往西女國。同卷下一條波剌斯國說：

> 西北接拂懍國，境壤風俗，同波剌斯。形貌語言，稍有乖異，多珍寶，亦福饒也。拂懍國西南海島有西女國，皆是女人，略無男子。多諸珍寶貨，附拂懍國，故拂懍王歲遣丈夫配焉，其俗產男皆不舉也。

波剌斯國即波斯，其西北的拂懍國即東羅馬（Rum），波斯人稱為 From，音譯為拂懍、拂菻。〔註46〕

玄奘所說的東女國，中國人稱為西女國，《隋書》卷八十三說女國：

> 在蔥嶺之南，其國代以女為王。王姓蘇毗……女王之夫，號曰金聚，不知政事……王居九層之樓，侍女數百人，五日一聽朝。復有小女王，共知國政。其俗貴婦人，輕丈夫……氣候多寒，以射獵為業。出鍮石、朱砂、麝香、犛牛、駿馬、蜀馬。尤多鹽，恒將鹽向天竺興販，其利數倍。亦數與天竺及党項戰爭……歲初以人祭，或用獼猴。祭畢，入山祝之，有一鳥如雌雉，來集掌上，破其腹而視之，有粟則年豐，沙石則有災，謂之鳥卜。

女國在蔥嶺（帕米爾高原）之南，靠近印度，在青藏高原的西部，也就是現在的阿里高原，平均海拔 4500 米以上，是世界屋脊的屋脊，喜馬拉雅山、岡底斯山、崑崙山、喀喇崑崙山等山脈在此匯聚。

女兒國的國王姓蘇毗，說明女兒國和歷史上的蘇毗部落有關。2005 年，阿里地區政府所在的噶爾縣，門士鄉現代苯教寺院故如甲木寺門口，一輛載重卡車無意中壓壞路面，一座古墓露出地面。2012 年 6 月到 8 月的考古工作，發現這裡是一個墓群，出土了很多青銅器、中原式鐵劍、微型黃金面具、王侯銘文絲綢殘片等重要文物。王侯銘文的絲綢，來自中原，在 3 至 4 世紀的

〔註46〕〔唐〕玄奘、辯機原著、季羨林等校注：《大唐西域記校注》，中華書局，2000年版，第 942 頁。

新疆尉犁縣營盤墓地和公元 455 年的和吐魯番阿斯塔那墓地出現過，由此可知該墓葬的絲綢年代應為 3 世紀至 5 世紀。

這個墓群是阿里高原埋葬最深、分布最為集中的墓群，在西藏地區也很罕見。附近的卡爾東古城，很可能是象雄古國的都城，傳說中的穹隆銀城。門士鄉向西不遠就是札達縣，有古格王朝的都城遺址，古格王朝是象雄古國的延續。

近年來，考古學者在札達縣北邊的皮央—東嘎石窟寺周邊發掘了一些墓葬，年代為公元前 1000 年到公元前 400 年左右。但此後到吐蕃時期仍是一片空白，故如甲木墓地的發現正好填補了這段空白，使年代鏈條更為完整。

阿里高原本來就產黃金，墓葬出土的金面具（如左圖）也印證了女兒國出產上好黃金，國號就是金氏國。札達縣的古格王國遺址也出土了很多金銀佛像，還有金銀汁書寫的佛經、金漆壁畫。

西域叫金國的地方不止這一個，于闐國曾經自稱金國，敦煌遺書 P2998 回鶻文說，馬年（934 年）五月，金國的使節向沙州求婚，就是于闐國王李聖天求娶沙州歸義軍節度使曹議金的女兒，金國就是于闐。而在曹議金之前，統治沙州的歸義軍節度使張承奉，曾經自號西漢金山國。

敦煌第 98 號石窟的供養人是曹議金，東壁有一幅高達 2.82 米的供養人畫像，旁邊題有：「大朝大寶于闐國王大聖大明天子。」就是于闐國王李聖天，李聖天求婚成功，所以他岳父供養的石窟有他的畫像。

四川西部又有東女國，《舊唐書》卷一百九十七說東女國：「東與茂州、党項接，東南與雅州接，界隔羅女蠻及白狼夷。」茂州治今四川茂縣，雅州治今雅安。顯然，東女國在今四川省西北部，因此稱為東女國。

玄奘說女兒國人姓金，這就是《西遊記》女兒國之前有金兜洞犀牛精故事的由來。這也證明，《西遊記》的女兒國就是西藏的女國。之所以是犀牛精，很可能是婆羅吸摩補羅國名訛傳為犀魔，再變成犀牛精。

南宋杭州中瓦子張家所刻的《大唐三藏取經詩話》說女人國：

> 次入一國，都無一人，只見荒屋漏落，園離破碎。前行漸有數
> 人耕山，布種五穀。法師曰：「此中似有州縣，又少人民，且得見三
> 五農夫之面。」……舉步如飛，前遇一溪，洪水茫茫。法師煩惱。
> 猴行者曰：「但請前行，自有方便。」行者大叫天王一聲，溪水斷流，
> 洪浪乾絕……次行又過一荒州，行數十里，憩歇一村。法師曰：「前
> 去都無人煙，不知是何處所？」……僧行起身唱喏曰：「蒙王賜齋，
> 蓋為砂多，不通吃食。」女王曰：「啟和尚知悉：此國之中，全無五
> 穀。只是東土佛寺人家，及國內設齋之時出生，盡於地上等處收得，
> 所以砂多。和尚回歸東土之日，望垂方便。」

西遊故事中的女人國，人口稀少，多砂少糧，正是因為女國在青藏高原，氣候嚴寒，土地貧瘠。

吳承恩《西遊記》第五十五、五十六回，緊接著女兒國的是一個女妖蠍子精，這個故事在玄奘《大唐西域記》找不到原型，無疑是從女兒國衍生出的女妖。女兒國的國王要和唐僧結婚，蠍子精也是色誘，情節類似。

吳承恩《西遊記》接下來是火焰山，宋代的《大唐三藏取經詩話》中，火焰山是白骨精所在的火類拗，本來應該排在前面，但是元代朝鮮人編寫的漢語學習教材《朴通事諺解》引元代中國流行的平話《西遊記》說：

> 法師往西天時，初到師駝國界，遇猛虎毒蛇之害，次遇黑熊精、
> 黃風怪、地湧夫人、蜘蛛精、獅子怪、多目怪、紅孩兒怪，幾死僅
> 免。又過棘溝洞、火炎山、薄屎洞、女人國幾諸惡山險水，怪害患
> 苦，不知其幾。

火炎山排在棘溝洞、薄屎洞之間，棘溝洞就是木仙庵所在的荊棘嶺，薄屎洞就是稀柿衕，在吳承恩《西遊記》的第六十四、六十七回，所以火焰山的位置在元代非常靠後了。

十八、六耳獼猴源自獼猴獻蜜

吳承恩《西遊記》第五十七、五十八回是真假美猴王，六耳獼猴冒充孫悟空，最終被如來降服，被孫悟空打死。

這個故事在女兒國之後，但是在玄奘《大唐西域記》，也是在卷四，但是位置稍微靠前，卷四秣菟羅國：

> 石室東南二十四五里，至大涸池，傍有窣堵波。在昔如來行經此處，時有獼猴持蜜奉佛，佛令水和，普遍大眾。獼猴喜躍，墮坑而死，乘茲福力，得生人中。

這個故事的位置正是在目支鄰陀龍王（萬聖龍王）之前，六耳獼猴被如來降服，源自獼猴向如來獻蜜。原來故事中的獼猴是樂極而死，而西遊故事中的獼猴是被打死。

秣菟羅國，是梵語 Mathurā 的音譯，意思是美蜜，在今印度喬賞彌（Kosam）的西北。

玄奘《大唐西域記》卷七吠舍釐國：

> 石柱南有池，是群獼猴為佛穿也，在昔如來曾住於此。池西不遠有窣堵波，諸獼猴持如來鉢上樹取蜜之處。池南不遠有窣堵波，是諸獼猴奉佛蜜處。池西北隅猶有獼猴形象。

吠舍釐國在今哈齊普爾以北，這個國家的很多故事見於元代王振鵬《唐僧取經圖冊》，所以在西遊文學史上也很重要。

十九、鐵扇公主、牛魔王源自難近母故事

吳承恩《西遊記》第五十九到六十一回說到，唐僧師徒四人為了過火焰山，孫悟空三調鐵扇公主的芭蕉扇，鐵扇公主是牛魔王的妻子。

按照《西遊記》和《大唐西域記》的對應順序，這個故事應該出現在《大唐西域記》的卷四或卷五，但是卷四找不到對應的故事，其實這個故事雖然不在玄奘記載的故事中，但是源自玄奘本人的經歷。

玄奘《大唐西域記》卷五有阿逾陀國、阿耶穆佉國，慧立《大慈恩寺三藏法師傳》記載玄奘從阿逾陀國去阿耶穆佉國的路上，被強盜捉住，強盜崇拜印度教的突伽天神，每年秋天要殺一個容貌端美的人祭祀，玄奘差點被殺，幸而起了一陣黑風，玄奘趁機說是神的譴責，才被強盜放走。

突伽天神（Durgā），又譯為杜爾迦，就是印度教的女神難近母，意思是

難以接近的女神。難近母是濕婆的妻子，相傳天神被牛魔王瑪希哈（Mahisha）打敗，為了殺死牛魔王，眾天神用火焰造出的女神難近母。難近母得到天神獻上的各種武器，有濕婆的三叉戟、毗濕奴的飛輪，長出三眼、多手，騎上喜馬拉雅山神送來的獅子，殺死了牛魔王。難近母源自印度古老的性力派女神薩克提（Sakti 力量）女神，代表宇宙的力量。她附身在突伽時，容貌秀麗。附身在迦梨（Kali）女神時，嗜血好殺，容貌醜陋，膚色黝黑，要用血祭。難近母花了九天，在第九夜才戰勝牛魔王，所以印度有九夜節，祭祀難近母。現在印度東部的一些地方，在九夜節還殺雞放血，但是很多地方已經不殺生。〔註47〕

難近母就是鐵扇公主，鐵扇公主：「手提寶劍怒聲高，凶比月婆容貌。」難近母最主要功績是消滅牛魔摩西娑蘇羅，西遊文學訛變為牛魔王的妻子。難近母是從火焰中產生，演變為火焰山。玄奘差點被殺死，獻給難近母，演變為火焰山鐵扇公主這一劫難。

有趣的是，在印度的兩個仇敵難近母和牛魔王，到了中國竟在《西遊記》中變成夫妻。

二十、萬聖龍王源自目支鄰陀龍王

吳承恩《西遊記》第六十二回、六十三回說，唐僧師徒四人離開了火焰山，到了祭賽國，看到金光寺寶塔頂上的佛寶舍利子被亂石山碧波潭萬聖龍王的女婿九頭蟲偷去，孫悟空打死龍王、龍子、龍孫和九頭蟲，取回佛寶。

元代王振鵬《唐僧取經圖冊》下冊第 14 幅是《萬程河降大威顯勝龍》，我以為就是萬聖龍王的由來。萬程、萬聖，讀音接近。

這幅圖排在中印度、啞女、白蓮公主等故事之後，而這些故事都是源自玄奘記載的摩揭陀國故事，按照次序，萬聖龍王在摩揭陀國。

玄奘《大唐西域記》卷八摩揭陀國：

> 帝釋化池東林中，有目支鄰陀龍王池，其水清黑，其味甘美。
> 西岸有小精舍，中作佛像。昔如來初成正覺，於此宴坐，七日入定。
> 時此龍王警衛如來，即以其身繞佛七匝，化出多頭，俯垂為蓋，故
> 池東岸有其室焉。

目支鄰陀，是梵語 Mucilinda 的音譯，接近萬程的古音 man-cin。法顯《佛

國傳》伽耶城譯為文鱗，接近萬程。而且目支鄰陀龍王故事最大的特點是龍王有很多頭，這就是九頭蟲的由來。

九頭蟲的故事也有佛影窟瞿波羅龍的因素，瞿波羅龍演化為九龍池九條䭥頭黿龍、九子黿龍，九頭蟲也是九頭，九頭蟲竊取了佛寶，使得寶塔失去了金光，玄奘說他的時代，已經看不清佛影窟的佛影，也很類似。

二一、木仙庵源自大樹仙人

吳承恩《西遊記》第六十四回說，唐僧在木仙庵被一些古樹精迷惑，松樹精變成十八公，柏樹精是孤直公，檜樹精是凌空子，竹子精是拂雲叟，楓樹精是赤身鬼，還有杏樹精變成女子勾引唐僧。

這個故事僅有一回，情節簡單。《西遊記》中多數妖精是動物，唯獨這一回的妖精都是樹木。

其實這一回故事也是源自玄奘的記載，《大唐西域記》卷五羯若鞠闍國：

> 時有仙人居殑伽河側，棲神入定，經數萬歲，形如枯木，遊禽棲集，遺尼拘律果於仙人肩上，暑往寒來，垂蔭合拱。多歷年所，從定而起，欲去其樹，恐覆鳥巢，時人美其德，號大樹仙人。仙人寓目河濱，遊觀林薄，見王諸女相從嬉戲，欲界愛起，染著心生，便詣花宮，欲事禮請。王聞仙至，躬迎慰曰：「大仙棲情物外，何能輕舉？」仙人曰：「我棲林藪，彌積歲時，出定遊覽，見王諸女，染愛心生，自遠來請。」王聞其辭，計無所出，謂仙人曰：「今還所止，請俟嘉辰。」仙人聞命，遂還林藪。王乃歷問諸女，無肯應娉。王懼仙威，憂愁毀悴。其幼稚女候王事隙，從容問曰：「父王千子具足，萬國慕化，何故憂愁，如有所懼？」王曰：「大樹仙人幸顧求婚，而汝曹輩莫肯從命。仙有威力，能作災祥，倘不遂心，必起瞋怒，毀國滅祀，辱及先生。深惟此禍，誠有所懼。」稚女謝曰：「遺此深憂，我曹罪也。願以微軀，得延國祚。」王聞喜悅，命駕送歸。既至仙廬，謝仙人曰：「大仙俯方外之情，垂世間之顧，敢奉稚女，以供灑掃。」仙人見而不悅，乃謂王曰：「輕吾老叟，配此不妍。」王曰：「歷問諸女，無肯從命。唯此幼稚，願充給使。」仙人懷怒，便惡咒曰：「九十九女，一時腰曲，形既毀弊，畢世無婚。」王使往驗，果已背傴。從是以後，便名曲女城焉。

羯若鞠闍國有大樹仙人，要和國王的女兒結婚，國王的幼女前往，大樹仙人嫌她不漂亮，作法讓國王其餘九十九個女兒都變成駝背。

羯若鞠闍，源自梵文 Kanyākubja，Kanyā 是少女，kubja 是彎曲。在今恒河和卡里河交匯處的卡瑙季（Kannauj）。

木仙庵的樹木精，顯然就是源自曲女城的大樹仙人。因為大樹仙人有上萬歲，所以木仙庵的樹木精都是老人。因為大樹仙人要美麗的女子，也有幼女前來，所以木仙庵故事也有美女勾引唐僧的故事。

南宋杭州中瓦子張家所刻的《大唐三藏取經詩話》，第五篇《過獅子林及樹人國》說：

> 早起，七人約行十里，猴行者啟：「我師，前去即是獅子林。」說由未了，便到獅子林。只見麒麟迅速，獅子崢嶸，擺尾搖頭，出林迎接，口銜香花，皆來供養。法師合掌向前，獅子舉頭送出。五十餘里，盡是麒麟。次行又到荒野之所，法師回謝獅王迎送。
>
> 猴行者曰：「我師前去又是樹人國。」入到國中，盡是千年枯樹，萬載石頭，松柏如龍，頑石似虎。又見山中有一村寺，並無僧行。只見林雞似鳳，山犬如龍：門外有兩道金橋，橋下盡是金線水。又覩紅日西斜，都無旅店。猴行者曰：「但請前行，自然不用憂慮。」又行五六十里，有一小屋，七人遂止宿於此。次早起來，七人嗟歎：「夜來此處甚是蹊蹺！」遵令行者前去買菜做飯。主人曰：「此中人會妖法，宜早回來。」法師由尚未信。小行者去買菜，至午不回。法師曰：「煩惱我心！小行者出去買菜，一午不見回來，莫是被此中人妖法定也？」猴行者曰：「待我自去尋看如何？」法師曰：「甚好，甚好！」
>
> 猴行者一去數里借問，見有一人家，魚舟繫樹，門掛蓑衣。然小行者被他做法，變作一個驢兒，吊在廳前。驢兒見猴行者來，非常叫喚。猴行者便問主人：「我小行者買菜，從何去也？」主人曰：「今早有小行者到此，被我變作驢兒，見在此中。」猴行者當下怒發，卻將主人家新婦，年方二八，美貌過人，行動輕盈，西施難比，被猴行者做法，化此新婦作一束青草，放在驢子口伴。
>
> 主人曰：「我新婦何處去也？」猴行者曰：「驢子口邊青草一束，便是你家新婦。」主人曰：「然你也會邪法？我將為無人會使此法。

今告師兄，放還我家新婦。」猴行者曰：「你且放還我小行者。」主
人噀水一口，驢子便成行者。猴行者噀水一口，青草化成新婦。

這個故事中，也有千年古樹，也有變化的女人。樹人國的名字很可能就是由此而來，很可能就是大樹仙人。

這個故事在《大唐三藏取經詩話》中有突出的地位，不過也融入了其他故事的情節。袁書會指出，《大唐三藏取經詩話》的《過獅子林及樹人國第五》說樹人國的店主把唐僧隨行的小行者變成驢子，猴行者噀水把店主的新婦變成驢子口邊的青草，而《太平廣記》卷二百八十六《板橋三娘子》引唐代河東人薛漁恩《河東記》有類似故事，說汴州的板橋三娘子先用水噀木偶和木牛，種出麥子，做成麵餅，住店的客人吃了麵餅，變成驢子。〔註48〕

因為《河東記》的故事更加複雜，而且明確說三娘子吞沒客人錢財，而《大唐三藏取經詩話》不說店主施法的原因，令人感到莫名其妙。說明《大唐三藏取經詩話》樹人國的故事情節，融入了唐代《河東記》之類的故事。

楊憲益指出，板橋三娘子的故事源自西方，古希臘《奧德賽》（Odysseia）第十卷說，女巫 Kieke 用麥餅招待客人，把客人變成豬。古羅馬阿普流（Apuleius）的《變形記》，也有類似故事。但是楊憲益誤以為板橋是宋代山東的板橋鎮（今膠州市），認為這個故事是從海路傳入山東。〔註49〕其實板橋是常見的地名通名，《河東記》故事在今山西，山西的胡人很多，所以應是從西北傳入。

二二、小雷音寺源自天祠

吳承恩《西遊記》第六十五回、六十六回說，唐僧師徒四人離開木仙庵，被黃眉童子的小雷音寺迷惑。

而玄奘在曲女城之下也記載了一個天祠，《大唐西域記》卷五的鉢邏耶伽國說：

天祠數百，異道寔多……城中有天祠，瑩飾輪煥，靈異多端。依其典籍，此處是眾生植福之勝地也。能於此祠捐捨一錢，功逾他所惠施千金。復能輕生，祠中斷命，受天福樂，悠永無窮。天祠堂

〔註48〕袁書會：《也說〈大唐三藏取經詩話〉是一部唐代白話小說》，《西藏民族學院學報（哲學社會科學版）》2010 年第 5 期。

〔註49〕楊憲益：《板橋三娘子》，《新中華》復刊 1946 年第 4 卷第 3 期。收入楊憲益：《譯余偶拾》，山東畫報出版社，2006 年，第 59～63 頁。

前有一大樹，樹葉扶疏，陰影蒙密。有食人鬼依而棲宅，故其左右
多有遺骸。若人至此祠中，無不輕捨身命，既恍邪說，又為神誘，
自古迄今，習謬無替。

玄奘書中的天祠是指佛教以外的宗教場所，主要指印度教。鉢邏耶伽國
是印度天祠最多的地方之一，而且佛寺特少，僅有兩座。這裡的天祠，美輪
美奐，不輸給佛寺。也有很多人為天祠捐錢，前面的大樹據說有食人鬼。所
以我認為小雷音寺的原型，就是此地的宏偉天祠。鉢邏耶伽國在今印度阿拉
哈巴德（Allahabad），在恒河和閻牟那河交匯處。

從全書的位置來看，也很符合。因為《西遊記》下文緊接著獅駝嶺，而
《大唐西域記》下文也是室羅伐悉底國的逝多林，獅駝嶺就是源自逝多林。

二三、稀柿衕、薄屎洞、盤絲洞

唐僧師徒四人離開小雷音寺，到了稀柿衕，吳承恩《西遊記》第六十七
回說：

這山徑過有八百里，滿山盡是柿果……我這敝處地闊人稀，那
深山亙古無人走到。每年家熟爛柿子落在路上，將一條夾石胡同，
盡皆填滿。又被雨露雪霜，經秋過夏，作成一路污穢。這方人家，
俗呼為稀屎衕。

為何爛的是柿子不是別的水果？全書很少出現類似的情節，在現實生活
中也很難找到。而且爛柿子和全書其他部分出現的降妖伏魔故事比起來，太
過平淡甚至令人感到無聊。

稀柿衕之後是朱紫國、盤絲洞，其實朱紫國是吳承恩加入，諷刺朱明王
朝，所以原來稀柿衕和盤絲洞相連。

稀柿衕在元代又寫成薄屎洞，元代朝鮮人編寫的漢語學習教材《朴通事
諺解》引元代中國流行的平話《西遊記》說：

法師往西天時，初到師駝國界，遇猛虎毒蛇之害，次遇黑熊精、
黃風怪、地湧夫人、蜘蛛精、獅子怪、多目怪、紅孩兒怪，幾死僅
免。又過棘溝洞、火炎山、薄屎洞、女人國幾諸惡山險水，怪害患
苦，不知其幾。

薄屎洞無疑就是薄屎洞，稀、薄相通，而薄屎洞和盤絲洞的讀音極其相
近，而盤絲洞的主角蜘蛛精也是女人！過去我們很少去想為何蜘蛛精變成女

人，難道不能變成男人？如果我們想到盤絲洞是源自薄屎洞、戲世洞、稀柿衕，就不難理解了！

其實稀柿衕就是獅駝嶺故事的分化，因為盤絲洞下文緊接獅駝嶺，獅駝嶺源自玄奘《大唐西域記》的逝多林，柿衕、逝多，讀音非常接近。

二四、七絕山源自靈山耆闍崛

稀柿衕在七絕山，《西遊記》說：

> 古雲柿樹有七絕：一益壽，二多陰，三無鳥巢，四無蟲，五霜葉可玩，六嘉實，七枝葉肥大，故名七絕山。

七絕山的名字，我發現顯然源自靈鷲峰的梵語耆闍崛，中國人講西遊故事時，耆闍崛訛傳為七絕，靈鷲峰就是西遊的終點靈山，元代楊景賢《西遊記雜劇》的取經終點是靈山。

耆闍崛誤傳為七絕，又附會到柿子，因為唐代段成式的《酉陽雜俎》卷十八稱：「柿，俗謂柿樹有七絕，一壽，二多陰，三無鳥巢，四無蟲，五霜葉可玩，六嘉實，七落葉肥大。」不要忘記，人參果的由來之一就是《酉陽雜俎》，這部書記載了很多外國的生物，所以被人看重。

元代吳昌齡《唐三藏西天取經》雜劇，說到取經終點是：「釋迦談經之所，叫做伽耶城，歧遮峪，往前就是五印度雷音寺了。」

歧遮峪，其實就是梵語的靈鷲——耆闍崛 Grdhrakūta 的音譯。現在閩南語的遮讀 tsia，絕讀 tsuat，這兩個漢字的古音接近，所以 dhra 譯為遮、絕。而 kūta 譯為谷 kok，又誤為峪，峪又被誤以為是指山，所以音譯的歧遮峪竟被訛傳為七絕山。

因為靈山、雞足山和逝多林都在摩揭陀國，所以宋元時期有的書把唐僧西行的終點說成雞足山、師駝國，比如宋代《大唐三藏取經詩話》取經終點就是雞足山，元代朝鮮人編寫的漢語學習教材《朴通事諺解》引元代中國流行的平話《西遊記》說：

> 今按法師往西天時，初到師駝國界，遇猛虎毒蛇之害，次遇黑熊精、黃風怪、地湧夫人、蜘蛛精、獅子怪、多目怪、紅孩兒怪，幾死僅免。又過棘溝洞、火炎山、薄屎洞、女人國幾諸惡山險水，怪害患苦，不知其幾。

師駝國源自逝多林，明明是終點，被放在最前面，這是抄寫之誤，原文

應該是指法師往西天師駝國的一路上，遇到這些災難。

瓜州縣玄奘取經博物館玄奘觀禮摩揭陀國佛足圖

二五、獅駝嶺源自逝多林

吳承恩《西遊記》的第七十四回到七十七回說，師徒四人到了八百里獅駝嶺，戰勝了青獅、白象、大鵬。獅駝嶺源自逝多林，玄奘《大唐西域記》卷六室羅伐悉底國：

> 城南五六里，有逝多林（唐言勝林。舊曰祇陀，訛也）是給孤
> 獨園。勝軍王大臣善施為佛建精舍。昔為伽藍，今已荒廢。

逝多，是梵語 jeta 的音譯，意思是勝利者。本來是勝郡王施捨的佛寺，故名逝多林。室羅伐悉底國即佛教聖地舍衛城，在今印度北方邦。

獅駝嶺的青獅、白象、大鵬，不知是何時出現，獅駝嶺的名字有駝，但是內容沒有駱駝，可能是中國人覺得駱駝溫順，或許因為印度沒有駱駝，或者因為其他原因。

二六、比丘國源自如來為比丘治病

吳承恩《西遊記》第七十八、七十九是比丘國，雖然被吳承恩摻入了批判嘉靖帝迷信道術的因素，但是比丘國的故事也有根據，因為玄奘《大唐西

域記》緊接著逝多林（獅駝嶺）的就是如來治療比丘的故事：

> 給孤獨園東北有窣堵波，是如來洗病苾芻處。昔如來在世也，有病苾芻含苦獨處。世尊見而問曰：「汝何所苦？汝何獨居？」曰：「我性疏懶，不耐看病，故今嬰疾，無人瞻視。」如來是時愍而告曰：「善男子，我今看汝。」以手捫摩，病苦皆愈。扶出戶外，更易敷蓐，親為盥洗，改著新衣。佛語苾芻：「當自勤勵。」聞誨感恩，心悅身豫。

苾芻就是玄奘對比丘的翻譯，如來治療了比丘的疾病，就是比丘國的比丘被拯救故事的由來。僧人被如來治療是特別榮幸的事情，這種故事最能打動中國僧人，所以他們在為中國老百姓宣講玄奘故事時，特地講到這個故事，這種俗講最終演化成西遊故事。

二七、無底洞老鼠精源自婆羅門女子

吳承恩《西遊記》第八十到八十三回，描寫了陷空山無底洞的金鼻白毛老鼠精，通過色誘害人，而且手段殘忍，三天就吃了六個和尚。老鼠精把唐僧劫到地下，逼迫成婚，孫悟空最終請來哪吒才降服老鼠精。

關於這個女妖的由來，第八十三回哪吒說：

> 父王忘了，那女兒原是個妖精，三百年前成怪，在靈山偷食了如來的香花寶燭，如來差我父子天兵，將他拿住。拿住時，只該打死，如來吩咐道，積水養魚終不釣，深山喂鹿望長生，當時饒了他性命……他有三個名字：他的本身出處，喚做金鼻白毛老鼠精。因偷香花寶燭，改名喚做半截觀音。如今饒他下界，又改了，喚做地湧夫人是也。

如果說女兒國的國王要和唐僧結婚，還是門當戶對，那麼一隻住在地下的老鼠要和唐僧結婚，真讓人覺得是癩蛤蟆想吃天鵝肉，自不量力。人們在現實生活中本來討厭老鼠，害怕老鼠，再看到老鼠精對唐僧的無理要求，豈不是更加生氣？但是人們最後發現，這竟然不是一隻普通的野鼠！她在如來佛的面前偷吃過蠟燭，還有觀音和夫人的名號！她還是托塔李天王的乾女兒，是哪吒三太子的妹妹，她的手段真是令人佩服。

前人在玄奘《大唐西域記》中尋找白鼠精的由來，有的人說是于闐國（今新疆和田）的鼠壤墳，卷十二瞿薩旦那國說：

王城西，百五六十里，大沙磧正路中，有堆阜，並鼠壤墳也。聞之土俗曰：此沙磧中，鼠大如蝟，其毛則金銀異色，為其群之酋長，每出穴遊止，則群鼠為從。昔者，匈奴率數十萬眾，寇略邊城，至鼠墳側屯軍，時瞿薩旦那王率數萬兵，恐力不敵，素知磧中鼠奇，而未神也。洎乎寇至，無所求救，君臣震恐，莫知圖計，苟復設祭，焚香請鼠，冀其有靈，少加軍力。其夜瞿薩旦那王夢見大鼠曰：「敬欲相助，願早治兵。旦日合戰，必當克勝。」瞿薩旦那王知有靈祐，遂整戎馬，申令將士，未明而行，長驅掩襲。匈奴之聞也，莫不懼焉，方欲駕乘被鎧，而諸馬鞍、人服、弓弦、甲縺，凡厥帶繫，鼠皆齧斷。兵寇既臨，面縛受戮。於是殺其將，虜其兵，匈奴震懾，以為神靈所祐也。瞿薩旦那王感鼠厚恩，建祠設祭，奕世遵敬，特深珍異。故上自君王，下至黎庶，咸修祀祭，以求福祐。行次其穴，下乘而趨，拜以致敬，祭以祈福。或衣服弓矢，或香花肴膳，亦既輸誠，多蒙福利。若無享祭，則逢災變。〔註50〕

瞿薩旦那國即于闐國，西面沙漠中有高大的鼠穴，傳說此處的鼠群幫助于闐人打敗了入侵了匈奴軍隊，所以于闐建祠祭祀，百姓也來祈福。

這個故事雖然也有老鼠，但是和西遊文學中的老鼠精故事完全無關，看不出任何聯繫。這個故事中的老鼠是正面形象，非但不害人還救人。而且故事中的老鼠不是住在地下，鼠穴壘得很高，成為堆阜也就是小土包。所以金鼻白毛老鼠精，顯然不是源自于闐國的鼠壤墳故事。

我以為，陷空山無底洞的真正原型，是玄奘《大唐西域記》卷六室羅伐悉底國所說的三坑故事：

伽藍後不遠，是外道梵志殺淫女以謗佛處……時諸外道……乃誘雇淫女，詐為聽法，眾所知已，密而殺之，埋屍樹側，稱怨告王……

伽藍東百餘步，有大深坑，是提婆達多欲以毒藥害佛，生身陷入地獄處。提婆達多（唐言天授），斛飯王之子也……親近惡友……惡心不捨，以惡毒藥置指爪中，欲因作禮，以傷害佛。方行此謀，自遠而來，至於此也，地遂坼焉，生陷地獄。

其南復有大坑，瞿伽梨苾芻謗如來，生身陷入地獄。瞿伽梨

〔註50〕〔唐〕玄奘、辯機原著、季羨林等校注：《大唐西域記校注》，第1017～1018頁。

陷坑南八百餘步，有大深坑，是戰遮婆羅門女譭謗如來，生身陷入
地獄之處。佛為人天說諸法要，有外道弟子，遙見世尊，大眾恭敬，
便自念曰：「要於今日辱喬答摩，敗其善譽，當令我師獨擅芳聲。」
乃懷繫木盂，至給孤獨園，於大眾中揚聲唱曰：「此說法人與我私
通，腹中之子乃釋種也。」邪見者莫不信然，貞固者知為訕謗。時
天帝釋欲除疑故，化為白鼠，齧斷盂系，系斷之聲震動大眾，凡諸
見聞增深喜悅。眾中一人起持木盂，示彼女曰：「是汝兒耶？」是時
也，地自開坼，全身墜陷，入無間獄，具受其殃。凡此三坑，洞無
涯底，秋夏霖雨，溝池泛溢，而此深坑，嘗無水止。〔註51〕

室羅伐悉底國有三個深坑，第一個坑是外道殺害淫女再埋屍，誣陷如來
殺人的地方，第二個坑是提婆達多用利爪謀害如來不成，反而受懲陷入地獄
的地方，第三個坑是婆羅門女子假裝孕婦誣陷如來不成，反而受懲陷入地獄
的地方。

第三個故事說，婆羅門女子在衣服下面，繫有缽盂，假裝懷孕，誣陷如
來，天帝釋化為白鼠，齧斷盂繫，缽盂掉出，謊言敗露，瞬間遭到懲罰，大地
下陷，成為無底洞，因而墜入地獄。

這三個深坑故事中有淫女，有利爪害人，有白鼠，無疑就是陷空山無底
洞白鼠精的由來。印度故事中的白鼠是天帝釋所化，咬斷婆羅門女子衣服中
所繫的木盂，幫助如來。但是在唐宋時期的文學創作中，因為有深坑，令人
聯想到老鼠，所以把婆羅門女子說成了白鼠精，而且把淫蕩、利爪也附加到
了這只老鼠身上，終於成為我們看到的金鼻白毛老鼠精。

原來故事說這三個深坑，在夏秋多雨時，水流泛入，從不外溢，說明很
深。但是在後世文學中，成為地湧夫人名號的由來，即地下湧水。唯有這個
故事能解釋地湧，白鼠精的故事無疑源自羅伐悉底國三坑。

白鼠精的故事很早就有了，元代朝鮮人編寫的漢語學習教材《朴通事諺
解》引元代中國流行的平話《西遊記》說：

今按法師往西天時，初到師駝國界，遇猛虎毒蛇之害，次遇黑
熊精、黃風怪、地湧夫人、蜘蛛精、獅子怪、多目怪、紅孩兒怪，
幾死僅免。又過棘溝洞、火炎山、薄屎洞、女人國幾諸惡山險水，
怪害患苦，不知其幾。

〔註51〕〔唐〕玄奘、辯機原著、季羨林等校注：《大唐西域記校注》，第493～497頁。

地湧是正確寫法，地勇是後人抄寫之誤。元代的西遊故事還不如吳承恩《西遊記》豐富，但是都有地湧夫人，說明這是唐宋以來的西遊故事的主要情節。因為玄奘記載的故事就很吸引人，所以早就進入西遊文學了。

印度北方邦境內《大唐西域記》、《西遊記》地名圖

二八、滅法國原來是克什米爾

吳承恩《西遊記》第八十四回到第八十五回，說到滅法國故事。滅法國的國王兩年前許下了羅天大願，要殺一萬個和尚，已經殺了九千九百九十六個無名和尚，專等唐僧師徒前來，湊足一萬個。唐僧師徒扮成販馬的商人，才能入境。孫悟空半夜用瞌睡蟲讓皇宮和官府的所有人沉睡，又拔光臂膀上的毫毛，變出無數的小猴頭，讓他們把皇宮上下和文武百官都剃成光頭，一覺醒來，光頭的國王看見光頭的皇后，非常尷尬，令人捧腹大笑。國王皈依佛門，改國號為欽法國，唐僧師徒安然過境。

　　滅法國的故事中，竟然不出現妖怪。雖然情節動人，但是和全書不太協調。其實這個故事源自玄奘所說的故事，也是西遊故事中的原生故事，玄奘《大唐西域記》卷三迦濕彌羅國：

　　　　《國志》曰：國地本龍池也。昔佛世尊自烏仗那國降惡神已，
　　　欲還中國，乘空當此國上，告阿難曰：「我涅槃之後，有末田底迦阿
　　　羅漢，當於此國建國安人，弘揚沸法。」如來寂滅之後第五十年，
　　　阿難弟子末田底迦羅漢者，得六神通，具八解脫，聞佛懸記，心自
　　　慶悅，便來至此，於大山嶺，宴坐林中，現大神變。龍見深信，請
　　　資所欲。阿羅漢曰：「願於池內，惠以容膝。」龍王於是縮水奉施。
　　　羅漢神通廣身，龍王縱力縮水，池空水盡，龍翻請地。阿羅漢於此
　　　西北為留一池，周百餘里，自余枝屬，別居小池。龍王曰：「池地總
　　　施，願恒受供。」末田底迦曰：「我今不久無餘涅槃，雖欲受請，其
　　　可得乎？」龍王重請：「五百羅漢常受我供，乃至法盡，法盡之後，
　　　還取此國以為居池。」末田底迦從其所請，時阿羅漢既得其地，運
　　　大神通力，立五百伽藍，於諸異國買鬻賤人，以充役使，以供僧眾。
　　　末田底迦入寂滅後，彼諸賤人自立君長，鄰境諸國鄙其賤種，莫與
　　　交親，謂之訖利多（唐言買得）……

　　　　迦膩色迦王既死之後，訖利多種復自稱王，斥逐僧徒，毀壞佛
　　　法。睹貨邏國呬摩呾羅王（唐言雪山下），其先釋種也。以如來涅槃
　　　之後第六百年，光有疆土，嗣膺王業，樹心佛地，流情法海。聞訖
　　　利多毀滅佛法，招集國中敢勇之士，得三千人，詐為商旅，多齎寶
　　　貨，挾隱軍器，來入此國。此國之君，特加禮賓。商旅之中，又更
　　　選募，得五百人，猛烈多謀，各袖利刃，俱持重寶，躬齎所奉，持
　　　以獻上。時雪山下王去其帽，即其座，訖利多王驚懾無措，遂斬其
　　　首。令群下曰：「我是睹貨邏國雪山下王也。怒此賤種公行虐政，故
　　　於今者誅其有罪。凡百眾庶，非爾之辜。」然其國輔宰臣，遷於異
　　　域。既平此國，召集僧徒，式建伽藍，安堵如故。復於此國西門之
　　　外，東面而跪，持施眾僧。其訖利多種，屢以僧徒，覆宗滅祀。世
　　　積其怨，嫉惡佛法。歲月既遠，復自稱王，故今此國，不甚崇信。
　　　外道天祠，特留意焉。

迦濕彌羅，就是今天的克什米爾，國都在今斯利那加（Srinagar）。〔註52〕傳說這個國家本來是龍王所住的龍池，如來佛的弟子阿難，有一個弟子，名叫末田底迦羅漢，來到此地，降服龍王。龍王讓出龍池的多數水面，成為陸地，建立國家，保留西北一隅，作為自己居住的小池。龍王說，佛教法盡之後，克什米爾的國土還要還給他為池。

末田底迦羅漢建立了五百寺廟，買來很多奴隸，服侍僧人。後來奴隸自己稱王，鄰國人鄙稱為訖利多，就是買來的。

崇善佛教的犍陀羅國王迦膩色迦死後，奴隸訖利多群體，在克什米爾自稱國王，驅逐和尚，毀壞佛法。此時吐火羅人的呬摩呾羅國王，也即雪山國王，召集三千勇士，偽裝商人，攻佔此國，斬殺訖利多王，再立佛寺。但是很久以後，這個國家的訖利多人仍然不信佛教，再次稱王。所以直到玄奘來的時候，克什米爾仍然不大信奉佛教，外教的廟宇很多。

滅法國的故事無疑是源自這個故事，克什米爾國從滅佛到興佛的變化和滅法國的情節一模一樣，攻滅克什米爾的軍隊偽裝成商人，和唐僧師徒偽裝成商人的情節也一模一樣。

因為滅法國故事源自唐代流傳的玄奘故事，是西遊故事中的原生故事，又宣揚佛教的威力，所以唐代的僧人就喜歡講這個故事，從此一直保留在西遊故事中，直到吳承恩的《西遊記》。

因為這個故事，本來就很有趣味，再經過改造，更加有趣，所以一直沒有出現妖怪的情節。而這個故事，在我們現在看到的《大唐三藏取經詩話》、《西遊記》雜劇、《西遊記》平話中竟然都沒有出現！說明我們看到的這些詩話、雜劇、平話都不是最全的作品，原來一定還有更全的作品。但是因為滅法國的故事中沒有妖怪，沒有神幻色彩，所以很多文學作品不收。

但是吳承恩看到的版本很全，他仍然收了這個故事，還增加了很多有趣的情節，主要是唐僧師徒住店的情節。吳承恩增加的住店情節很長，甚至超過滅法國原來的故事。住店故事也很有趣，特別是孫悟空和老闆娘的對話，無疑是明代淮安這樣的大城市很多旅店每天發生的場景。吳承恩從小居住在淮安，又走南闖北，所以寫這樣的故事很順手。

吳承恩《西遊記》第八十七到九十二回，是鳳仙郡、玉華國、金平府故

〔註52〕〔唐〕玄奘、辯機原著、季羨林等校注：《大唐西域記校注》，第324～325、338～340頁。

事，這三個故事是吳承恩本人在長興縣、荊王府、南京的經歷，詳見下文。

二九、王振鵬《唐僧取經圖冊》失落故事

元代溫州畫家王振鵬有一套《唐僧取經圖冊》，分為上下兩冊，各有 16 幅圖，都有標題，現在上冊第 1 幅、第 3 幅的題簽脫落。畫冊有晚清福州人梁章鉅的跋文，後來流失到了日本。

日本學者對這套畫冊的研究，未能結合玄奘《大唐西域記》，未能發現這套畫冊的各個故事其實基本都來自《大唐西域記》，連次序都很符合。因為前人沒有結合《大唐西域記》，所以很多故事的由來都考證錯了。〔註53〕

有很多學者指責王振鵬的畫文不對題，推測有不少題簽貼錯了。但是我認為這些指責不成立，比如上冊第 6 幅《流沙河降沙和尚》，不畫沙和尚，畫的是唐朝守將追逐唐僧。其實沙和尚故事緊接著玉門關守將追逐唐僧，所以仍然是一個故事。又如上冊第 9 幅《唐僧過女人國》，有人說圖上沒有女人，我認為這是誤解。圖上的城門外畫了很多有鬍鬚的人，但是城內迎接唐僧的人都沒有鬍鬚，其實就是女兒國的官員。現在的男人剃鬚，忘記古代男人不剃鬚，女人和太監才沒有鬍鬚。

上文已經考證了這套畫冊中的很多故事，這套畫冊下冊有很多故事不見於吳承恩的長篇小說《西遊記》，但也源自《大唐西域記》，下文一一考證。

下 7：中印度尋法迦寺

畫中的唐僧和隨從在山路之上行走，我以為法迦寺就是鹿野苑，玄奘《大唐西域記》卷七婆羅痆斯國：

> 婆羅痆河東北行十餘里，至鹿野伽藍。區界八分，連垣周堵，層軒重閣，麗窮規矩。僧徒一千五百人，並學小乘正量部法。大垣中有精舍，高二百餘尺，上以黃金隱起作庵沒羅果。石為基陛，磚作層龕，龕匝四周，節級百數，皆有隱起黃金佛像。精舍中有鍮石佛像，量等如來身，作轉法輪勢。精舍西南有石窣堵波，無憂王建也，基雖傾陷，尚餘百尺。前建石柱，高七十餘尺。石含玉潤，鑒

〔註53〕〔日〕磯部彰：《元代〈唐僧取經圖冊〉研究要旨》、〔日〕板倉聖哲：《傳王振鵬〈唐僧取經圖冊〉在元代畫史中的地位》，《唐僧取經圖冊》，日本二玄社，2000 年。曹炳建、黃霖：《唐僧取經圖冊探考》，《上海師範大學學報（哲學社會科學版）》2008 年第 6 期。

照映徹。殷勤祈請，影見眾像，善惡之相，時有見者。是如來成正
覺已初轉法輪處也。

鹿野，梵文是 Mrgadāva，鹿野苑在印度的佛教四大聖地之一，在阿育王
時代已經有名。

我以為法迦就是 Mrga 的音譯，m 和 f 都是唇音，這是西遊故事流傳中的
省譯。法顯、玄奘都曾經親自到訪，不過玄奘未在路上遇險，大概是因為玄
奘在上文說：「復大林中行五百餘里，至婆羅疤斯國（舊曰波羅奈國，訛也。
中印度境）。」所以才有中印度尋法迦寺的故事。

印度北方邦瓦拉納西薩爾納特考古博物館藏兩種 5 世紀彌勒菩薩像

下8：啞女鎮逢啞女大仙

啞女不見於玄奘記載，我以為就是庵沒羅女的簡稱，《大唐西域記》卷七
吠舍釐國：

伽藍北三四里，有窣堵波，是如來將往拘尸那國入般涅槃，人與
非人隨從世尊，至此佇立。次西北不遠有窣堵波，是佛於此最後觀吠
舍釐城。其南不遠有精舍，前建窣堵波，是庵沒羅女園持以施佛。

庵沒羅女，梵文是 Amrapāli，庵沒羅 amra 即芒果，pāli 是女保護者。傳

說她是吠舍釐城的妓女，非常貌美，皈依佛教，獻出莊園為如來的住所，而且稱為比丘尼。

啞女是庵沒羅女的訛傳，現在東南很多方言的啞讀成 a。佛教徒宣講玄奘故事給普通民眾，多有訛傳。

畫冊上的啞女，身穿白衣，站在花園門口，美貌善良，符合庵沒羅女的形象和故事情節。

下9：明顯國降大羅真人

下冊第 9 幅，畫面中的玄奘站在河邊的一個大缸中，對樹舉手，而畫面的右下角有兩個人牽住玄奘的馬，左上角是玄奘的隨從，在和人說話，右上角的遠處樹林中有兩個人在拿玄奘的行李。

我以為這個故事，就是源自玄奘在磔迦國被搶劫的故事，《大慈恩寺三藏法師傳》卷二：

> 後日進到奢羯羅城……從此出那羅僧訶城，東至波羅奢大林中，逢群賊五十餘人。法師及伴所將衣資，劫奪都盡。仍揮刀驅就道南枯池，欲總屠害。其池多有逢棘蘿蔓，法師所將沙彌，遂映刺林。見池南岸有水穴，堪容人過，私告法師，師即相與透出。東南疾走可二三里，遇一婆羅門耕地，告之被賊。彼聞驚愕，即解牛與法師，向村吹貝。聲鼓相命，得八十餘人。各將器仗，急往賊所。賊見眾人逃散，各入林間。法師遂到池，解眾人縛。又從諸人，施衣分與……明日到磔迦國東境，至一大城。城西道北，有大庵羅林。林中有一七百歲婆羅門，及至觀之，可三十許。質狀魁梧，神理淹審。明中百諸論，善吠陀等書。有二侍者，各百餘歲。法師與相見，延納甚歡。又承被賊，即遣一侍者，命城中信佛法人，令為法師造食。其城有數千戶，信佛者蓋少，宗事外道者極多。法師在迦濕彌羅時，聲譽已遠，諸國皆知。其使乃遍城中，告唱云：支那國僧來，近處被賊，衣服總盡，諸人宜共知時。福力所感，遂使邪黨革心，有豪傑等三百餘人，聞已各將斑氎布一端，並奉飲食，恭敬而至，俱積於前，拜跪問訊。法師為咒願，並說報應因果。令諸人等，皆發道意，棄邪歸正。相對笑語，舞躍而還。長年歎未曾有，於是以氎布，分給諸人。各得數具，衣直猶用之不盡。以五十端布，奉施長年。仍就停一月，學經百論、廣百論。其人是龍猛弟子，親得師承，說甚明淨。

　　玄奘在此遇到強盜，所有衣資都被搶劫，還要在池中加害，幸好隨從發現可以從荊棘之中逃脫。於是玄奘和隨從逃脫，請村民救助，村民抓住強盜。玄奘第二天又在國東境的城外見到一位傳說七百歲的婆羅門，他號召大家捐助玄奘。玄奘得到很多布匹，還分了五十端布給老婆羅門。玄奘又向眾人宣傳佛教，向老婆羅門學習。

　　大羅真人是道教的稱呼，《雲笈七籤》卷三說，三界、四界、三清的上方是大羅天，大羅真人代表佛教人說的外道。

　　畫面右下角牽馬的人和右上角林中拿行李的人都是強盜，左上角的隨從正在通知村民，而玄奘困在水邊的缸中。大體符合，但是水缸可能是後來發展出的情節。所謂大羅真人，無疑就是指第二天遇到的七百歲的婆羅門。他已經得道，所以說他是真人。其實玄奘得到了他的幫助，也向他學習。但是因為玄奘向村民宣傳佛教，而且西遊故事又要誇大玄奘的地位，所以變成了降服大羅真人。

　　至於明顯國的名字，或許是來自玄奘所記的奢羯羅城數百年前的摩醯邏矩羅王，《大唐西域記》卷四磔迦國：「數百年前，有王號摩醯邏矩羅（唐言大族），都治此城，王諸印度。」摩醯邏矩羅，梵文是 Mahirakula，原義是日族，不是大族，大是 maha，不是 mahira。明顯是摩醯的音譯，不過不是來自中古音，而是來自近古音。

下 10：懸空寺遇阿羅律師

　　下冊第 10 幅，畫面中玄奘在屋內睡覺，空中有猛龍和野獸搏鬥。我以為這個故事的原型也來自玄奘所記，我以為是《大唐西域記》卷九摩揭陀國小石山的佛寺：

> 故宮西南有小石山，周巖谷間，數十石室，無憂王為近護等諸阿羅漢役使鬼神之所建立。傍有故臺余基積石，池沼連游，清瀾澄鑒，鄰國遠人謂之聖水，若有飲濯，罪垢消滅。

　　石山上的石室，是修行之地，故名懸空寺。傳說是無憂王（阿育王）為阿羅漢役使鬼神建造，所以畫面上方有鬼神。

　　也有可能源自摩揭陀國毗布羅山：

> 山城北門左南崖陰，東行二三里，至大石室……石室東不遠，磐石上有斑採，狀血染，傍建窣堵波，是習定比丘自害證果之處。昔有比丘，勤勵心身，屏居修定，歲月逾遠，不證聖果。退而自咎，

竊復歎曰：「無學之果，終不時證。有纍之身，徒生何益？」便就此
石自刺其頸，是時即證阿羅漢果，上升虛空，示現神變，化火焚身，
而入寂滅。

這個故事也在山寺，比丘自殺，成為阿羅漢，上升虛空，又有神變，所
以畫面上方有神變。

下 11：截天關因香識尊者

截天關不見於玄奘記載，我以為就是摩揭陀國雞足山尊者故事和上茅宮
城故事，《大唐西域記》卷九摩揭陀國：

屈屈吒播陀山（唐言雞足），亦謂窶盧播陀山（唐言尊足山）。
高巒峭無極，深壑洞無涯，山麓谿澗，喬林羅谷，崗岑嶺嶂，繁草
被岩……其後尊者大迦葉波居中寂滅，不敢指言，故云尊足……山
峰險阻，崖徑槃薄，乃以錫扣，剖之如割。山徑既開，逐路而進，
槃紆曲折，回互斜通，至於山頂，東北面出。既入三峰之中，捧佛
袈裟而立，以願力故，三峰斂覆，故今此山三脊隆起。當來慈氏世
尊之興世也，三會說法之後，余有無量憍慢眾生，將登此山，至迦
葉所，慈氏彈指，山峰自開。彼諸眾生，既見迦葉，更增憍慢。時
大迦葉授衣致辭，禮敬已畢，身升虛空，示諸神變，化火焚身，遂
入寂滅。時眾瞻仰，憍慢心除，因而感悟，皆證聖果。故今山上建
窣堵波，靜夜遠望，或見明炬。及有登山，遂無所睹……從此大山
中東行六十餘里，至矩奢揭羅補羅城（唐言上茅宮城）。上茅宮城，
摩揭陀國之正中，古先君王之所都，多出勝上吉祥香茅，以故謂之
上茅城也。崇山四周，以為外郭，西通峽徑，北闢山門，東西長，
南北狹，週一百五十餘里。內城餘趾週三十餘里。羯尼迦樹遍諸蹊
徑，花含殊馥，色爛黃金，暮春之月，林皆金色。

雞足山，又名尊足山，因為大迦葉波尊者在此修行圓寂而得名。山路陡
峭，森林茂密，攀登艱難。尊者彈指開山，為眾人指路，但是自己焚身而滅，
所以後來杳無蹤跡。上茅城因為香茅得名，畫冊上的唐僧在亂石樹林之中，
聞香前進，符合故事情節。

下 12：毘藍園見摩耶夫人

下冊第 12 幅，畫面中的唐僧站在門口，看見雲霧之中有各種樂器飛舞，

但是不見人影，玄奘《大唐西域記》卷六劫比羅伐窣堵國：

> 宮城內有故基，淨飯王正殿也。上建精舍，中作王像。其側不
> 遠有故基，摩訶摩耶（唐言大術）夫人寢殿也。上建精舍，中作夫
> 人之像。其側精舍，是釋迦菩薩降神母胎處，中有菩薩降神之像。

玄奘說的是有摩耶夫人畫像，但是後世文學作品進行改編，所以出現了樂器飛舞但不見人影的畫圖。

下 13：白蓮公主聽唐僧說法

下冊第 13 幅，白蓮公主似乎不見於玄奘記載，我以為就是鹿女，《大唐西域記》卷七吠舍釐國：

> 告涅槃期側不遠有窣堵波，千子見父母處也。昔有仙人，隱居
> 岩谷，仲春之月，鼓濯清流，麀鹿隨飲，感生女子，姿貌過人，惟
> 腳似鹿。仙人見已，收而養焉。其後命令求火，至餘仙廬，足所履
> 地，跡有蓮花。彼仙見已，深以奇之，令其繞廬，方乃得火。鹿女
> 依命，得火而還。時梵豫王，畋遊見花，尋跡以求，悅其奇怪，同
> 載而返。相師占言，當生千子。餘婦聞之，莫不圖計。日月既滿，
> 生一蓮花，花有千葉，葉坐一子。餘婦誣罔，咸稱不祥，投殑伽河，
> 隨波泛濫。烏耆延王，下流遊觀，見黃雲蓋，乘波而來，取以開視，
> 及有千子，乳養成立，有大力焉。恃有千子，拓境四方，兵威乘勝，
> 將次此國。時梵豫王聞之，甚懷震懼，兵力不敵，計無所出。是時
> 鹿女，心知其子，乃謂王曰：「今寇戎臨境，上下離心，賤妾愚忠，
> 能敗強敵。」王未之信也，憂懼良深。鹿女乃升城樓，以待寇至。
> 千子將兵，圍城已匝，鹿女告曰：「莫為逆事！我是汝母，汝是我
> 子。」千子謂曰：「何言之謬？」鹿女手按兩乳，流注千岐，天性所
> 感，咸入其口。於是解甲歸宗，釋兵返族，兩國交歡，百姓安樂。

鹿女生出一朵蓮花，花有千葉，每片葉子都有一個兒子，可惜被其他女子嫉妒，扔到恒河之中。一千個兒子被烏耆延王養大，發兵來攻，鹿女在關鍵時刻告訴他們是母親，於是兩國交好。

雖然文中不提蓮花是白色，但是這可能是西遊文學發展過程中的改編。鹿女很可能是白蓮公主，原來故事中的鹿女是鹿因為仙人才感生，這可能就是白蓮公主聽唐僧說法的由來。

之所以把蓮花改成白色，可能是因為受到佛教淨土宗的影響，淨土宗的

一支發展為白蓮教。

王振鵬《唐僧取經圖冊》下冊的很多故事來自《大唐西域記》摩揭陀國，未能保留在吳承恩《西遊記》，說明這些故事在元明時期被有的西遊文學作品脫漏，但是原來有的版本有這些故事。

總結上文，《西遊記》的故事多數來自《大唐西域記》卷二到卷六的印度境內，因為卷一中亞境內基本沒有生動的故事，卷七以下的故事為歷史上宣講西遊故事的人忽略。

第二章　西遊文學在山西產生

　　貞觀元年（627年），玄奘去印度取經，是私自偷渡出關。貞觀十九年（645年），玄奘回國，受到盛大歡迎，太宗召見。此時玄奘西遊的故事已經開始流行，西遊故事經過長期發展才形成脫離歷史原貌的西遊文學。

　　孟繁仁先生曾經總結《西遊記》與山西的緊密聯繫，他指出山西靜樂縣有花果山，他在1988年發現山西稷山縣青龍寺有元代的唐僧師徒取經壁畫，而且南宋《大唐三藏取經詩話》說到玄奘回來經過河中府（今山西永濟市），說到孫行者九度見黃河清，元代《唐三藏西天取經》雜劇作者吳昌齡也是山西人。〔註1〕蔡鐵鷹先生曾經提出，山西潞城發現的明代抄本《迎神賽社禮節傳簿四十曲宮調》中的《唐僧西天取經》節目單是宋、金古劇，因此山西的迎神賽社對西遊文學的發展起了重要作用。〔註2〕

　　我認為他們的看法非常重要，但是仍未能仔細分析《大唐三藏取經詩話》等早期西遊文學，未能揭示此書中的很多證據。《大唐三藏取經詩話》是南宋刻印，此書就能證明最早的西遊文學出自山西。

一、《大唐三藏取經詩話》主角是玄奘還是不空？

　　現在我們能看到的最早西遊文學作品，是南宋臨安府（今杭州）中瓦子張家刻印的《大唐三藏取經詩話》，一般認為其中故事來自玄奘取經歷史，但是張乘健先生認為主角不是玄奘，而是從海路去印度取經的不空，他的證據

〔註1〕孟繁仁：《〈西遊記〉與山西》，《明清小說研究》2003年第2期。
〔註2〕蔡鐵鷹：《〈西遊記〉的誕生》，北京：中華書局，2007年，第150頁。

主要是書中的思想是密宗而非唯識宗，書中的明皇是唐明皇，書中說溪流洪水茫茫，《入竺國度海之處第十五》說西天竺雞足山前的溪流有水浪千里，說河中府的溪流也是洪水茫茫，說九龍池白浪茫茫，說到熱帶的香木樹林。

張乘健之文有一個邏輯錯誤，他的十九條所謂辨偽，有不少是說《大唐三藏取經詩話》寫的不是玄奘的史實。〔註3〕但是寫玄奘的文學作品本來就不是歷史，為何一定要是史實呢？如果不是玄奘的史實，就可以說是描寫不空的文學作品嗎？我們也可以說書中有更多的地方不符合不空的史實，所以這些辨偽條目不能證明主角是不空。這是張乘健之文最大的邏輯問題，所以這篇文章雖然很長，其實是混淆了兩個問題。

我以為張乘健說《大唐三藏取經詩話》書中有密宗思想可以成立，但是他說主角是從海路去印度取經的不空，則完全不能成立。

中國各地的溪流都能有山洪，洪水茫茫恰恰證明是說陸地事物，海上根本不存在洪水。《入竺國度海之處第十五》的標題有海，但是內容則絲毫不提海！究其原因，恐怕是把雞足山前的水浪千里當成了海，而大海是茫茫無際，海上航行的人不可能說大海僅有千里萬里！所以此處把水浪千里當成了海，正說明作者是內陸的人。而且水浪千里上一句，又說山岩萬里，可見山遠比水大，此處說的一定是內陸。

再說河中府，河中府的標題是《到陝西王長者妻殺兒處第十七》，下文又出現了京東路，可見此處的河中府就是唐、宋、金、元四朝的河中府，在今山西省永濟市。河中府緊鄰現在的陝西省，北宋時就屬於主要在今陝西境內的永興軍路，而且還是永興軍路的提點刑獄司駐地。〔註4〕張乘健說河中府的大演是大海之誤，我以為不確，河中府在黃河岸邊，怎麼可能是大海？大演可能是大澤之誤，因為黃河在這一段出了龍門，突然變寬，有很多沼澤，演、澤形近。

再說九龍池，玄奘在《大唐西域記》中十次提到龍池，說到佛教降龍的故事則更多。《大唐西域記》卷一說到屈支國（龜茲）的大龍池，說到迦畢試國的大雪山龍池，沙彌殺龍王，龍發風雨，迦膩色迦王發兵填平龍池，降服

〔註3〕張乘健：《〈大唐三藏取經詩話〉史實考原》，《文史》第三十八輯，北京：中華書局，1994年。

〔註4〕李昌憲：《中國行政區劃通史》宋西夏卷，復旦大學出版社，2007年，第63頁。

猛龍。卷三說到烏仗那國藍勃盧山龍池，又說迦濕彌羅國龍池，說此國本是龍池，羅漢降服龍王，填平龍池才建國，保留龍池西北一隅給龍王。卷四說到堊醯掣呾邏國龍池，卷八摩揭陀國說到菩提樹南門外的目支鄰陀龍池。卷十二商彌國說：「波謎羅川中有大龍池，東西三百餘里，南北五十餘里，據大蔥嶺內，當贍部洲中，其地最高也。水乃澄清皎鏡，莫測其深，色帶青黑，味甚甘美。潛居則鮫、螭、魚、龍。」可見，九龍池一定出自玄奘《大唐西域記》。張乘健說九龍池源自海路的說法，實在是毫無根據。

至於所謂熱帶香木，在玄奘的《大唐西域記》多有描寫，因為本來是印度常見景物。而且《大唐三藏取經詩話》中的沉香國、菩提樹都是在雞足山之前，而玄奘《大唐西域記》的菩提樹也是緊靠雞足山之前。《大唐西域記》卷九摩揭陀國說：

> 菩提樹東渡尼連禪那河，大林中有窣堵波……其側有過去四佛座及經行遺跡之所。四佛座東渡莫訶河，至大林中……莫訶河東入大林野，行百餘里，至屈屈吒播陁山（唐言雞足）亦謂窶盧播陀山（唐言尊足山）高巒峭無極，深壑洞無涯，山麓谿澗，喬林羅谷，崗岑嶺嶂，繁草被岩，峻起三峰，傍挺絕崿，氣將天接，形與雲同。

因為從菩提樹到雞足山，要渡過莫訶河，莫訶是大，就是大河。而且雞足山深壑無涯，所以唐宋時期宣講玄奘西遊故事的人就逐漸說成雞足山前有：「山岩萬里，水浪千里。」

至於《大唐三藏取經詩話》中有密宗思想，我以為也很正常，因為西遊文學的創作主體本來就不是高僧，而是向普通民眾宣講佛教故事的普通僧人和佛教信徒，他們的思想混雜多種佛教門派思想才很正常。

總之，《大唐三藏取經詩話》基本都是從玄奘《大唐西域記》脫胎而來。除了上文所說的證據，深沙神來自玄奘所說的沙漠鬼魅，白虎精是白骨精的訛變，源自沙漠白骨，鬼子母更是直接源自玄奘所記，女人國在《大唐西域記》中的真實來源我已有考證。

不空的經歷，前人研究已經很多。不空是在天寶元年（742 年）從廣州乘船，去師子國（今斯里蘭卡），未從海路到印度。所謂《大唐三藏取經詩話》源自不空海路取經的說法找不到任何堅實的證據，自然不能成立。

二、《大唐三藏取經詩話》在山西形成

前人已經指出《大唐三藏取經詩話》的末尾說唐僧經過河中府才回到都城，其實這段河中府故事很長，是全書最長的故事，和書中的其他故事極不協調，說明作者無疑是山西人。

書中還有不少證據能證明作者是山西人，但是前人未曾揭示。比如全書開頭說唐僧降服了孫悟空，往西天取經的第一站竟是香山，這也是後世西遊文學中看不到的情節。《入香山寺第四》說：

> 迤邐登程，遇一座山，名號香山，是千手千眼菩薩之地，又是文殊菩薩修行之所。舉頭見一寺額，號香山之寺。法師與猴行者不免進上寺門歇息。見門下左右金剛，精神猛烈，氣象生獰，古貌楞層，威風凜冽。法師一見，遍體汗流，寒毛卓豎。

文殊菩薩的道場從唐代開始就逐漸被固定在五臺山，此處的香山其實就是五臺山。因為五臺山是進香之地，所以說香山。下文描寫香山寺的風貌，非常生動，說明作者熟悉香山寺。取經竟從五臺山開始，說明作者一定是山西人。

藏傳佛教的千手千眼觀音（中）、文殊菩薩（左）、金剛手菩薩（右）

還有證據，《入王母池之處第十一》說孫悟空吃掉三千歲的小兒：

> 被行者手中旋數下，孩兒化成一枝乳棗，當時吞入口中。後歸
> 東土唐朝，遂吐出於西川。至今此地中生人參是也。

這就是後世西遊文學中的人參果故事由來，但是後世的人參果故事不提小兒化成乳棗，因為山西南部從古至今都以產大棗著名，《史記‧貨殖列傳》說：

> 安邑千樹棗。

安邑縣治，在今山西夏縣禹王鄉，《宋史》卷一百七十五《食貨志上三》記載絳州（治今新絳縣）運棗千石到西北前線的麟州（治今陝西神木縣）、府州（治今陝西府谷縣），說明宋代晉南仍然盛產大棗。元代王禎《農書》卷三十三：

> 南棗堅燥，不如北棗肥美，生於青、晉、絳州者尤佳。

因為山西盛產大棗，所以原來的西遊故事中就有棗，而且融合在重要的人參果故事中。

而且人參果的故事不見於玄奘《大唐西域記》，《舊唐書》卷一百九十八《西戎傳》大食國（阿拉伯）：

> 海中見一方石，石上有樹，幹赤葉青，樹上總生小兒；長六七
> 寸，見人皆笑，動其手腳，頭著樹枝，其使摘取一枝，小兒便死，
> 收在大食王宮。

這是人參果故事的前身，但是此處不提人參二字。我們都知道山西東南部的上黨地區以黨參聞名於世，所以人參果的故事很可能源自山西的南部。所謂孫悟空回來吐出於西川，很可能是指山西。因為現在的《大唐三藏取經詩話》是南宋杭州刻印，從北宋的山西到南宋的杭州，文本流傳過程中會有變形，所以今本稱為西川。

我們還要注意到，《大唐三藏取經詩話》開頭說到唐僧和弟子六個人上路取經，先收服孫行者，孫行者降服深沙神，深沙神是沙和尚的前身，但是深沙神未隨唐僧、孫行者上路。而山西稷山縣青龍寺的元代壁畫中，取經的正是三個人，前面是唐僧，後面是一個普通和尚，應是唐僧弟子，再後面是孫悟空，沒有深沙神。〔註5〕稷山縣的壁畫和《大唐三藏取經詩話》情節吻合，

〔註5〕於碩：《山西青龍寺取經壁畫與榆林窟圖像關係的初步分析》，《藝術設計研究》2010 年第 3 期。

證明《大唐三藏取經詩話》應該在在山西形成。

　　還有一個證據，袁書會指出，《大唐三藏取經詩話》的《過獅子林及樹人國第五》說樹人國的店主把唐僧隨行的小行者變成驢子，猴行者噀水把店主的新婦變成驢子口邊的青草，而《太平廣記》卷二百八十六《板橋三娘子》引唐代河東人薛漁恩《河東記》有類似故事，說汴州的板橋三娘子先用水噀木偶和木牛，種出麥子，做成麵餅，住店的客人吃了麵餅，變成驢子。〔註6〕因為《河東記》的故事更加複雜，而且明確說三娘子吞沒客人錢財，而《大唐三藏取經詩話》不說店主施法的原因，令人感到莫名其妙。說明《大唐三藏取經詩話》樹人國的故事情節來自唐代《河東記》之類的故事，也即來自唐代的山西，佐證《大唐三藏取經詩話》確實形成於山西。

三、《大唐三藏取經詩話》在唐宋形成

　　前人研究很少涉及《大唐三藏取經詩話》的成書地域，主要研究成書時間，但是說法差異很大。

　　王國維指出中瓦子在南宋臨安府，此書是南宋之書，但說他又提出是元代刊本。〔註7〕日本學者磯部彰指出，《大唐三藏取經詩話》在日本原藏地高山寺的建長二年（南宋淳祐十年，1250年）《高山寺聖教目錄》記有「玄奘取經記二部」，就是《大唐三藏取經詩話》的兩個版本《大唐三藏取經詩話》、《新雕大唐三藏法師取經記》，很可能是明惠上人購入，則在他生前（1232年前）已經入藏，因此此書在南宋已經成書。〔註8〕

　　李時人認為是晚唐五代之書，因為語言接近晚唐五代的西北方言，標題以處字結尾的形式接近敦煌變文，而和宋代話本差異很大。佛教觀念是密宗、淨土宗，而非宋代占統治地位的禪宗。甘肅瓜州縣榆林窟西夏的壁畫《唐三藏取經圖》，出現唐僧、猴行者、白馬，與之符合。〔註9〕

〔註6〕袁書會：《也說〈大唐三藏取經詩話〉是一部唐代白話小說》，《西藏民族學院學報（哲學社會科學版）》2010年第5期。

〔註7〕王國維：《大唐三藏取經詩話跋》，《王靜安先生遺書》，商務印書館，1940年，第頁。王國維：《兩浙古刊本考》，《王靜安先生遺書》第二集，第36頁。

〔註8〕汪維輝：《〈大唐三藏取經詩話〉、〈新雕大唐三藏法師取經記〉刊刻於南宋的文獻學證據及相關問題》，《語言研究》2010年第4期。

〔註9〕李時人：《〈大唐三藏取經詩話〉成書時代考辨》，《徐州師範學院學報（社科版）》1982年第3期。收入李時人：《西遊記考論》，浙江古籍出版社，1991年，第61～82頁。

劉堅從語音、語法、詞彙方面，比較此書與敦煌變文，認為此書最遲是北宋之書，也可能是晚唐五代之書。〔註10〕

張錦池認為此書的上限是北宋前期，因為書中說羅漢問玄奘是否會講《法華經》，而從宋仁宗開始，試經都用《法華經》。此書接近南宋初年的《劉知遠傳》，所以下限是南宋初期。很可能是北宋中後期成書，南宋重刻。〔註11〕

馬戎賢認為是北宋成書，因為北宋黃休復《益州名畫錄》卷中《妙格下品》說後蜀畫家趙忠義：「與黃筌蒲師訓合手，畫天王變相十堵以來，各盡所能，愈於前輩。淳化五年甲午，兵火焚盡。今餘王蜀先主祠堂正門西畔神鬼、大聖慈寺正門北牆上《西域記》、石經院後殿天王變相、中寺六祖院傍《藥師經》變相，並忠義筆，見存。」又後蜀畫家李文才條：三學院經樓下《西天三藏真》、《定惠國師真》、華嚴閣迎廊下《奉聖國師真》、應天寺《無智禪師真》並文才筆，見存。」說明五代的寺廟僅有《大唐西域記》圖畫，還未形成取經故事。〔註12〕

曹炳建認為此書的標題以處字結尾接近敦煌變文，但分為十七節則接近宋代話本，宋代也有密宗、淨土宗等宗派，書中的陝西、京東路都是宋代政區，所以此書是南宋形成。〔註13〕

袁賓認為是元代北方之書，主要論據是書中的被字句很多，而晚唐五代的比例不大。〔註14〕

張正學認為書中同時存在陝西、河中府、京東路三個政區的時間是北宋的86年間，書中有香山寺千手千眼觀音，是元符三年（1100年）開始出名的汝州香山寺，所以此書形成於北宋。〔註15〕

我以為上述觀點都有合理之處，此書的形成過程很長，從最初的口頭講述到刻印成書不在一個時代。1974年，山西應縣佛宮寺木塔發現一批遼代圖

〔註10〕劉堅：《〈大唐三藏取經詩話〉寫作時代蠡測》，《中國語文》1982年第5期。

〔註11〕張錦池：《〈大唐三藏取經詩話〉故事源流考論》，《求是學刊》1990年第1期。

〔註12〕馬戎賢：《〈大唐三藏取經詩話〉應成書於五代之後》，《南京社會科學》1994年第2期。

〔註13〕曹炳建：《也談〈大唐三藏取經詩話〉的成書時代》，《河南大學學報（社會科學版）》1995年第2期。

〔註14〕袁賓：《〈大唐三藏取經詩話〉的成書時代與方言基礎》，《中國語文》2000年第6期。

〔註15〕張正學：《從行政區劃與香山觀音看〈大唐三藏取經詩話〉的創作年代》，《東南大學學報（哲學社會科學版）》2014年第5期。

書，其中有講經文、變文、俗曲，史樹青認為這批作品與唐代的俗講基本無大差異，〔註16〕這就說明唐宋時期的文學作品是緩慢演變。

前人之所以不能從語言學的角度肯定此書的寫作時間，因為有學者指出這種方法本來就有問題。中國各地方言差別很大，同一時代的不同地方可能保留不同時代的語言特徵。前人未曾結合《大唐三藏取經詩話》的寫作地點來考慮此書的形成時間，上文已經論證此書是在山西形成。山西因為多山，歷史上一直是中原戰亂最少的地區，每到戰亂年代，山西相對安全，比周邊地區富裕，保留的文化傳統較多。至今山西話還和北方話差別很大，保留入聲等多種古音特徵，因此被有的學者單獨劃為晉語區。所以宋代的山西也一定比周邊地區保留較多的古音，因此說此書的語言接近晚唐五代的西北方言，並不能證明此書不會在北宋的山西形成。

書中最後的河中府故事的主角是個去外國經商的商人，他的兩個兒子一個叫癡那，一個叫居那，明顯不是漢族，而是一個胡商。張乘健說這不是中國人的名字，而是譯名。其實唐代的華北有很多胡商，所以不必解釋為外國譯名。但是北宋中原的胡商極少，所以此書的故事形成時間是在唐代。

但是唐代尚未成書，因為此書的京東路三個字露出了破綻。前人都以為京東路是北宋的京東路，我以為不是。因為北宋的京東路是在京都開封府的東部，北宋人不可能不明白唐代的京城在長安，不在開封。即使是北宋人誤以為唐代的京城在開封，也不可能誤以為唐僧在回路走到京東路，如果唐僧要從西域去開封，回路肯定是走開封之西的京西路。

其實書中的京東路就是指長安之東，因為河中府在長安之東，所以原書作者以為唐僧從山西五臺山出發，再回到晉北，再經過晉南，回到京城長安之東，再到長安。河中府就在黃河岸邊，渡河就到了關中平原的東部。所以原書可能是京東二字，或者是指京東的路上。但是被宋代人誤以為京東路，這就說明了此書從唐到宋的長期形成過程。

北宋人或許不會誤把長安之東說成開封之東的京東路，所以京東路的訛誤很可能發生在金代。劉豫的偽齊已經改宋朝的京東路為山東路，此後京東路之名消失，〔註17〕所以金和南宋時代的人不明白原來的京東路了。

所以此書的成書時間，最早是在北宋，北宋的山西也有密宗，所以這和

〔註16〕史樹青：《應縣佛宮寺木塔發現的遼代俗文學寫本》，《文物》1982 年第 6 期。
〔註17〕李昌憲：《試論偽齊國的疆域與政區》，《中國史研究》2007 年第 4 期。

書中的密宗思想不矛盾。或許也可能是在金代初期成書，再流傳到南宋，金與南宋之間的書籍流傳已有學者研究。〔註18〕

　　不過我們不能根據《大唐三藏取經詩話》中的政區來確定此書的具體寫作時間，張正學誤以為書中的陝西必須是宋代的正式政區之名，又混淆宋代安撫司路名和轉運司路名。其實宋代的陝西四路、陝西五路、陝西六路不管如何劃分，都可以合稱為陝西路，而文學作品又不必稱正式政區，所以不能根據正式政區來確定此名的具體寫作時間。而且陝西四路、五路、六路主要是指西北戰場前線的安撫司路，河中府在內地，所以二者無關。

四、西遊文學最早在山西產生的社會原因

　　西遊文學最早在山西產生有其歷史的必然性，宋、金時期的山西經濟繁榮。北宋的晉南，水利事業興旺，《宋史》卷九十五《河渠志五》熙寧九年八月，程師孟言：「河東多土山高下，旁有川谷，每春夏大雨，眾水合流，濁如黃河礬山水，俗謂之天河水，可以淤田。絳州正平縣南董村旁有馬壁谷水，嘗誘民置地開渠，淤瘠田五百餘頃。其餘州縣有天河水及泉源處，亦開渠築堰。凡九州二十六縣，新舊之田，皆為沃壤，嘉祐五年畢功，纂成《水利圖經》二卷，迨今十七年矣。聞南董村田畝舊直三兩千，收穀五七斗。自灌淤後，其直三倍，所收至三兩石。今臣權領都水淤田，竊見累歲淤京東、西城鹵之地，盡成膏腴，為利極大。尚慮河東猶有荒瘠之田，可引天河淤溉者。」

　　宋、金戰爭很少波及晉南，這裡成為硝煙之中的桃源。金兵南下，從河北直取宋朝都城開封，再追擊宋高宗到江浙，山西相對安全。李心傳《建炎以來繫年要錄》卷四記載靖康之亂：「初敵縱兵四掠，東及沂、密，西至曹、濮、兗、鄲，南至陳、蔡、汝、潁，北至河朔，皆被其害。殺人如刈麻，臭聞數百里，淮泗之間亦蕩然矣。」

　　黃寬重曾經詳細考證北方抗金的義軍，我們從中發現，山西的義軍很少，除了金朝初年的太行山地有來自河北的大規模義軍，其他地方義軍不多。〔註19〕

　　金分宋的河東路為河東南路、河東北路，新成立的河東南路治平陽府，

〔註18〕李西亞：《試論金朝的圖書流通》，《遼金史論集》第十三輯，中國社會科學出版社，2013年，第280～288頁。

〔註19〕黃寬重：《南宋時代抗金的義軍》，聯經出版事業公司，1988年。

平陽府原為晉州，因為山西的南部人口增長，而升府建路。《金史》卷二十六《地理志下》記平陽府有 136936 人，絳州有 131510 人，河中府有 106539 人，都是人口較多之地。據研究，北宋末年的河東路，人口密度前五名的是：河中府、汾州、慈州、絳州、晉州、隩州。金朝的河東兩路，人口密度前五名的是：河中府、絳州、汾州、平陽府（北宋晉州）、解州，〔註20〕除汾州在晉中，其他都在晉南，金代的山西人口中心更加南移。

平陽府人多地少，有人建議向土曠人稀的河南移民，《金史》卷四十七《食貨志二》：「章宗大定二十九年五月，擬再立限，令貧民請佃官地，緣今已過期，計已數足，其占而有餘者，若容告訐，恐滋奸弊。況續告漏通地，敕旨已革，今限外告者宜卻之，止付元佃。兼平陽一路地狹人稠，官地當盡數拘籍，驗丁以給貧民。上曰：限外指告多佃官地者，卻之，當矣。如無主不顧承佃，方許諸人告請。其平陽路宜計丁限田，如一家三丁已業止三十畝，則更許存所佃官地一頃二十畝，餘者拘籍給付貧民可也……八月，尚書省奏：河東地狹，稍凶荒則流亡相繼。竊謂河南地廣人稀，若令招集他路流民，量給閒田，則河東饑民減少，河南且無曠地矣。上從所請。」

平陽府的水田很有名，《金史》卷五十《食貨志五水田》：「泰和八年七月，詔諸路按察司規畫水田，部官謂：水田之利甚大，沿河通作渠，如平陽掘井種田俱可灌溉。」

元代余闕說：「晉地土厚而氣深，田凡一歲三藝而三熟，少施以糞，力恒可以不竭，引汾水而溉，歲可以無旱。其地之上者，畝可以食一人。民又勤生力業，當耕之時，虛里無閒人。野樹禾，牆下樹桑。庭有隙地，即以樹菜茹麻枲，無尺寸廢者。故其民皆足於衣食，無甚貧乏。家皆安於田里，無外慕之好。間有豪傑欲出而仕，由他岐皆所以得官爵。故其為俗，特不尚儒。周行郡邑之間，環數百里，數百家之聚，無有一人儒衣冠者。」〔註21〕

平陽府的紡織業也很發達，《金史》卷五十七《百官志三》：「諸綾綿院：置於真定、平陽、太原、河間、懷州。使一員，正八品。副使一員，正九品。掌織造常課匹段之事。」

平陽不僅人口多，學生和進士也多，《金史》卷五十一《選舉志一》章宗

〔註20〕吳松弟：《中國人口史》第三卷，復旦大學出版社，2000 年，第 445 頁。
〔註21〕〔元〕余闕：《青陽先生文集》卷三《梯雲莊記》，《影印文淵閣四庫全書》第 1214 冊，第 393 頁。

大定二十九年（1189 年）：「學二十有四，學生九百五人。大興、開封、平陽、真定、東平府各六十人，太原、益都府各五十人，大定、河間、濟南、大名、京兆府各四十人，遼陽、彰德府各三十人，河中、慶陽、臨洮、河南府各二十五人，鳳翔、平涼、延安、咸平、廣寧、興中府各二十人。」明昌元年（1190年）：「河東南北路則試於平陽。」

元代陵川縣人郝經說：「金源氏亦以平陽一道甲天下，故河東者，九州之冠也。」〔註22〕元好問《續夷堅志》卷四：「太安初，高子約、耿君嗣、閻子秀、王子正之考試平陽。舉子萬人。主司有夢緋衣人來謝謁者。明旦試題以下，語同官。俄群鶴旋舞至公樓上，良久不去。主司命胥吏揭榜大書示眾云：今場狀元出自河東，當舉府題：聖人有金城，解魁宋可封，澤州。省：儉德化民家給之本，省魁孫當時。御題：獲承休德，不遑康寧，狀元王綱平陽。三元者果皆河東云。」〔註23〕

北宋的山西進士在全國不僅不多，而且比起唐代嚴重衰落。但是金代則非常突出，正是因為宋、金戰爭較少影響晉南。

元曲四大家有三位是山西人：解州人關漢卿、隩州（今山西河曲縣）人白樸、平陽襄陵縣人鄭光祖。金元之際的平陽人張鳴善有諸多作品，元代還有太原人喬吉等名家。王國維《宋元戲曲史》說元代北方雜劇家，大都之外以平陽最多，有元曲平陽七大家：鄭光祖、趙公輔、於博淵、狄君厚、孔文卿、石君寶、李行甫。李行甫是絳州人，元代絳州屬平陽路。

金代平陽府是北方印書中心，印出的書籍又名平水版。平陽出產麻紙，稷山、絳州等地盛產棗木。〔註24〕《金史》卷二十六《地理志下》平陽府：「有書籍。」說明平陽府的書籍在全國有名。經濟發達，印書便利，人口繁多，學者突出，為金元晉南的文學戲劇的發展提供了最好的土壤。

中國現存最早的戲臺是山西高平王報村的大定二十三年（1183 年）二郎廟戲臺，是全國重點文物保護單位。

〔註22〕〔元〕郝經：《陵川集》卷三十二《河東罪言》，《影印文淵閣四庫全書》第1192冊，第363頁。

〔註23〕〔金〕元好問撰、常振國點校：《續夷堅志》，北京：中華書局，2006年，第77頁。

〔註24〕張德光：《關於趙城〈金藏〉研討中幾個問題的商榷》，《文物世界》2006年第1期。

中國現存最早的戲臺高平王報村金代戲臺

五、西遊文學最早在山西產生的宗教原因

　　玄奘回國時，召集不少名僧翻譯佛經，其中有蒲州棲岩寺、普救寺的沙門神泰、行友、道卓。神泰跟隨玄奘十八年，翻譯了不少佛經。《佛祖統紀》卷三十九記載顯慶二年敕建西明寺：「詔道宣律師為上座，神泰法師為寺主，懷素為維那。」道宣《集古今佛道論衡》卷四記載顯慶三年（658年）四月高宗下詔，佛經、道教各舉七人入宮辯論，神泰在列。行友、道卓也參與翻譯佛經，玄奘弟子之中竟有三人來自蒲州。〔註25〕

　　因此玄奘的學問應在山西產生了很大影響，唯識宗在山西一直傳承。北宋太原人繼倫（919～969）：「《唯識》、《因明》二論，一覽能講，由是著述其鈔，至今河東盛行。」〔註26〕蒙古國在蒙哥汗八年（1258年，南宋寶祐六年），忽必烈在哈剌和林主持了佛教和道教辯論的戊午大會，佛、道各有十七人，佛教的十七人雖然以河北的高僧為主，但是也有絳州唯識宗的講主祖圭。

〔註25〕楊維中：《中國唯識宗通史》第九卷，鳳凰出版社，2008年，第608～614頁。
〔註26〕〔宋〕贊寧：《宋高僧傳》卷七，上海古籍出版社，2014年，第144頁。

　　密宗在山西也有很大影響，不空在永泰二年（766 年）上表，請捨衣缽於五臺山建金閣寺獲批。不久又請在五臺山建玉華寺，大曆三年（768 年）獲批。遼朝、金朝的五臺山都有密宗高僧，〔註 27〕所以《大唐三藏取經詩話》受到密宗影響就是在山西本地的影響。

　　宋、金兩代的山西文化積澱深厚，佛教盛行，現在國家圖書館的鎮館之寶金代刻印的《大藏經》，是 1933 年在趙城縣（1954 年併入洪洞縣）廣勝寺發現，又名《趙城金藏》。這部《大藏經》的雕刻源自山西普通民眾的捐資，據原書記載，他們主要來自：蒲州河津縣、解州夏縣、芮城縣、安邑縣、絳州絳縣、太平縣、曲沃縣、平陽府洪洞縣、臨汾縣、襄陵縣、潞州長子縣、襄垣縣、河中府猗氏縣（今臨猗縣）、萬泉縣、榮河縣（今萬榮縣）、太原府文水縣、平遙縣等。這部《大藏經》刻印的核心人物是潞州長子縣女子崔法珍，同心協力雕刻者，有楊惠溫等七十二人。助緣雕刻者有劉法善等五十多人，都是斷臂禮佛。從金熙宗皇統八年（1148 年）到金世宗大定十八年（1178 年），前後三十多年才成功。共有 6980 卷，經板 168113 片。〔註 28〕

　　今山西絳縣太陰寺有一方《雕藏經主重修太陰寺碑》，前列述者文秀、書丹及篆額者寶定、刊者楊瑗，後列大德元年（1297 年）立石者了威與絳州、絳縣蒙漢官員等。

　　碑文記載，宋徽宗時，懷州河內縣（治今河南沁陽縣）人寔公律師尹矧迺，其母夢佛而孕，生有紅光。童女在孟州天王院，禮師出家，篤好經書，年登十五，負笈遊學。二十以來，洞曉經旨。內閒五教，外醉六經。禮泗州（治今江蘇盱眙縣）觀音寶塔，火燃左手，感觀音真容顯現。又聞五臺山文殊應現，步禮五臺至歸德府（治今河南商丘市），路遇宋徽宗御駕，獲賜金刀、玉檢。到五臺山，懇禱志誠，感文殊菩薩空中顯化，得法眼淨見佛摩頂授記曰：「汝於晉絳之地，大有緣法，雕造大藏經板。」他大為感動，火燒自己左臂，感動觀音真容顯現。路過潞州長子縣，住在崔法珍家，崔法珍也斷自己左臂，隨他出家。他們一行又到太平縣（治今山西襄汾縣汾城鎮），王姓弟子，法名慈雲，也火燒左臂，隨他出家。他們一行到了金臺的天寧寺，糾集門徒三千

〔註 27〕呂建福：《中國密教史》，中國社會科學出版社，1995 年，第 342～343、609～610、629～630 頁。

〔註 28〕賴永海主編：《中國佛教通史》第十卷，鳳凰出版社，2008 年，第 473～474 頁。

餘眾，同心戮力，於河、解、隰、吉、平水、絳陽，盛行化緣，起數作院，雕造大藏經板，聲震天下。

大定十六年（1176年），寔公圓寂。童女菩薩崔法珍住持河府廣化勝剎，大定十八年（1178年），將所雕藏經部帙卷目，總錄板數，表奏朝廷。世宗皇帝特降紫泥慈部七十二道，給付行功，以度僧尼。更賜大弘法寺之名額，敕降童女菩薩以為弘教大師。慈雲遵師遺囑，於新田、翼城、古絳三處，再起作院，補雕藏經板數圓備。慈雲來到絳縣，看到東連太行之高峰，西控中條之曠野，北觀澮水，南望天台，中有太陰古寺。唐代建立，晉代重修，已經荒廢，因而重建。大定二十年（1180年），與門人法澍、法滿，糾集緇素百餘人，雕釋迦臥佛丈六金身，刊彌陀三士玉像。泰和二年（1202年），更向絳縣張上村中構修堂殿，印造藏經。

貞祐二年（1214年），蒙古兵到，兩次戰亂，寺廟荒廢。壬辰年（1233年），澍公菩薩、滿公上人復立華山下寺，薦修堂殿，墾種地田。癸巳年（1234年），襄陵縣胡李村李三郎二子出家，長曰了志，禮童女菩薩之孫無礙大師。次曰行光，禮華山雲公菩薩門人滿山主為師。童女菩薩之孫空公戒師，傳授菩薩大戒。庚子年（1241年），保達公門人行圓為住持，上賜紫衣滿靜大師，傳授天寧寺制律師菩薩戒。戊午年（1259年），上賜紫衣顯教大師，重修此寺。〔註29〕

前人都誤以為尹矧乃最初發起刻印金代《大藏經》的天寧寺是解州天寧寺，其實應是絳州天寧寺。因為原碑說金臺天寧寺，金臺是絳州而非解州。

慈雲在太陰寺主持雕刻的金代佛像，現在仍是中國最大的獨木雕刻的臥佛像，現在太陰寺門房牆上有金大定十七年（1177年）慈雲等人所立的《華山太陰寺記》，記載大定十年（1170年）三月十九日，開雕《大藏經》。〔註30〕

由此我們可以確定，北宋到金代晉南的佛教中心在絳州，絳州之西緊鄰的稷山縣青龍寺有符合《大唐三藏取經詩話》的元代唐僧取經壁畫，而且青龍寺的壁畫受到唐代密宗影響。〔註31〕

太原府秀榮縣（今忻州市）人元好問《續夷堅志》卷二：「平陽賈叟，無目而能刻神像，人以待詔目之。交城縣中寺一佛是其所刻，儀容端嚴。僧說

〔註29〕王澤慶：《〈解州版金藏〉摹刻的重要文獻──〈雕藏經主重修太陰寺碑〉》，《文物世界》2003年第4期。

〔註30〕咸增強：《一座不容忽視的出版史料碑──從〈雕藏經主重修太陰寺碑〉看〈金藏〉摹刻的主要人物》，《運城學院學報》2010年第3期。

〔註31〕孫博：《青龍寺水陸畫中的唐密因素》，《山西檔案》2013年第1期。

賈初立木胎，先摸索之，意有所會，運斤如風。」〔註32〕

　　前人指出，《大唐三藏取經詩話》有不少常識錯誤，比如說唐僧取經之前中國未有佛經，又把大梵天王和毗沙門天王混淆，說玄奘因為三度受經才封為三藏法師。所以作者不是佛教中人，而是說話藝人。〔註33〕我以為此說合理，但不僅不與本文上述考證矛盾，還很吻合。絳縣太陰寺的碑文稱斷臂印經的崔法珍為童女菩薩，又說她還有孫子。說明金代晉南的佛教不僅趨向世俗化，而且在民間有廣泛的信眾，所以才能聚沙成塔，通過平民的力量印成《大藏經》。晉南應有大量受到佛教思想影響的說話藝人，這就是《大唐三藏取經詩話》的作者。此書受到密宗、淨土宗思想的影響，早已不是玄奘弟子在河東所傳的唯識宗，但這也說明作者是普通藝人，所以思想混雜。

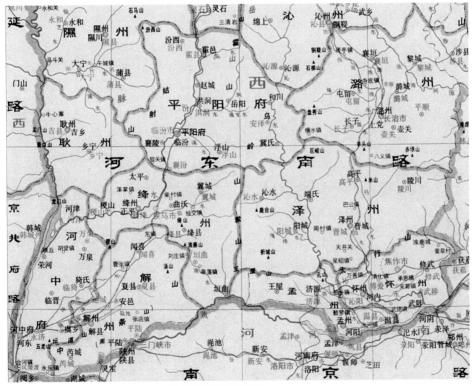

金朝的河東南路〔註34〕

〔註32〕〔金〕元好問撰、常振國點校：《續夷堅志》，第37頁。點校本誤運斤成風為
　　　　連斤成風。
〔註33〕王麗敏：《〈大唐三藏取經詩話〉的宗教觀念及作者淺議》，《明清小說研究》
　　　　2011年第1期。
〔註34〕譚其驤主編：《中國歷史地圖集》第六冊，第56頁。

　　絳州是最值得關注的地方，因為絳州地處河中府和平陽府之間，宋金時期盛產大棗，其西的稷山縣有早期唐僧取經壁畫，天寧寺是佛教中心，其南就是裴氏家族中心聞喜縣，其東的烏嶺是豬八戒原型黑豬精烏將軍產生之地，這些都和《大唐三藏取經詩話》、楊景賢《西遊記》雜劇緊密關聯。

　　所以最早的西遊文學產生的中心應在河中府到絳州一帶，河中府是玄奘弟子集中之地，金代的絳州仍有唯識宗講主。這一帶傳授玄奘之學，出現了最早的唐僧取經故事。宋金時期，這些故事形成了最早的文本。或許因為平陽府發達的印刷業而刻印成書，再流傳到南宋的杭州。或許北宋已有文本，在靖康南渡時，流傳到了南方。

第三章　豬八戒的山西因素

　　豬八戒是《西遊記》中的第二主角，他傻得可愛，雖然渾身缺點，但也使得讀者開懷大笑。如果《西遊記》中缺少了豬八戒，就缺少了很多樂趣。這樣一個重要形象，在西遊文學近一千年的發展史中，出現得卻很晚。宋代的《大唐三藏取經詩話》還未出現。

　　如果我們深入觀察山西的西南部，就會發現河伯和黑豬精烏將軍娶妻都在晉西南，河伯娶妻是烏將軍娶妻的源頭，還有更多的證據表明豬八戒有來自山西的因素。

一、豬八戒石刻最早出自金元山西

　　現在中國發現的文物中，最早出現豬八戒的是金代山西的一座墓葬，這個墓葬很可惜已經被盜，現在流散的門楣上有西遊記故事浮雕。可以清楚地看到孫悟空、豬八戒走在最前面，白龍馬和沙和尚在中間，唐僧在最後。〔註1〕蔡鐵鷹先生說他應邀鑒定這方石刻，這幅畫上的孫悟空頭戴方帽，又名東坡巾，是典型的宋代服裝，因此他認為這幅畫是宋金作品。〔註2〕

　　我在 2017 年 10 月無意中看到了這方石刻的收藏者在原石上拓印的拓片，據收藏者親口告知，這座山西墓葬中有明確紀年，是金代大定年間。這是中國目前能見到最早的豬八戒畫像，孫悟空、沙和尚的形象與後世有很大

〔註1〕趙耀輝：《大話西遊──新見金代玄奘取經圖刻石拓片》，《光明日報》2015 年
　　　　4 月 3 日第 16 版。
〔註2〕蔡鐵鷹：《新見石刻畫像唐僧師徒取經歸程圖辨識》，《淮海工學院學報（人文
　　　　社科版）》2016 年第 5 期。

不同,孫悟空雖然手提鐵棒,但是書生打扮,符合南宋《大唐三藏取經詩話》
猴行者是白衣秀才的說法。白衣秀才的說法無疑源自中原,不是南方人首創。

我認為,這幅畫像最重要的地方,還在於證明了我下文將要詳細論證的
重要觀點,那就是《西遊記》文本最早出自宋代的山西,豬八戒也是出自山
西的人物形象。其實,廣東省博物館藏元代磁州窯的瓷枕、河北省文物研究
所藏河北磁縣出土的元代瓷枕上,都有豬八戒。這是因為磁縣本來就緊鄰山
西,而且現在磁縣全境說的都是晉語,歷史上的磁縣和山西文化關係最為緊
密,所以元代磁州窯的文物出現豬八戒,源頭還是在山西。

金代大定山西墓葬的西遊記石刻門楣

金代大定山西墓葬的西遊記故事石刻

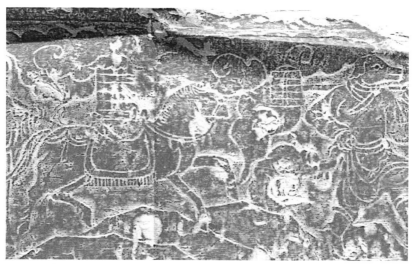

金代大定山西墓葬石刻中的豬八戒、白龍馬放大圖

　　山西晉城市澤州縣柳樹口鎮東中村南的紫金山上，有座元代建立的寺廟大雲院。大殿後的山崖上有西遊記故事石刻，前方有石碑，題為《重修老師洞記》，落款為：「大元至元三十年（1293 年）。」右側是孫悟空、馬和官員形象，左側是唐僧、豬八戒和馬的形象。

　　這幅圖的年代也很早，雖然石刻的年代不及金代早，但是故事的來源未必晚於金代墓葬故事。因為圖上不僅有官員，有兩匹馬，而且孫悟空的形象也很古樸，手上的鐵棒不像金代墓葬那樣細，而是比較粗，接近鐵杵。圖中看不到沙和尚，說明這個故事有其獨特的來源，考慮到最早的西遊故事就產生於山西的南部，所以這幅圖的歷史淵源很深。

山西澤州大雲院西遊記故事石刻

山西澤州西遊記石刻的孫悟空、馬和官員形象

山西澤州西遊記石刻的唐僧、豬八戒和馬的形象

二、豬八戒與黃河水神

龔維英認為豬八戒是天河的天蓬元帥，源自上古的黃河水神河伯馮夷，他說前人已經指出馮夷和封豕讀音的接近，但未引用最早的說法，其實聞一多早已指出此點。屈原的《楚辭·天問》說：

> 帝降夷羿，革孽夏民。胡射夫河伯，而妻彼雒嬪？馮珧利決，
>
> 封豨是射。何獻蒸肉之膏，而後帝不若？〔註3〕

封豨即封豕，龔文認為后羿射死河伯和射死封豕是互文，我認為確實是一個故事的分化。上古音馮 biəng、并 biang 雙聲，蒸陽旁轉。夷 jiei、豕 sjiei 疊韻，喻書旁紐，所以并豕就是馮夷。

龔文還列出一些證據，《易經·說卦》：「坎為豕。」《史記·天官書》：「奎曰封豕，為溝瀆。」《詩經·小雅·漸漸之石》：「有豕白蹢，烝涉波矣。月離于畢，俾滂沱矣。」龔文認為，后羿射死河伯封豕，而霸佔了其妻雒嬪宓妃，也就是豬八戒調戲嫦娥的由來。〔註4〕我以為河伯的嬪妃本來就是洛水女神，但不是嫦娥，差別很大，所以此說未必成立，但是豬八戒源自本土之說總體成立。

〔註3〕聞一多：《〈天問〉疏證》，三聯書店（北京），1980年，第54～56頁。
〔註4〕龔維英：《豬八戒藝術形象的淵源》，《文學遺產》增刊第十五輯，1983年。

張錦池也認為豬八戒源自中原，但是他說河伯是豬八戒的文化淵源，不是豬八戒的原型，豬八戒的原型就是黑豬精。他又舉出很多證據，蕭梁任昉《述異記》:「夜半天漢中，有黑氣相連，俗謂之黑豬渡河，雨候也。」因為豬性喜水，所以豬八戒是天河裏天蓬元帥。他又說，元代《西遊記》雜劇明確說豬八戒是黑豬精，而摩利支天的坐騎和駕車的豬是金色，所以摩利支天御車將軍的說法不過是文學作品發展過程中添加的標簽，不是原型的主幹。〔註5〕

其實，《山海經．海外西經》說：

> 並封在巫咸東，其狀如彘，前後皆有首，黑。

豩字就是兩個豕併合，讀為 bin，上古音是幫母文部 peən。豳字也有此有關，豳國在今陝西彬縣。《漢書．地理志上》河東郡安邑縣（在今山西夏縣）:「巫咸山在南。」《水經注．涑水》也說巫咸山、巫咸祠在今夏縣南的中條山，所以並封應在中條山附近。

河伯名為馮夷，《史記．滑稽列傳》:「苦為河伯娶妻。」《正義》:「河伯，華陰潼鄉人，姓馮，名夷。浴於河中而溺死，遂圍河伯也。」《龍魚河圖》:「河伯，姓呂公子。夫人姓馮，名夷，河伯字也。華陰潼鄉堤首人，水死化為河伯。」《莊子．大宗師》釋文引司馬彪引《清泠傳》、《搜神記》卷十四都說河伯馮夷是華陰人，〔註6〕既然河伯在潼關，所以與中條山的巫咸排在一起。

其實河伯的位置，屈原也說了，《天問》又說：「何羿之射革，而交吞揆之？阻窮西征，岩何越焉？」王逸注：「阻，險也。窮，窘也。」我以為這是王逸看到早已訛誤的文字而被迫牽強附會，阻窮顯然是主語，應是有窮之形訛，后羿是有窮氏。《左傳》襄公四年（前 569 年）記載后羿代夏歷史，提到有窮氏。有窮西征，說明河伯在西。

《左傳》昭公二十八年（前 514 年）：

> 昔有仍氏生女，黰黑，名曰玄妻。樂正后夔娶之，生伯封，實有豕心，貪惏無厭，忿纇無期，謂之封豕。有窮后羿滅之，夔是以不祀。

伯封就是並封，也即封豕，就是一隻大黑豬。此處說有窮后羿滅之，正與《天問》后羿射死封豕之說吻合。

河伯子孫建立倗國，也即馮國。《穆天子傳》卷一說：

〔註5〕張錦池：《西遊記考論》，黑龍江教育出版社，2003 年，第 158～202 頁。
〔註6〕袁珂、周明編：《中國神話資料粹編》，四川社會科學院出版社，1985 年。

> 辛丑，天子西征，至於鄰人。河宗之子孫鄰柏絜，且逆天子於
> 智之□先豹皮十，良馬二六，天子使井利受之。

此國在今山西省絳縣，該縣橫水墓地出土倗國青銅器，[註7] 又有周穆王時的倗叔壺，[註8] 說明周穆王時確有倗國。倗即朋人。《說文》卷六下：「酅，姬姓之國，從邑馮聲。」《東觀漢記·馮魴傳》：「馮氏，其先，魏之別封，曰華侯，華侯孫長卿，食采馮城，因以氏焉。」李零認為河伯馮姓、《穆天子傳》河宗之子與倗國可以勘同。[註9] 絳縣靠近華山，位置吻合。倗國是媿姓，《殷周金文集成》2462 銘文：「倗仲作畢媿媵鼎，其萬年寶用。」王國維等學者認為媿姓是晉國「懷姓九宗」的懷姓，是戎狄姓氏。[註10]

華山附近有彭戲氏、龐戲城，《史記·秦本紀》：「武公元年，伐彭戲氏，至於華山下。」《正義》：「戎號也，蓋同州彭衙故城是也。」此彭衙和彭戲的讀音、地域都不近，所以有學者認為彭戲不在彭衙，而是龐戲，《史記·六國年表》：「伐大荔，補龐戲城。」大荔在今大荔縣，龐戲鄰近大荔，正是華山附近的彭戲，[註11] 此說是。彭戲氏無疑是從黿戲氏（伏羲氏）演化而來，潼關附近的河伯冰夷（馮夷）也是伏羲氏。

屈原《楚辭·天問》：「蓱號起雨，何以興之？」王逸注：「蓱，蓱翳，雨師名也。號，呼也。興，起也。」雨神的名字蓱翳，可能也是馮夷之音轉。因為馮夷是河神，所以轉為雨神。[註12]

前秦王嘉《拾遺記》卷二說大禹：

> 鑿龍關之山，亦謂之龍門，至一空巖，幽暗不可復行。禹乃負
> 火而進，有獸狀如豕，銜夜明之珠，其光如燭。又有青犬，行吠於
> 前。禹計可十里，迷於晝夜，既覺漸明，乃向來豕犬，變為人形，

〔註7〕 宋建忠、吉琨璋、田建文、李永敏：《山西絳縣橫水西周墓發掘簡報》，《文物》
2006 年第 8 期。吉琨璋等：《橫水西周墓地研究三題》，《文物》2006 年 8 期。

〔註8〕 張懋鎔：《新見金文與穆王青銅器斷代》，《文博》2013 年第 2 期。

〔註9〕 李零：《馮伯與畢姬——山西絳縣橫水西周墓 M2 和 M1 的墓主》，《中國文物報》2006 年 12 月 8 日第 6 版。

〔註10〕 李學勤：《絳縣橫北村大墓與倗國》，《文物中的古文明》，商務印書館（北京），2008 年，第 273 頁。

〔註11〕 辛迪：《彭戲氏考》，《中國歷史地理論叢》，2005 年第 2 期。

〔註12〕 黃樹先認為蓱翳之蓱來自苗語的雨 bing，黃樹先：《古楚語釋詞》，《語言研究》1989 年第 2 期。楊琳認為翳來自藏緬語族語言，如彝語的云是 tie。楊琳：《訓詁方法新探》，商務印書館（北京），2011 年，第 226 頁。筆者認為苗語、彝語與漢語都屬漢藏語系，原來同源，但是這種拼合論證未必成立。

皆著玄衣。

可見豬確實和龍門河伯有關，但也和燭龍有關。我曾經論證《山海經》、《淮南子》、《楚辭》中的山西燭龍原型是煤礦自燃，或許因為燭、豬音近，所以地下的燭龍變成洞中的豬龍，這也就是新石器時代內蒙古紅山文化豬龍玉器的由來。內蒙古靠近山西，也有煤礦，所以有類似傳說。

今中條山最西部靠近黃河的地方，《山海經》中山經首篇有渠豬山，可能源自巨豬也即野豬。

三、山西黑風山、黑風洞、黑風大王與豬八戒

在南宋杭州刻印的《大唐三藏取經詩話》中，還沒有出現豬八戒。但是元代的雜劇、平話都出現了豬八戒。元代朝鮮人學習漢語的教材《朴通事諺解》引用的《西遊記平話》提到朱八戒，但是僅有其名，沒有引用具體故事。

最值得注意的是元代楊景賢創作的雜劇《西遊記》，講到豬八戒：

> 潛藏在黑風洞裏，隱顯在白霧坡前。生得喙長項闊，蹄硬鬣剛。得天地之精華，秉山川之秀麗，在此積年矣，自號黑風大王，左右前後，無敢爭者。近日山西南五十里裴家莊，有一女子，許配北山朱太公之子為妻。其子家貧，裴公欲悔親事。此女夜夜焚香禱告，願與朱郎相見。那小廝膽小不敢去。我今夜化做朱郎？去赴期約，就取在洞中為妻子，豈不美乎？

豬八戒最早住在黑風洞，而山西古代的地方志，記載有兩處黑風洞，一處在晉北的五臺縣，光緒《五臺縣志》卷二《山水》引舊志：

> 九女泉，在縣治西北二里峰山下，山上有黑風洞，出泉，其水稍溫，流不遠即入慮虒河。

另一處就在晉東南的陵川縣，乾隆《陵川縣志》卷四《山川》：

> 昭君山，俗呼為皂君山，由東碳腦而南，盤旋而上，高約十五里。西岩絕壁衝天，險不可狀，山中有一洞，名曰黑風洞，遇天旱，里人祈禱必應，離邑一百里。

黑風洞是求雨之地，是宗教場所。昭君山應在今陵川縣古郊鄉東北的招軍山村，在山西和河南交界處的太行山深處，主峰海拔 1500 米。

山西靜樂縣有黑風山，成化《山西通志》卷二：

> 黑風山，在靜樂縣西北五里，山側有竅，秋冬出黑風。上有神

祠，居民每歲二月十八日祀焉。

金初的山西省南部，還有黑風大王，南宋洪邁《夷堅志》甲志卷一《黑風大王》說：

> 汾陰后土祠，在汾水之南四十里，前臨洪河，連山為廟。蓋漢唐以來故址，宮闕壯麗。紹興間陷虜，女真統軍黑風大王者，領兵數萬，將窺梁益，館於祠下。

這個黑風大王被岳飛殺死，岳珂說岳飛在南宋高宗建炎元年（1127年）：

> 又戰賊於太行山，獲馬數十疋，擒拓拔耶烏。數日復戰，先臣單騎持丈八鐵槍，刺殺虜大帥黑風大王，其眾三萬悉潰走，虜人破膽。

這個黑風大王，其實是被完顏部征服的奧屯部大王。〔註13〕總之，黑風山、黑風洞、黑風大王都能在山西找到。

尤其值得注意的是裴家莊這個地名，眾所周知，中國的裴氏以山西聞喜縣裴氏最為聞名。聞喜裴氏是世家大族，故事中的豬八戒敢於搶奪裴氏之女，其實是反映豬八戒本領高強，敢於冒犯晉南的最大家族。

四、臨汾野豬精烏將軍與豬八戒

裴家莊確實是故意表示豬八戒，但是住在山的西南和山北的說法卻不是胡亂編造。因為如果是胡亂編造，有可以說裴家莊在山北，說朱家住在山的西南，也就是中條山的西南。原文說朱家住在山北，其實是因為更早的故事版本或同時代的其他故事版本說豬八戒來自山北。

牛僧孺《玄怪錄》卷一《烏將軍》條說：

> 代國公郭元振，開元中下第，自晉之汾，夜行陰晦失道。久而絕遠有燈火之光，以為人居也，遙往投之。八九里有宅，門宇甚峻。既入門，廊下及堂下燈燭輝煌，牢饌羅列，若嫁女之家，而悄無人。公繫馬西廊前，歷階而升，徘徊堂上，不知其何處也。俄聞堂中束閣有女子哭聲，嗚咽不已。公問曰：「堂中泣者，人耶，鬼耶？何陳設如此，無人而獨泣？」曰：「妾此鄉之祠有烏將軍者，能禍福人，每歲求偶於鄉人，鄉人必擇處女之美者而嫁焉。妾雖陋拙，父利鄉

〔註13〕〔元〕李庭：《寓庵集》卷七《大元故宣差萬戶奧屯公神道碑銘》，《續修四庫全書》第1322冊。

人之五百緡，潛以應選。今夕，鄉人之女並為遊宴者，到是，醉妄此室，共鎖而去，以適於將軍者也。今父母棄之就死，而令惴惴哀懼。君誠人耶，能相救免，畢身為掃除之婦，以奉指使。」公憤曰：「其來當何時？」曰：「二更。」公曰：「吾忝為大丈夫也，必力救之。如不得，當殺身以徇汝，終不使汝枉死於淫鬼之手也。」女泣少止，於是坐於西階上，移其馬於堂北，令一僕侍立於前，若為賓而待之。

　　未幾，火光照耀，車馬駢闐，二紫衣吏，入而復出，曰：「相公在此。」逡巡，二黃衣吏入而出，亦曰：「相公在此。」公私心獨喜：「吾當為宰相，必勝此鬼矣。」既而將軍漸下，導吏復告之。將軍曰：「入。」有戈劍弓矢翼引以入，即東階下，公使僕前曰：「郭秀才見。」遂行揖。將軍曰：「秀才安得到此？」曰：「聞將軍今夕嘉禮，願為小相耳。」將軍者，喜而延坐，與對食，言笑極歡。公於囊中有利刀，思取刺之，乃問曰：「將軍曾食鹿臘乎？」曰：「此地難遇。」公曰：「某有少須珍者，得自御廚，願削以獻。」將軍者大悅。公乃起，取鹿臘並小刀，因削之，置一小器，令自取。將軍喜，引手取之，不疑其他。公伺其無機，乃投其脯，捉其腕而斷之。將軍失聲而走，導從之吏，一時驚散。公執其手，脫衣纏之，令僕夫出望之，寂無所見，乃啟門謂泣者曰：「將軍之腕已在於此矣。尋其血蹤，死亦不久。汝既獲免，可出就食。」泣者乃出，年可十七八，而甚佳麗，拜於公前，曰：「誓為僕妾。」公勉諭焉。天方曙，開視其手，則豬蹄也。俄聞哭泣之聲漸近，乃女之父母兄弟及鄉中耆老，相與舁櫬而來，將收其屍以備殯殮。見公及女，乃生人也。咸驚以問之，公具告焉。

　　鄉老共怒殘其神，曰：「烏將軍，此鄉鎮神，鄉人奉之久矣，歲配以女，才無他虞。此禮少遲，即風雨雷電為虐。奈何失路之客，而傷我明神，致暴於人，此鄉何負？當殺公以祭烏將軍，不爾，亦縛送本縣。」揮少年將令執公，公諭之曰：「爾徒老於年，未老於事。我天下之達理者，爾眾聽吾言。夫神，承天而為鎮也，不若諸侯受命於天子而疆理天下乎？」曰：「然。」公曰：「使諸侯漁色於中國，天子不怒乎？殘虐於人，天子不伐乎？誠使爾呼將軍者，真神明也，

神固無豬蹄，天豈使淫妖之獸乎？且淫妖之獸，天地之罪畜也，吾執正以誅之，豈不可乎！爾曹無正人，使爾少女年年橫死於妖畜，積罪動天。安知天不使吾雪焉？從吾言，當為爾除之，永無聘禮之患，如何？」鄉人悟而喜曰：「願從公命。」

乃令數百人，執弓矢刀槍鍬鑺之屬，環而自隨，尋血而行。才二十里，血入大冢穴中。因圍而斸之，應手漸大如甕口，公令束薪燃火投入照之。其中若大室，見一大豬，無前左蹄，血臥其地，突煙走出，斃於圍中。鄉人翻共相慶，會錢以酬公。公不受，曰：「吾為人除害，非鬻獵者。」得免之女辭其父母親族曰：「多幸為人，託質血屬，閨闈未出，固無可殺之罪。今者貪錢五十萬，以嫁妖獸，忍鎖而去，豈人所宜！若非郭公之仁勇，寧有今日？是妾死於父母而生於郭公也。請從郭公，不復以舊鄉為念矣。」泣拜而從公，公多歧援諭，止之不獲，遂納為側室，生子數人。公之貴也，皆任大官之位。事已前定，雖生遠地，而至於鬼神終不能害，明矣。

唐代開元年間，代國公郭元振，從晉州（治今臨汾）去汾州（治今汾陽），半夜迷路，到烏將軍神祠，看到鄉人獻給烏將軍的少女。郭元振先斬斷烏將軍的一隻手，竟是豬蹄。又率數百人追蹤血跡，到了二十里外的大墳中，看到一隻大豬，沒有左蹄。大家一起殺死大豬，這就是所謂的烏將軍。

金文族徽中的豬

　　烏將軍無疑是一隻巨大的黑野豬，在今霍州市，西周就有彘這個地名，是周厲王逃亡之地。又有彘水，源出太嶽山（霍太山、霍山），向西注入汾河。漢代在今霍州市有彘縣，《漢書·地理志》河東郡：「彘，霍大山在東，冀州山，周厲王所奔。」彘，就是豬，說明這一帶的野豬精崇拜可能有數千年的歷史了。

　　葛英會指出，商代有一個以豬為族徽的部落，是商代晚期的重要部族，武丁卜辭記載大豕部曾致羌、以羌、致人。〔註 14〕此族既然進貢羌人，則在商朝的西北部，很可能就在今山西到陝西一帶。

〔註14〕葛英會：《金文氏族徽號所反映的我國氏族制度的遺痕》，北京市文物研究所編：《北京文物與考古》第二輯，1991 年，第 46～47 頁。

第四章　地名透露的宋元話本

一、烏戈和韃靼是宋代翻譯

吳承恩《西遊記》第八回說流沙河：

> 東連沙磧，西抵諸番，南達烏戈，北通韃靼。徑過有八百里遠，
> 上下有千萬里遠。

流沙河是甘肅和新疆之間的沙漠，其東的沙磧其實是內外蒙古之間的大戈壁灘。其西的諸番指今新疆境內的各族，新疆東部的高昌、伊吾等地是漢胡混雜，南疆的焉耆、龜茲原來是月氏人，南疆的西南部主要是源自伊朗民族的塞人，北疆主要是突厥人，所以概稱為諸番。

韃靼，唐代就有特指、泛指兩種意思，特指的韃靼是今蒙古國東部的一個部落，也即塔塔爾部（Tatar），泛指的韃靼則是蒙古語族民族的概稱。唐玄宗開元二十年（732 年）突厥的闕特勤碑上出現三十姓達旦（Otuz Tatar），毗伽可汗碑記載九姓烏護（Toquz Oghuz）聯合九姓達旦，反抗後突厥汗國，默延啜碑記載九姓韃靼和八姓烏護反抗回紇。可能是因為韃靼部落很強大，征服很多部落，所以韃靼成為很多部落泛稱。

北宋王延德出使高昌的行程，說到經過達干于越王子族，是九姓達靼中地位最尊貴的人。波斯歷史學家拉斯都丁的《史集·部族志》說塔塔爾人產生很多分支，是大部分蒙古部落的統治者。波斯人葛爾迪齊在 1050 年的書中說到，韃靼人西遷到額爾齊斯河上游。〔註1〕

〔註 1〕劉迎勝：《西北民族史與察合臺汗國史研究》，中國國際廣播出版社，2012 年，
　　　第 6～9、36～38 頁。

　　其南的烏戈就是回鶻、畏吾兒、維吾爾的異譯，但是烏戈這個詞很奇怪，不見於其他書籍，應該是一個很早的翻譯。回鶻汗國被點戛斯滅亡，回鶻人南遷到河西走廊和新疆，形成甘州回鶻、沙州回鶻、高昌回鶻等群體。《西遊記》說的流沙河之南的烏戈，就是敦煌到高昌一帶的回鶻人。

　　從烏戈、韃靼的用法來看，這一段話的歷史很早，很可能是宋代形成，而不大可能晚到元代，更不可能晚到明代。金代的蒙古人已經興起，不大可能再用韃靼一詞。不過在蒙古人興起之初，南宋人也稱之為黑韃、蒙韃。總之，從韃靼一詞來看，這段話不可能晚到元代。

　　第十五回說白龍馬住在西番哈佖國界，就是哈密，但是哈佖的用字很奇怪，很像是早期的翻譯。

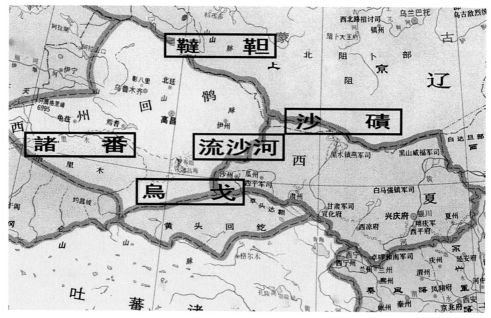

流沙河位置圖〔註2〕

二、斯哈哩國火焰山在西西里島

　　吳承恩《西遊記》第五十九回，說唐僧師徒四人來到火焰山：

　　　　八戒道：「原來不知，西方路上有個斯哈哩國，乃日落之處，俗
　　　　呼為天盡頭。若到申酉時，國王差人上城，擂鼓吹角，混雜海沸之

〔註2〕底圖來自譚其驤主編《中國歷史地圖集》第六冊第3～4頁，黑體字和方框是本書添加。

聲。日乃太陽真火，落於西海之間，如火淬水，接聲滾沸；若無鼓
角之聲混耳，即振殺城中小兒。此地熱氣蒸人，想必到日落之處也。」
大聖聽說，忍不住笑道：「呆子莫亂談！若論斯哈哩國，正好早哩。
似師父朝三暮二的，這等擔閣，就從小至老，老了又小，老小三生，
也還不到。」

為何說火焰山在日落之處的斯哈哩國呢？

原來這一段的典故，出自南宋福建路市舶提舉趙汝适記載海外地理的《諸
蕃志》，卷上說：

> 荼弼沙國，城方一千餘里。王著戰袍，縛金帶，頂金冠，穿皂
> 靴。婦人著真珠衫。土產金寶極多。人民住屋有七層，每一層乃一
> 人家。其國光明，係太陽沒入之地。至晚日入，其聲極震，洪於雷
> 霆。每於城門用千人吹角、鳴鑼、擊鼓，雜混日聲，不然則孕婦及
> 小兒聞日聲驚死。

> 斯加里野國，近蘆眉國界，海嶼闊一千里，衣服、風俗、語音
> 與蘆眉同。本國有山穴至深，四季出火遠望則朝煙暮大，近觀則火
> 勢烈甚。國人相與扛异大石重五百斤或一千斤，拋擲穴中，須臾爆
> 出，碎如浮石。每五年一次，火從石出，流轉至海邊復回。所過林
> 木皆不燃燒，遇石則焚爇如灰。

荼弼沙，即阿拉伯人傳說的日落之處 Djabulsa，趙汝适《諸蕃志》所說的
話和《西遊記》斯哈哩國基本相同，斯哈哩國的名字則是來自斯加里野國，
靠近蘆眉國，蘆眉國就是羅馬（Roma），在一個很大的海島上，還有活火山，
無疑就是意大利的西西里島。

斯加里就是西西里（Sicily）的音譯，從斯加里再變成斯哈哩。西西里島
有埃特納（Etna）活火山，高達 3200 米，是歐洲最高的活火山。文獻記載已
有 500 多次噴發，是世界上噴發最多的活火山，歷史上造成很多傷亡。因為
靠近希臘、羅馬，非常有名。因為在極西之地，所以孫悟空嘲笑唐僧三代也
走不到。

看來，《西遊記》這段話根源在南宋，趙汝适《諸蕃志》作於寶慶元年（1225
年），這段話具體進入《西遊記》的原因已不可考。

意大利西西里島埃特納火山位置圖

三、華南的猴神齊天大聖

孫悟空的形象雖然主要是來自猴避馬瘟的傳統，但是在宋代也融入了南方的猴神傳統。關於華南的猴神，我在此前的著作已有詳細論述。〔註3〕

洪邁《夷堅志·甲志》卷六：

> 福州永福縣能仁寺護山林神，乃生縛獼猴，以泥裹塑，謂之猴王。歲月滋久，遂為居民妖祟。寺當福、泉、南劍、興化四郡界，村俗怖聞其名。遭之者，初作大寒熱，漸病狂不食。緣籬升木，自投於地，往往致死，小兒被害尤甚。於是祠者益眾，祭血未嘗一日乾也。祭之不痊，則召巫覡乘夜至寺前，鳴鑼吹角，目曰取攝。寺眾聞之，亦撞鐘擊鼓與相應，言助神戰，邪習日甚，莫之或改。長老宗演聞而歎曰：「汝可謂至苦，其殺汝者既受報，而汝橫淫及平人，積業轉深，何時可脫？」為誦梵語大悲咒資度之，是夜獨坐。見婦人，人身猴足，血污左腋。下旁一小猴，腰間鐵索，繫兩手，抱女再拜於前曰：「弟子猴王也，久抱沉冤之痛，今賴法力，得解脫生天，故來致謝。」復乞解小猴索，演從之。且說偈曰：「猴王久受幽沉苦，法力冥資得上天，須信自心元是佛，靈光洞耀沒中邊。」聽偈已，又拜而穩。明日啟其堂，施鎖三重。蓋頃年曾為巫者射中

〔註3〕周運中：《百越新史》，花木蘭文化事業有限公司，2020年，第303～312頁。

左腋，以是常深閉，猴負小女如所睹，乃碎之。並部從三十餘軀，
亦皆烏鳶梟鴟之類所為也。投之溪流，其怪遂絕。

　　福州的猴王神本來是土著信仰，被佛教利用，宣揚佛教。猿猴能把疾病
傳給人類，尤其是傷害小孩。閩江流域有很多大聖廟，還傳播到了閩南沿海
的泉州和廈門等地。

　　福州東部的閩江口閩安村，西北部有回龍橋，橋的東南端有宋代的飛蓋
橋碑，橋的西北端緊靠齊天大聖廟，很可能是宋代的古廟。

福州閩安村的回龍橋和大聖廟

閩安村的齊天大聖廟門

南宋晚期張世南《遊宦紀聞》卷四：

> 無上雄文貝葉鮮，幾生三藏往西天。行行字字為珍寶，句句言
> 言是福田。苦海波中猴行後，沈毛江上馬馳前。長沙過了金沙難，
> 望岸還知到岸緣。夜叉歡喜隨心答，菩薩精虔合掌傳。半千半十餘
> 函在，功德難量熟處圓。

猴行後，或誤為猴行復，因為繁體字的後和復接近，指孫悟空。沉毛江
即流沙河，下文提到長沙、金沙，此時還沒有出現沙和尚、豬八戒。

南宋晚期劉克莊《後村先生大全集》卷二四《攬鏡六言》：「背傴水牛泅
澗，髮白冰蠶吐絲。貌醜似猴行者，詩瘦於鶴阿師。」卷四三《釋老六言十
首》之四：「一筆受楞嚴義，三書贈大顛衣。取經煩猴行者，吟詩輸鶴阿師。」
說明南宋晚期的士人非常熟悉唐僧取經故事，劉克莊看到的西遊故事，孫悟
空還叫猴行者，此時還僅有孫悟空。

因為《西遊記》有一個南宋形成的祖本，所以源自東南的齊天大聖的名
號，被附加在了孫悟空頭上。《大唐三藏取經詩話》沒有此號，元代楊景賢《西
遊記雜劇》、《二郎神鎖齊天大聖雜劇》、《朴通事》引用的《西遊記平話》的孫
悟空有此名號。

楊景賢《西遊記雜劇》第三本第九齣《神佛降孫》，孫悟空出場說：

> 小聖弟兄、姊妹五人，大姊驪山老母，二妹巫枝祇聖母，大兄
> 齊天大聖，小聖通天大聖，三弟耍耍三郎。

元代《二郎神鎖齊天大聖雜劇》雜劇，孫悟空出場說：

> 吾神三個，姊妹五個，大哥哥通天大聖，吾神乃齊天大聖，姐
> 姐是龜山水母，妹子鐵色獼猴，兄弟是耍耍三郎。

宋代話本《陳巡檢梅嶺失妻記》：

> 且說梅嶺之北有一洞，名曰申陽洞，洞中有一怪，號曰白申公，
> 乃猢猻精也。弟兄三人：一個是通天大聖，一個是彌天大聖，一個
> 是齊天大聖。小妹便是泗洲聖母。這齊天大聖神通廣大，變化多端，
> 能降各洞山魈，管領諸山猛獸，興妖做法，攝偷可意佳人，嘯月吟
> 風，醉飲非凡美酒，與天地齊休，日月同長。

梅嶺在江西和廣東之間，華南的很多地方有猴子劫掠婦女的傳說。南宋
初年，鼎州武陵縣（今湖南常德）人鍾相，在洞庭湖起兵，自稱彌天大聖。這
篇小說首次出現齊天大聖之名，孫悟空的一些情節和名號確實源自華南。但
是這只是融入了一些華南的故事，不能說孫悟空源自華南。

宋元的齊天大聖都是兄弟三人，這是福建的傳統。寧德歷史上屬於福州，
文化習俗和方言都接近福州，所以寧德也有齊天大聖廟，今天寧德市的大聖
宮大殿，有三尊猴神，名為：齊天大聖、協天大聖、順天大聖。

寧德大聖宮的齊天、協天、順天大聖

孫悟空生於花果山頂的石球，這也是源自華南。因為華南的花崗岩地貌最常見的景觀就是滿山石球，人們在廈門等地可以看到。而且在華南山頂的石球，經常因為各種原因風化，出現一條裂縫，更容易使人想到蛋中孵出小鳥，聯想石球孕育神人的傳說。在廈門著名的風景區萬石山植物園內，有一個小山，山頂恰好有兩個巨大是石球，一個裂開了一條縫，一個雖然有一點縫，但是沒有裂開，對比鮮明，似有動靜之分。

廈門萬石山的兩個石球

泉州歷史上有很多印度移民，現在泉州仍然有印度教的廟宇和石刻，其中有神猴哈奴曼，但是我們不能肯定東南的猴神是否受到哈奴曼的影響，也就不能肯定孫悟空是否有哈奴曼的因素。

泉州印度教石刻的神猴和九頭蛇

四、宋元話本的蹤影浮現

從鞏州、河州、烏戈、韃靼、斯哈哩國來看，宋代一定有一個《西遊記》話本小說，最遲不會超過元代。

臺靜農指出唐僧的江流兒故事源自宋末元初周密《齊東野語》卷八《吳季謙改軼事》，〔註4〕可見《西遊記》受到宋人著作的影響。

南宋時期，隨著北方軍民大舉南遷，北方的書店也南遷杭州，遼寧省圖書館藏紹興二十二年（1152年）刻印的《抱朴子內篇》，最後有一則廣告：

> 舊日東京大相國寺東，榮八郎家，見寄居臨安府中瓦街東，開印輸經史書籍鋪。今將京師舊本抱朴子內篇校正刊行，的無一字差訛。請四方收書好事君子幸賜藻鑒。紹興壬申歲六月旦日。

咸淳《臨安志》卷十九《市》瓦子：

> 故老云，紹興和議後，楊和王為殿前都指揮使，以軍士多西北人，故於諸軍寨左右營，創瓦舍，招集伎樂，以為暇日娛戲之地。其後修內司又於城中建五瓦，以處遊藝。今其屋，在城外者多隸殿前司，城中者隸修內司。

上文列出瓦子十七處，其中有中瓦子。楊和王就是楊存中（1102～1166），河東路代州崞縣（今山西原平）人，戰功卓著，紹興二十年（1150年），封恭國公。二十八年（1158年），拜少師。乾道二年去世，追封和王。

楊存中為了安定來到南方的西北將士，在軍營和杭州城內建立瓦子，其中就有很多說書藝人和書店。楊存中是山西人，我們就不難理解現在我們看到的最早西遊文學《大唐三藏取經詩話》在杭州中瓦子張家刻印，但是源頭是山西。

南宋吳自牧《夢粱錄》卷二十《小說講經史》：

> 說話者，謂之舌辯，雖有四家數，各有門庭。且小說名銀字兒，如煙粉、靈怪、傳奇、公案樸刀杆棒發發蹤參之事，有譚淡子、翁三郎、雍燕、王保義、陳良甫、陳郎婦、棗兒余二郎等，談論古今，如水之流。
>
> 談經者，謂演說佛書。說參請者，謂賓主參禪悟道等事，有寶庵、管庵、喜然和尚等。又有說諢經者，戴忻庵。

〔註4〕臺靜農：《關於〈西遊記〉江流僧本事》，《靜農論文集》，海燕出版社，2015年。

南宋《西湖老人繁勝錄》：

> 瓦市：南瓦、中瓦、大瓦、北瓦、蒲橋瓦，惟北瓦大有構攔一
> 十三座……說經：長嘯和尚、彭道安、陸妙慧、陸妙淨、小說蔡和、
> 李公佐、女流史惠英。小張四郎，一世只在北瓦占一座構攔說話，
> 不曾去別尾作場，人喚做小張四郎構攔……城外有二十座瓦子……
> 餘外尚有獨構攔瓦市。

南宋杭州瓦子的說書藝人，分為小說、談經、講史、商謎四種。有的人只在一座舞臺表演，但是絕大多數人在各處巡演。《西遊記》大概屬於談經類，也有可能屬於其中的說諢經類。

南宋的說書人，仍然使用北宋的國界概念，說唐僧從鞏州、河州出發，離開國界。他們也參考了趙汝适的《諸蕃志》，《諸蕃志》是南宋記載海外地理最詳細的書，元代在泉州經商的江西商人汪大淵寫出《島夷志略》，超過了《諸蕃志》的篇幅。所以《島夷志略》很快取代了《諸蕃志》的地位，明代下西洋的費信寫出《星槎勝覽》，大量參考《島夷志略》。另一個下西洋的馬歡，寫出《瀛涯勝覽》，自序說參考《島夷志略》。《諸蕃志》逐漸失傳，現在我們看到的《諸蕃志》，是清代人從《永樂大典》的蕃字條中抄出。

吳承恩《西遊記》第三十七回，烏雞國的王子說：

> 你那東土，雖是中原，其窮無比，有甚寶貝，你說來我聽。

南宋時期的華北，因為戰爭摧毀，非常殘破，不能和南方相比。元代的中原稍有恢復，但是大量回回來到中國經商，寶物很多，回回人還幫蒙古人理財，所以西域人認為中原找不出寶貝。因此中原其窮無比的話，只能出自南宋和元代，明代人不會這樣說。

第一百回，唐僧回到中國，列舉飲食，說到宣州繭栗山東棗，宣州在南宋乾道二年（1166年）已經改名寧國府，治宣城縣。金朝改宋朝的京東路為山東路，所以宣州繭栗山東棗，只能在南宋到元代出現。

元代朝鮮人學習漢語的教材《朴通事》引《西遊記》平話，說車遲國師是伯眼，外號燒金子道人。伯眼顯然是影射元代開國大將、丞相伯顏，伯顏bayan是蒙古人和突厥人常用名字，指富裕，也就是阿凡提故事中的地主名字巴依。燒金子就是指富裕，宋元之際的周密《武林舊事》說南宋杭州：

> 西湖天下景，朝昏晴雨，四序總宜。杭人亦無時而不遊，而春
> 遊特盛焉。承平時，頭船如大綠、間綠、十樣錦、百花、寶勝、明

玉之類，何翅百餘。其次則不計其數，皆華麗雅靚，誇奇競好。而都人凡締姻、賽社、會親、送葬、經會、獻神、仕宦、恩賞之經營、禁省臺府之囑託，貴璫要地，大賈豪民，買笑千金，呼盧百萬，以至癡兒呆子，密約幽期，無不在焉。日麋金錢，靡有紀極。故杭諺有「銷金鍋兒」之號，此語不為過也。

膽敢如此諷刺伯顏的人無疑是江南人，伯顏率軍攻佔臨安，南宋滅亡。但是臨安是主動投降，所以得以保全。伯顏治軍嚴格，不取百姓財物，自己也不佔有宋室財物。

元代的杭州仍然和南宋一樣繁榮，南宋遺民汪元量有長詩《醉歌》說到：

衣冠不改只如先，關會通行滿市廛。北客南人成買賣，京師依舊使銅錢……伯顏丞相呂將軍，收了江南不殺人。昨日太皇請茶飯，滿朝朱紫盡降臣。

關漢卿《南呂·一枝花》杭州景：

普天下錦繡鄉，環海內風流地。大元朝新附國，亡宋家舊華夷。水秀山奇，一到處堪遊戲，這答兒忒富貴。滿城中繡幕風簾，一哄地人煙湊集。

元代的杭州文化其實比南宋更加多元，大量北方文人來到南宋故都，包括關漢卿、白樸、馬致遠等漢人，還有很多漢化的蒙古、色目文人，比如畏吾兒人貫雲石、西域人丁野夫。〔註5〕

鍾嗣成，原籍開封，流寓杭州，元末著有《錄鬼簿》，記載作家上百人、作品四百種。卷上說吳昌齡是金朝西京（今大同）人，著有《唐三藏西天取經》等雜劇。明代人所作的《錄鬼簿續編》說楊景賢，蒙古人，擅長彈琵琶，好戲謔，樂府出人頭地，永樂初得到朱棣厚遇，卒於南京，著有《西遊記雜劇》。〔註6〕

過去我們只能看到楊景賢的《西遊記雜劇》全本和吳昌齡的《唐三藏西天取經》雜劇殘本，以為這就代表了元代的西遊文學。但是我們現在應該想到，楊景賢、吳昌齡等人從北方來到杭州，很可能是用當時北方時興的雜劇

〔註5〕陳得芝：《從「銷金鍋兒」到民族熔爐——元代杭州與蒙古色目人文化的演變》，李治安、宋濤主編：《馬可波羅遊歷過的城市：元代杭州研究文集》，杭州出版社，2012年。

〔註6〕〔元〕鍾嗣成等著：《錄鬼簿（外四種）》，上海古籍出版社，1978年，第22、104頁。

來改造南方已有的《西遊記》小說。

因為南宋的杭州經濟和文化極其發達，五湖四海的說書藝人在此交流，融合了四面八方的很多故事，形成了一個非常豐富的《西遊記》小說，這就是吳承恩改寫《西遊記》的底本。《西遊記》的多數故事已經在宋元時期的杭州形成，這是《西遊記》發展的第二階段。可惜新書出而舊書亡，這個宋元時期的《西遊記》已經不存在。

宋元本《西遊記》小說存在的另一個鐵證是，韓國高麗時代的敬天寺十層石塔，塔基第二層有西遊故事浮雕。這座石塔是 1348 年，由跟隨元順帝的高麗奇皇后到中國的高麗宦官高龍普和高麗人姜融，共同捐資，招募中國工匠，在開城豐德郡建造。因為非常珍貴，現在收藏在首爾的國立中央博物館。

敬天寺石塔建造 120 年後，朝鮮時代世祖又在首爾圓覺寺（今塔鼓公園）建造了一座王室專用的寺廟，仿造了敬天寺石塔，包括浮雕的西遊故事。

韓國學者洪潤植和申紹然考出了敬天寺石塔上的大多數西遊故事，臺灣學者謝明勳補充考證了五個不詳故事。〔註 7〕

敬天寺石塔的四面折角處，各有四個小的立面，所以一共是十六幅圖。從北面開始，按照順時針順序，十六幅圖依次是：送三藏、受《心經》、四聖試禪心、人參果、火焰山、車遲國、獅子怪、六耳獼猴、地湧夫人、比丘國、歸東土、烏雞國、紅孩兒、蜘蛛精、寶象國、設大會、沙和尚、魏徵夢斬涇河龍、取真經、女人國。

顯然，這證明了《西遊記》的主要內容在元代早已出現。前人認為，敬天寺石塔這十六幅圖的次序和今本《西遊記》不合，所以古本《西遊記》和今本《西遊記》故事順序未必相同。我認為，敬天寺石塔的故事本來就亂了，歸東土、設大會都在十六幅圖的中間，說明中國工匠在雕刻時，手頭沒有完整的《西遊記》文本。很可能是工匠聽過《西遊記》故事，在韓國隨心雕刻，所以順序錯亂，不能說明古本《西遊記》的文本。

雖然如此，敬天寺石塔的價值還是非常重要，能說明不少問題。比如豬八戒雖然在畫中出現，但是沒有專門的一幅圖，證明豬八戒確實是最晚出現，而且是在元代才出現，所以元代的中國工匠沒有聽到豬八戒的完整故事。凡是後來衍生出來的小故事，比如稀柿衕、金兜洞等，都沒有出現。

〔註 7〕謝明勳：《西遊記考論：從域外文獻到文本詮釋》，里仁書局，2015 年，第 3
　　　　～82 頁。

　　需要補充說明的是，山西潞城縣發現的《禮節傳簿》劇目是從明朝傳下的抄本，其中《唐僧西天取經》一單，前人曾經認為源自宋元時期。我認為不是源自宋元時期，而是源自明朝的另一個西遊文學版本。因為我們對比其故事順序與玄奘《大唐西域記》故事順序，發現很多地方不吻合，還有不少錯字。說明這不是宋元版本，否則不會出現很多順序錯亂。

　　但是其中說到夕用妖怪一百隻眼，前人已經指出是多目妖怪一百隻眼。這就提醒我們多目怪源自百眼，源自元代的伯顏、伯眼，說明這個版本確實有根據，但是應該在元代之後。這是宋元時期在杭州形成《西遊記》小說又向北方回流的產物，因為山西本來就是西遊文學的中心，更容易接受新的西遊文學。

　　明代楊慎（升菴）的《洞天玄記》所載嘉靖二十一年（1542年）楊悌《洞天玄記前序》稱：「三百篇之作，有益於風教，尚矣。世降俗末，今不古若。冬葛夏裘。不無恐泥。是以古詩之體，一變而為歌吟律曲，再變而為詩餘樂府。體雖不同，其感人則一也。世之好事者，因樂府之感，又捃撦故事。若忠臣烈士、義父節婦、孝子順孫，編作戲文，被之聲容，悅其耳目。雖曰俳優末技，而亦有感人之道焉。波及瞿曇氏，亦有《西遊記》之作。其言荒誕，智者斥其非，愚者信其真。予常審思其說，其曰唐三藏者，謂己真性是也。其曰豬八界者，玄珠謂目也。其曰孫行者，猿精謂心也。其曰白馬者謂意，白則言其清靜也。其曰九度至流沙河，七度被沙和尚吞噉。沙和尚者，嗔怒之氣也。其曰常得觀世音救護，觀世音者，智慧是也。其曰一陣香風，還歸本國者，言成道之易也。人能先以眼力，看破世事。繼能鎖心猿，拴意馬，又以智慧而制嗔怒，伏群魔，則成道有何難哉。什氏之用意密矣，惟夫道家者流，雖有韓湘子藍關記、呂洞賓修仙等記。雖足以化愚起儒，然於闡道則未也。吾師伯兄太史升菴，居滇一十七載，遊神物外。遂仿道書，作《洞天玄記》，所謂《西遊記》者同一意。」

　　從楊悌的上文來看，他所看到的《西遊記》似乎是戲劇，是俳優末技。但是下文又講到道教，則《西遊記》未必特指是戲劇，可能就是指佛教故事。楊悌看到的《西遊記》可能就是小說，這本書在嘉靖前期已經開始流行，這可能正是吳承恩改編《西遊記》的底本。

第五章　吳承恩作書的最新證據

明代百回本長篇小說《西遊記》出版時，未署吳承恩之名，最早的百回本南京世德堂本，僅署華陽洞天主人校。

清代淮安人吳玉搢根據《淮安府志》考出作者是吳承恩，今人蘇興考證出華陽洞天主人就是吳承恩的好友李春芳。近代以來，吳承恩的文集、書法、墓葬等大量珍貴文物都被發現，吳承恩的生平愈發明顯。眾多資料更加證明，吳承恩就是百回本《西遊記》的作者，李春芳作了一些改訂。

但是因為明代的《西遊記》未署吳承恩之名，為今天的懷疑論者提供了質疑的空間。有的人為了否認淮安人吳承恩是百回本的作者，不惜強詞奪理、憑空想像，甚至嘲諷吳承恩是懶惰的人，還經常使用雙重標準。他們這種為了否定而否定的做法實屬荒謬！

有的人建議我不要正面指責這些憑空否定的人，但是我認為這些人能肆意嘲諷吳承恩，我就有資格來揭露他們的錯誤觀點。這不僅是為吳承恩討回公道，也是對全世界的讀者負責。吳承恩寫《西遊記》不是為了陞官發財，甚至未曾在生前為他揚名。既然吳承恩從未通過《西遊記》撈取名利，有的人還要刻意否認吳承恩是作者就太不公道。

一、六百多條淮安方言詞無可辯駁

首先要指出的是，否定《西遊記》作者來自淮安的人，百分之百不研究語言學，而且肆意否定語言學的功能。語言學和文學大不相同，語言學具有極強的科學性。語言學是我們研究古代文獻的最重要工具，也是判斷所有文獻作者的不二法門。我們一讀《金瓶梅》就知道，《金瓶梅》的作者是山東人，

可是復旦大學的章培恒竭力否定淮安人吳承恩是《西遊記》的作者，章培恒的學生黃霖竟然提出《金瓶梅》的作者是江南人，簡直到了荒謬絕倫的地步。黃霖的荒謬絕倫學風就是來自章培恒，不但章培恒如此，那些和章培恒一起否定吳承恩的人都是如此荒謬絕倫。

現在流傳的明代百回長篇小說《西遊記》的寫定者，無疑是吳承恩，有人提出《西遊記》的 600 條方言詞，最吻合的是淮安話，有 315 條在現代的淮安話中能找到。〔註 1〕我認為應該更多，因為四百多年來的淮安話變化很大，不斷向北方話靠攏。本書第七章將揭示還有前人沒有發現的明代淮安話，保留在現在的阜寧、濱海話中，明代也屬山陽縣（1914 年改名淮安縣），因為原來是山陽縣的海濱，所以保留了不少古語。

王毅統計書中的淮安方言詞有 507 條（淮安特有 120 條，江淮話通用 139 條，各方言區通用 248 條）、南京話詞有 271 條、泰州話詞有 340 條、連雲港話詞有 273 條，而吳語詞僅有 75 條，其中 71 條吳語還是和江淮話通用，晉語詞雖然有 139 條，其中 131 條是和江淮話通用，山東話詞有 111 條，其中 107 條是和江淮話通用。可見，《西遊記》的作者只能是淮安人。〔註 2〕

顏景常從音韻的角度論證，百回本《西遊記》詩歌用韻是江淮話而非吳語，還有江淮話獨有的語法和詞彙。〔註 3〕這些都是無可質疑的鐵證，但是有人不懂淮安方言，試圖否定作者是吳承恩，可惜這一條鐵證始終不能越過。

有人信口雌黃，說百回本《西遊記》中的真正淮安方言詞不過六七個，但是不知他說的是哪六七個，文中又不列出。〔註 4〕還有人說不能靠幾個方言詞彙來推斷小說的作者，〔註 5〕把六七百個方言詞彙說成六七個或幾個，令人髮指。這些人不懂淮安話，也不研究淮安話。

清代淮安人吳玉搢《山陽志遺》卷四說：

> 天啟舊志，列先生為近代文苑之首，云性敏而多慧，博極群書，
> 為詩文，下筆立成，復善諧謔，所著雜記幾種，名震一時。初不知

〔註 1〕晁瑞、楊柳：《〈西遊記〉所見方言詞語流行區域調查》，《淮陰師範學院學報》2012 年第 2 期。

〔註 2〕王毅：《〈西遊記〉詞彙研究》，上海三聯書店，2012 年，第 303 頁。

〔註 3〕顏景常：《古代小說與方言》，山西人民出版社，2005 年，第 81～89 頁。

〔註 4〕楊秉祺：《章回小說〈西遊記〉疑非吳承恩作》，《內蒙古師大學報》1985 年第 2 期。

〔註 5〕陳洪：《「四大奇書」話題》，江蘇人民出版社、鳳凰美術出版社，2015 年，第 134 頁。

雜記為何等書，及閱《淮賢文目》，載《西遊記》為先生著。考《西
遊記》舊稱證道書，謂其合於金丹大旨，元虞道園有序，稱此書係
其國初邱長春真人所撰，而郡志謂出先生手，天啟時去先生未遠，
其言必有所本。意長春初有此記，至先生乃為之通俗演義，如《三
國志》本陳壽，而《演義》則稱羅貫中也。書中多吾鄉方言，其出
淮人手無疑。或云：有《後西遊記》，為射陽先生撰。

丘處機的《長春真人西遊記》不是吳承恩的小說《西遊記》，吳玉搢雖然
沒有看丘處機的兩卷本《西遊記》，誤以為二書有關。但是吳玉搢根據天啟《淮
安府志》記載的吳承恩生平和著作，發現《西遊記》的作者就是吳承恩。而且
他的最關鍵證據是方言，他說書中多淮安話，所以必定是淮安人所寫，這是
所有人都無法否認的鐵證。

吳玉搢，字藉五，號山夫，生於康熙三十七年（1698年），卒於乾隆三十
八年（1773年）。生於書香門第，父寧諡，康熙甲子（1684）舉人。吳玉搢是
著名金石、文字學家，著有《金石存》、《說文引經考》、《別雅》、《山陽志遺》、
《六書述部敘考證》、《六書引經考》等。

清代揚州學派大家焦循《劇說》卷五引淮安人阮葵生的《茶餘客話》說：

按明郡志謂出射陽手，射陽去修指未遠，豈能以世俗通行之元
人小說攘列己名？或長春初有此記，射陽因而演義，極誕幻詭變之
觀耳。亦如左氏之有列國志，三國之有演義。觀其中方言俚語，皆
淮上之鄉音街談，巷弄市井婦孺皆解，而他方人讀之不盡然，是則
出淮人之手無疑。

阮葵生仍然未能明白元代丘處機的《長春真人西遊記》和吳承恩的《西
遊記》毫無關係，但是他的貢獻在於指出吳承恩《西遊記》中的方言是淮安
普通人都能理解，但是外地人則未必能理解。

阮葵生，字寶誠，號吾山，淮安府山陽縣人。生於雍正五年（1727年），
卒於乾隆五十四年（1789年）。乾隆壬申科舉人，辛巳會試以中正榜錄用，以
內閣中書入值軍機處，歷任監察御史、通政司參議、刑部右侍郎，是著名詩
人、學者。阮葵生的伯父阮應商為康熙癸未進士，由中書任戶部郎中、刑部
給事中。父阮學浩為雍正庚戌進士，叔父阮學濬為雍正壬子進士，兄弟同入
翰林為編修。弟阮芝生，乾隆丁丑進士。

復旦大學的章培恒，未能看懂吳玉搢和阮葵生的原話，說吳、阮二人是

先肯定吳承恩是作者，才看到書中的淮安話。吳、阮二先生的原話是這樣說的嗎？我們列出吳、阮二先生的原話，可見他們明明是先根據天啟《淮安府志》的記載，說吳承恩寫了《西遊記》，再根據書中的淮安話斷定作者是淮安人。而且他們都說根據方言，也可以斷定作者是淮安人，而不直接說是吳承恩！說明他們的判斷非常謹慎，怎麼能說吳、阮二先生根據吳承恩來看書中的方言呢？任何一個淮安人在不看天啟《淮安府志》的前提下都可以直接看到《西遊記》中的數百條淮安話，怎麼能說吳玉搢、阮葵生是根據吳承恩才看到淮安話的呢？

徐朔方說：「章培恒《百回本西遊記是否吳承恩所作》指出，魯迅和胡適作出這樣結論的唯一依據是天啟《淮安府志》。」〔註6〕

其實魯迅和胡適，不過是引用吳玉搢等人的話，而吳玉搢的原話，唯一依據是天啟《淮安府志》嗎？顯然不是，徐朔方不讀吳玉搢的原文，或者不認真讀，吳玉搢是用天啟《淮安府志》和《西遊記》中的數百條淮安話相互印證！可以說是兩重證據，也可以說是數百條證據，不是所謂的孤證！

章培恒說百回本長篇小說《西遊記》的作者不是吳承恩，他所列的所謂方言學證據根本不成立，比如他說有4個詞不是淮安方言獨有，另有10個詞是吳語詞。〔註7〕可是，江淮方言本來就有數以百計的詞和吳語相同或相通，何況10個！鄰近的兩個方言有共同詞很正常。章培恒所說的10個吳語詞，基本是淮安話中的常見詞。章培恒不懂淮安話，想當然地以為淮安話中沒有這10個詞。章培恒說他請教了三位60歲左右的淮安人，證明這10條在淮安話中不存在。我們不知他請教的是哪三位淮安人，難道這些生活在外地的淮安人說的淮安話會比淮安本地人還要正宗？即使章培恒所列的10條全不是淮安話，就能否定書中的六百多條淮安話嗎？

先看第5條：該，舉例是《西遊記》第十七回：「我佛如來施法力，五行山壓老孫腰。整整壓該五百載，幸逢三藏出唐朝。」壓該是意思是壓在這裡，章培恒說這是吳語而不是淮安話。

其實在淮揚話中，這裡固然可以說成這塊、這界，塊讀 kue 或 kuə 或 kə，

〔註6〕徐朔方：《論〈西遊記〉的成書》，《小說考信編》，上海古籍出版社，1997年，第 332 頁。

〔註7〕章培恒：《百回本〈西遊記〉是否吳承恩所作》，《社會科學戰線》1983 年 4 期。收入章培恒：《獻疑集》，嶽麓書社，1993 年，第 241～267 頁。

界讀 ge。但是淮揚話中又有一種簡化的說法，單獨說 kə，壓在這裡就說成壓 kə，這不就是壓該嗎？五百年前的淮揚話和現在不同，自然更接近吳語，所以吳承恩寫成壓該。

再看第 6 條：軃，第三十八回：「這呆子隨後，轉過了水晶宮殿，只見廊廡下，橫軃著一個六尺長軀……八戒上前看了，呀！原來是個死皇帝。」章培恒說這裡的軃是吳語睡的意思，又說在一般的字書中解釋為垂下或躲避。

其實這都不是原義，烏雞國的國王既然已經死了，就不可能再說睡。淮揚話中的軃指物體平放，但又不是一般的平放。因為軃是從扁擔的擔引申而來，所以特指不穩定地平放。人死了，屍體就是物體，才能說平放。

另外有四個鐵證：

1. 第十七回：「皂羅袍罩風兜袖，黑綠絲條軃穗長。」
2. 第五十四回：「斜軃紅綃飄彩豔，高簪珠翠顯光輝。」
3. 第六十回：「高髻堆青軃碧鴉，雙睛蘸綠橫秋水。」
4. 第八十三回：「慌得個八戒兩頭亂跑，沙僧前後跟尋，孫大聖亦心焦性燥。正尋覓處，只見那路旁邊斜軃著半截兒韁繩。」

這裡的軃無疑是平放的意思，不可能是垂下或躲避。因為是臨時吹落，所以用軃字。

斜軃的軃指斜蓋衣服，淮安話一般說衣服軃在身上，指輕輕地蓋在身上。可見軃就是淮安話中的詞，根本不是所謂的吳語詞。吳語軃的平躺睡覺含義和淮安話軃的平放含義雖然同源，但畢竟不是淮安話，和《西遊記》無關。

章培恒所舉的第 8 條：扨，出自第五十六回：「呆子慌了，往山坡下築了有三尺深，下面都是石腳石根，扨住鈀齒。」這個字就是淮揚話，指頂住，根本不是吳語特有。

章培恒所舉的第 7 條：蹌，出自第二十回：「八戒調過頭來，把耳朵擺了幾擺，長嘴伸了一伸，嚇得那些人東倒西歪，亂蹌亂跌。」章培恒說這裡的蹌是吳語的跑，顯然不能成立，明明是指踉蹌。

章培恒所舉的第 2 條：㧻，出自第二十五回：「把清油㧻上一鍋，燒得滾了。」㧻就是舀，章培恒說這裡的㧻一定不是舀，而是吳語的 ǎo，說是因為器具不同，何以證明呢？沒有證據！這是章培恒的臆測，這句話明明不提舀水的器具。《西遊記》中的一字多寫很常見，有人專門討論。〔註8〕

〔註8〕姚政：《〈西遊記〉方言詞的一詞異寫》，《明清小說研究》1993 年第 1 期。

　　章培恒所謂的 10 條吳語詞，有個別還是漢語很多方言的共有詞，蘇興教授說其中有 2 條也是遼寧話中的常用詞，一個是表示放置的安字，一個表示頂撞的搁。〔註9〕即使這 10 條是吳語詞，最多證明明代的淮安話中還有更多詞與吳語相通，而絲毫不能證明作者吳承恩不是淮安人，因為我們在《西遊記》中能找出的淮安話詞語超過 600 條，10 條又能證明什麼呢？

　　章培恒針對蘇興的駁斥，說：「安和搁既然吳語方言也有，遼寧方言也有，那就可以說是這兩個地區的共同語言。但如果不是淮安方言也有，那麼，這仍然不是淮安方言。」〔註 10〕可是淮安話到底有沒有呢？他不說，其實淮安話就有，但是他不懂或不敢承認。

　　章培恒又說：「吳玉搢所說的『書中多吾鄉方言』與黃太鴻所說的『多金陵方言』，乃是互相矛盾的。」有人抓住黃太鴻的這幾個字，大做文章。其實黃太鴻所說不正確，南京話和淮安話都是江淮方言，本來就有很多共通詞，《西遊記》中特有的南京話詞語極少，根本不能和《西遊記》六七百條淮安話的詞彙相比。所以吳玉搢和黃太鴻的話矛盾之說，根本不能成立。

　　章培恒一心要否定淮安人吳承恩是百回本《西遊記》的作者，但是實在找不出幾條像樣的方言證據，因為書中的淮安話詞語超過 600 條，而章培恒不懂淮安話，他只懂吳語，但是書中很難找出多少吳語特有詞，所以章培恒始終不能告訴我們作者到底是哪里人。

　　章培恒說《西遊記》中的夢斬涇河龍故事來自更早的《永樂大典》所引的《夢斬涇河龍》，其中找不到淮安話，說明作者在改編這個故事時未加入淮安話，所以作者不是淮安人。這簡直是強詞奪理，難道《西遊記》每一個地方都要出現淮安話嗎？沒有淮安話的段落，能否定書中的淮安話嗎？

　　章培恒說：「只能說長江北部地區的方言是百回本以前的本子就有的，百回本倒是增加了一些吳語方言，因此，它不但不能證明百回本的作者是淮安人吳承恩，倒反而顯出百回本的作者可能是吳語方言區的人。」

　　長江北部地區這種說法本來就不通，改成長江以北也不通，江蘇省的海門、啟東、靖江在長江以北，基本說吳語。江蘇省在長江以北的地區就可以

〔註 9〕蘇興：《也談百回本〈西遊記〉是否吳承恩所作》，《社會科學戰線》1985 年 1期。
〔註 10〕章培恒：《再談百回本〈西遊記〉是否吳承恩所作》，《復旦學報》1986 年 1期。收入章培恒：《獻疑集》，1993 年，第 268～287 頁。

分為通泰、淮揚、海泗、中原四個方言區，中原話屬北方話，通泰、淮揚、海泗屬江淮話，何來長江以北地區方言之說呢？章培恒還在文中用過蘇北方言一詞，同樣不能成立，根本不存在什麼蘇北方言。語言學界從來沒有任何一個人使用過蘇北方言這個詞，下圖是《中國語言地圖集》的江淮官話東部地圖。

　　章培恒所謂百回本以前的本子是什麼？是指宋元時期的西遊文學還是明代吳承恩之前的西遊文學？如果是宋元的雜劇、平話，有些就是北方人所寫，不必再說。如果是吳承恩之前的明代西遊文學，現在找不到確切的完整版本，也就無從說起。

江淮話東部地圖〔註11〕

　　張錦池說《西遊記》：「從語言現象看，主要是下江官話與吳語的融匯。」〔註12〕不知他的證據何在，他在文中竟絲毫不提吳語的證據，至今也無人能說《西遊記》中到底有幾條吳語。下江官話這四個字說明張錦池和章培恒一樣不懂江蘇的方言情況，《西遊記》中的方言就是淮安話，甚至不是揚州話、

〔註11〕中國社會科學院、澳大利亞人文科學院：《中國語言地圖集》，朗文出版（遠東）有限公司，1987年。
〔註12〕張錦池：《西遊記考論》，黑龍江教育出版社，2003年，第412頁。

鹽城話、海州話，更不是安徽話、湖北話，所謂下江官話是無的放矢。

張錦池又說：「《金瓶梅》裏有山東方言，有溫州方言，也有廣東方言。《紅樓夢》裏有北方方言，有下江官話，還有吳語方言，便是明證……說方言即作者原籍，卻未必正確。」

此說也是無的放矢，學術界公認《金瓶梅》的作者是山東人，因為書中的山東話極多，不知有誰承認《金瓶梅》的作者是溫州人或廣東人。通過考證方言來確定作者，不是通過有沒有，而是通過數量判定。《紅樓夢》的作者是曹雪芹，又不需要通過方言來考證。

徐朔方說：「本文作者對淮安方言不瞭解，存而不論……小說第八回吟詠流沙河的韻語十里遙聞萬丈洪，當由徐州的百步洪脫化而來，第六十六回提到不太出名的盱眙山即蘇北盱眙縣，可以認為小說同淮海地區有一定的聯繫，但聯繫不等於作者一定是蘇北人……蘇北地區幅員廣大，人口眾多，不亞於歐洲的一個中等個國家。即使小說的寫定者之一曾是蘇北人，也不一定非吳承恩莫屬。」〔註13〕

徐說看到了《西遊記》和淮安的一點聯繫，而未能發現更多的證據，因而不得要領。又說即使作者是吳承恩的同鄉，也不一定是吳承恩。此說無的放矢，如果不是吳承恩又是誰？還能找到第二個淮安人更符合嗎？蘇北幅員有多廣大？難道不能根據方言學來確定作者家鄉嗎？

章培恒、黃永年、徐朔方時常用蘇北一詞，上文說過，其實根本不存在文化地理意義中的蘇北，江蘇省的長江以北各地文化差別很大。這說明他們不瞭解江蘇省的文化地理，因為章培恒是紹興人，黃永年是江陰人，徐朔方是東陽人，都是江南人。

唯有張錦池雖然否定吳承恩，但是文中不用蘇北一詞，因為張錦池是江蘇靖江人。靖江現在長江以北，古代在長江以南，原來是長江中的沙洲，因為長江主流改道而歸屬江北。靖江早期移民主要來自江南，但是也有少量來自江北，因為歸屬江北又在文化上日益接近江北，所以靖江話以吳語為主，混雜江淮話的色彩。所以張錦池說《西遊記》的方言是江淮話和吳語的混合，這是拿靖江的情況來套淮安。淮安和靖江距離數百里，淮安已經靠近中原，淮安話就是江淮話，淮安話和吳語的差別比靖江話多太多了。

〔註13〕徐朔方：《論〈西遊記〉的成書》，《小說考信編》，第333頁。

二、丘處機《西遊記》和吳承恩《西遊記》無關

金朝中期，道士王喆（王重陽）在山東創建全真道。他的弟子山東棲霞縣人丘處機，號長春真人，拒絕金、宋邀請，看中新興的蒙古國勢力。接受成吉思汗邀請，在八十三歲高齡，從山東到西域的大雪山（今興都庫什山）八魯灣（在今阿富汗）見成吉思汗。丘處機的弟子李志常，為丘處機西行撰有《長春真人西遊記》。〔註14〕丘處機的《長春真人西遊記》是一部遊記，全文流傳至今，這部書和長篇小說《西遊記》完全是兩本書。古人會簡稱《長春真人西遊記》為《西遊記》，這實屬正常，今天竟然有人強辯《長春真人西遊記》和《西遊記》的名字有別，無聊之極。

還有人拿出清代才出現的《西遊記證道書》卷首所謂元代文學家虞集的《西遊記》序來討論長篇小說《西遊記》，更是風馬牛不相及，這篇偽造的序言竟然說《西遊記》有數十萬言，顯然不是丘處機《長春真人西遊記》的篇幅，而是長篇小說《西遊記》的篇幅。但是元代初年顯然還不可能形成今天我們看到的長篇小說《西遊記》，虞集也不可能為還未成型的小說《西遊記》寫序，虞集是大文學家，不可能為小說寫序。虞集有可能為丘處機的《長春真人西遊記》寫序，牽扯不到小說《西遊記》。可是我們今天在丘處機《長春真人西遊記》和虞集的文集之中都找不到這篇序，可見這篇序言是清代人偽造。清代人為了借《西遊記》來宣揚道家思想，不惜偽造虞集的序。

有人因為是丘處機的同鄉，就力圖從丘處機的隻言片語中找到和《西遊記》相關的內容，又說可能是吳承恩改編了丘處機弟子的小說《西遊記》。可惜丘處機和《西遊記》相關的文字太少，而且這隻言片語還是表現猴子避馬溫，本書上文引用邢義田的研究已經表明這是從上古以來就有的思想，文獻和文物證據非常多，不需要尋找丘處機的隻言片語來證明，所以這不是丘處機和《西遊記》有關的鐵證。所謂丘處機弟子的小說《西遊記》不過是猜測之詞，找不到任何依據。丘處機的弟子多數是山東人，為何我們今天在小說《西遊記》中找不到方言顯示祖本作者是山東人的證據？丘處機的弟子是道教徒，也不可能去寫一部宣揚玄奘取經的小說。

〔註14〕陳得芝：《李志常和〈長春真人西遊記〉》，《蒙元史研究叢稿》，人民出版社，2005 年，第 479～486 頁。

三、天啟《淮安府志》記載吳承恩寫《西遊記》

明代天啟《淮安府志》卷十六《人物志二‧近代文苑》：

> 吳承恩，性敏而多慧，博極群書，為詩文，下筆立成，清雅流麗，有秦少游之風。復善諧劇，所著雜記幾種，名震一時。數奇，竟以明經授縣貳。未久，恥折腰，遂拂袖而歸，放浪詩酒，卒。有文集，存於家，丘少司徒匯而刻之。

同書卷十九《藝文志一‧淮賢文目》：

> 吳承恩：《射陽集》四冊□卷、《春秋列傳序》、《西遊記》。

天啟《淮安府志》卷十六吳承恩傳、卷十九《藝文志》吳承恩著作

有人試圖用明代黃虞稷《千頃堂書目》把吳承恩《西遊記》歸入史部地理類來否定《淮安府志》的記載，顯然不能成立。試想，黃虞稷《千頃堂書目》的史部地理類，僅有吳承恩《西遊記》這六個字，毫無說明，而且是黃虞稷個人撰述，怎麼能和權威的《淮安府志》相比？

有學者認為黃虞稷歸類錯誤，又找出《千頃堂書目》的很多分類錯誤，比如湛若水的理學著作《雍語》因為南京的南國子監別名南雍而得名，竟黃

虞稷被歸入地理類。〔註15〕章培恒根本無法解決這個問題，竟說：「黃氏把《雍語》的雍視為地名，並不能證明他未見過原書。因為見過原書的人也同樣搞不清楚。同時，如果把這個雍字誤解為地名，那麼，把此書編入地理類也是可以理解的。從這些問答是在雍地進行的這一點來說，也可認為此書是記述了雍地的一段故實。」〔註16〕章培恒的這段狡辯令人瞠目結舌！黃虞稷明明錯了，章培恒竟顛倒黑白，把錯誤說成正確！難道錯誤的話被錯誤理解，就變成了正確？南雍是明代南京的南國子監的別名，竟被章培恒說成是雍地！

張秉健指出，在黃虞稷之前的《徐氏家藏書目》子部釋類著錄：「《神僧傳》九卷。《西遊記》二十卷。」《神僧傳》是明成祖御製，二十卷《西遊記》是小說，不是丘處機的《長春真人西遊記》，這是把《西遊記》看成佛教的書。《千頃堂書目》參考了《徐氏家藏書目》，但把《西遊記》歸入史部地理類，是把《西遊記》看成《大唐西域記》的派生物。〔註17〕依照張說則黃虞稷的《西遊記》也有可能是小說《西遊記》，而且黃虞稷不錯，可備一說。

還有學者研究發現，黃虞稷的《千頃堂書目》不僅收錄自己藏書，還有不少是根據他人所藏彙編，所以不足為據。

不論古今，地方志顯然具有極大的權威性，從古到今的中國哪一本官修地方志是可以隨便亂寫的呢？

天啟《淮安府志》是政府編纂，淮安乃至淮安以外的學者眾目睽睽，即使有所溢美也不可能過分，而且吳承恩不過是個縣丞，連芝麻官都不是，有必要為他溢美嗎？在地方志編纂的嚴肅過程中，有可能為他溢美嗎？

其實在現代學者看來的這種所謂溢美，在當時根本算不上溢美，不過是如實反映。吳承恩放浪詩酒，臨死還未印出自己的文集，不知又要有多少飛黃騰達的理學家要用自己的成功經歷來嘲笑吳承恩呢。

天啟《淮安府志》說吳承恩文學天賦很高，又擅長寫作詼諧的劇本，又放浪形骸，這不是吳承恩寫作《西遊記》的最好證明嗎？

章培恒說天啟《淮安府志》說吳承恩的雜記有幾種聞名，但是《西遊記》

〔註15〕謝巍：《百回本〈西遊記〉作者研究——與章培恒同志商討》，《中華文史論叢》1983 年第 4 期。

〔註16〕章培恒：《三談百回本〈西遊記〉是否吳承恩所作》，《中華文史論叢》1986 年第 4 期。收入章培恒：《獻疑集》，第 288～305 頁。

〔註17〕張秉健：《一百回〈西遊記〉作者辯證》，《中南民族學院學報（哲學社會科學版）》1993 年第 4 期。

這種通俗小說不屬於雜記，所以二者矛盾，則吳承恩《西遊記》是筆記。〔註18〕

章說自然不通，何以見得天啟《淮安府志》的作者所說吳承恩聞名的那幾種雜記就是指《西遊記》呢？為何不能是他其他散佚的著作？而且說《西遊記》是雜記又有何不可？中國歷史上的小說，本來就源自雜記。

天啟《淮安府志》說吳承恩的文風接近秦少游，就是宋代大詞人秦觀，高郵人，靠近淮安。美國著名學者余國藩發現，《西遊記》第十回開頭漁樵對答的一首《西江月》是：

> 紅蓼花繁映月，黃蘆葉亂搖風。碧天清遠楚江空，牽攬一潭星動。

而這首詞就是來自秦觀一首《滿庭芳》：

> 紅蓼花繁，黃蘆葉亂，夜深玉露初零。霽天空闊，雲淡楚江清。
> 獨棹孤篷小艇，悠悠過、煙渚沙汀。金鉤細，絲綸慢卷，牽動一潭星。

余國藩認為，這是《西遊記》作者可能是吳承恩一條證據，吳承恩是最有可能的作者。〔註19〕他的這種思路給我們很大啟發，或許將來可以找到更多的類似證據吧？

四、吳承恩寫的《西遊記》是遊記嗎？

有人說天啟《淮安府志》的吳承恩《西遊記》是吳承恩寫的一篇遊記，不是長篇小說《西遊記》。

提出這個觀點的人讀書太少，憑空想像。徐朔方說明代李維楨有東遊、南遊等篇，合為《四遊集》。又說明代張瀚《松窗夢語》卷二有《西遊記》和《南遊記》、《北遊記》、《東遊記》。徐說本意是指明代人習用《西遊記》作為遊記之名，所以吳承恩的《西遊記》可能是遊記。

其實這樣的例子很多，比如明代丘雲霄的《止山集》中有《南行記》、《東遊集》、《北觀集》等諸多小集，〔註20〕但是我要指出，這些小集都合在《止山集》之中，唯有放在一起，這些小集的名字才有意義。不管是哪個明代人

〔註18〕章培恒：《再談百回本〈西遊記〉是否吳承恩所作》，第 272～273 頁。
〔註19〕〔美〕余國藩、李奭學編譯：《余國藩西遊記論集》，聯經出版事業公司，1989年，第 76～77 頁。
〔註20〕〔明〕丘雲霄《止山集》，《影印文淵閣四庫全書》第 1277 冊。

用《西遊記》作為遊記之名，都是用東、南、北或其他地名為名的單篇來匹配。

吳承恩不僅去過湖北，還去過更遠的北京，去過浙江，為何不見《淮安府志》說他的《北遊記》、《南遊記》？即使有，也無疑是在《射陽集》之中，單篇的遊記能和四冊的文集並列嗎？

明代的北京是都城，吳承恩可以寫篇遊記。明代的湖北蘄州遠遠不及淮安繁華，吳承恩即使寫了一篇遊記，會寫很長嗎？

天啟《淮安府志》把《西遊記》和四冊《射陽集》並列，說明是大部頭著作。章培恒說《春秋列傳序》就是一篇序言，所以《西遊記》也是短篇。但是《春秋列傳序》涉及儒家經典《春秋》，古人因為尊重儒家經典而放在《西遊記》之前。不能因此說《西遊記》也是一篇《遊記》，如果《西遊記》也是一篇遊記，不大可能與《春秋列傳序》並列吧。

認為《春秋列傳序》是單篇序言，因而把《西遊記》也說成單篇遊記，其實是脫離了古人的生活環境。《春秋》是儒家最重要的經典，涉及《春秋》的研究已有數千年的歷史，不可等閒視之。《西遊記》能與儒家經典研究著作相提並論，說明是一部重要作品。

五、能用《禹鼎志》否定《西遊記》嗎？

吳承恩在自己的《禹鼎志序》中說：

> 余幼年即好奇聞，在童子社學時，每偷市野言稗史。懼為父師呵奪，私求隱處讀之。比長，好益甚，聞益奇。迨於既壯，旁求曲致，幾貯滿胸中矣。嘗愛唐人如牛奇章、段柯古輩所著傳記，善模寫物情，每欲作一書對之，懶未暇也。轉懶轉忘，胸中之貯者消盡，獨此十數事，壘塊尚存。日與懶戰，幸而勝焉，於是吾書始成。因竊自笑，斯蓋怪求余，非余求怪也……雖然吾書名為志怪，蓋不專明鬼，時紀人間變異，亦微有鑒戒寓焉……國史非余敢議，野史氏其何讓焉，作《禹鼎志》。

章培恒說吳承恩連《禹鼎志》都懶得寫，說明吳承恩疏懶，又怎有精力寫長篇小說《西遊記》，又說：「然則其寫百回本《西遊記》是在寫《禹鼎志》之前還是之後？若在其前，那麼，在寫《禹鼎志》時難道連自己寫過的百回本《西遊記》中的許多神奇故事都已忘光？否則，為什麼說自己在當時只記

得用於寫《禹鼎志》的十數事？若在其後，那麼，在寫《禹鼎志》時已把原來貯滿胸中的神怪故事忘得只剩了十數事，並把十數事寫入了《禹鼎志》中，又哪有材料來寫百回本《西遊記》？」章培恒又說天啟《淮安府志》既然列出吳承恩《射陽集》，而《射陽集》又有吳承恩為自己的《禹鼎志》寫的序，但是天啟《淮安府志》為何不列《禹鼎志》？〔註21〕

其實這些吹毛求疵，無一成立！

首先需要說明的常識是，《西遊記》一百回的故事不是吳承恩首創，而且絕大多數故事都是從唐宋以來逐漸產生，所以吳承恩根本不需要辛辛苦苦去編那一百回的全部故事，針對吳承恩懶惰的指責不能成立。

第二，吳承恩懶得寫《禹鼎志》，不能證明《西遊記》不是他寫的，即使吳承恩也懶得寫《西遊記》，還是可以寫出《西遊記》！懶是指做事情的快慢，不是指做沒做事。

第三，《禹鼎志》早已散佚，誰也不知道《禹鼎志》和《西遊記》是不是有重複的情節，誰規定不能有類似的情節？

第四，因為吳承恩新編入百回本《西遊記》的故事很少，所以和他編《禹鼎志》的故事毫不矛盾。吳承恩在《西遊記》中新編的故事本來不多，如何能說許多神奇故事？如果先寫了《西遊記》，自然能編入《禹鼎志》的故事就少了。如果先寫了《禹鼎志》也正常，因為《西遊記》新編的故事也不多。章培恒因為未研究過《西遊記》長達近千年的成書過程，所以說一百回的故事都是吳承恩一個人編出來，這個前提本來就錯了。

第五、天啟《淮安府志》的作者確定《射陽集》是吳承恩所作，瞭解吳承恩的生平和性格，就是完成了修志的任務！根本不需要看《射陽集》中的每一篇文章，也不需要收集到吳承恩的所有著作，而且《禹鼎志》到天啟時或許早已失傳，所以怎麼能要求府志的作者一定要列出《禹鼎志》呢？

可見章培恒的反駁看似咄咄逼人，其實也完全不能成立，試圖用今人根本看不到的《禹鼎志》來否定吳承恩是《西遊記》作者的路走不通！

吳承恩又說，他懶得《禹鼎志》，還是寫了，所以不是他求怪，而是怪求他。其實明明是他求怪，但他怪怪來求他。他能說這樣詼諧的話，不正是《西遊記》的作者嗎？

吳承恩又說，其實《禹鼎志》不是寫鬼怪，而是借鬼怪諷刺人世，他還

〔註21〕章培恒：《百回本〈西遊記〉是否吳承恩所作》，《獻疑集》，第264～265頁。

要以記錄野史自命。再看《西遊記》全書都在借嘲弄各國的國王尊道而諷刺嘉靖帝，這不是完全符合吳承恩的性格嗎？

吳承恩的《禹鼎志》，寫的就是各種山林的妖魔鬼怪，《左傳‧宣公三年》記載周定王使王孫滿勞楚子，楚子問鼎之大小、輕重焉。對曰：

> 在德不在鼎。昔夏之方有德也，遠方圖物，貢金九牧，鑄鼎象物，百物而為之備，使民知神奸。故民入川澤山林，不逢不若。魑魅魍魎，莫能逢之。用能協於上下，以承天休。

大禹鑄九鼎，上面有各種怪物，就是為了讓人知曉各種妖魔鬼怪，使百姓進入山林不害怕，魑魅魍魎，不能害人。《西遊記》也是寫進入山林，降服妖魔，可見《禹鼎志》和《西遊記》本質相同。

六、承恩用在八戒但是先用在孫悟空身上

有人說《西遊記》中嘲笑承恩二字，又把豬八戒和承恩放在一起，所以吳承恩不可能是作者。證據是第九回作者借張稍之口說：

> 李兄，我想那爭名的，因名喪體；奪利的，為利亡身；受爵的，抱虎而眠；承恩的，袖蛇而去。算起來，還不如我們水秀山青，逍遙自在，甘淡薄，隨緣而過。

又說第二十九回標題是：「脫難江流來國土、承恩八戒轉山林。」還有人說，吳承恩的父親就是贅婿，《西遊記》中的豬八戒也是贅婿，所以吳承恩不可能是作者。〔註22〕

我以為這種看法非常滑稽，吳承恩本來就不是理學家，理學家還能開玩笑，吳承恩是性情中人，他把自己的名字和豬八戒放在一起，有何不可？

再說豬八戒就是反面人物嗎？豬八戒不過是有些缺點，也是正常人。我相信很多人喜歡豬八戒，吳承恩無疑很喜歡豬八戒，否則他不可能給予豬八戒如此多的筆墨。豬八戒元代出現在西遊文學作品，但是在元代的《西遊記》雜劇、《西遊記》平話中的筆墨不多，在吳承恩筆下儼然是二號主角。我認為吳承恩對《西遊記》的一大貢獻就是把豬八戒寫活了，這裡暫且不細說。

吳承恩是故意把八戒和自己的名字放在一起，這是導演客串。這正是吳承恩的風趣之處、灑脫之處，也是他的高明之處、超前之處。

〔註22〕杜貴晨：《豬八戒三「妻」考議——兼及〈西遊記〉非吳承恩所作》，《內江師範學院學報》2012 年第 1 期。

再看承恩的袖蛇而去一句話，吳承恩本人做過小官，在古代算是承了皇恩，吳承恩總要承認他承了恩。但是吳承恩一生不得志，他的很多詩文流露出對朝政的批判。所以承恩的未必有好運，這是吳承恩的夫子自道，他要告訴世人，追求名利是自尋煩惱。這是吳承恩自嘲，不僅不能證明吳承恩不是作者，反而更加證明吳承恩是作者。

至於豬八戒和吳承恩的父親都是贅婿，也未嘗不可。說起來，最令吳承恩難為情的肯定不是父親作為贅婿的身份，而是父親被別人看成呆子！正如他在書中反覆說豬八戒是呆子一樣！如果吳承恩的父親是宰相的贅婿，吳承恩還會感到難為情嗎？

吳承恩給他的父親所撰的墓誌銘說：

> 弱冠，昏於徐氏。徐氏世賣採縷文縠，先君遂襲徐氏業，坐肆中。時賣採縷文縠者，肆相比，率酒肆邀熙，先公則不酒食邀熙。時眾率尚便利機械善俯仰者，先公則木訥遲鈍循循然。人嘗以詐，不之解，反大以為誠。侮之不應，亦不怒。其賣也，輒不屑屑然，且不貳價。又日日讀古人書，於是一市中，哄然以為癡也。里中有賦役，當出錢，公率先貫錢待胥。胥至曰：「汝錢當倍！」則倍。「當再倍！」則再倍。曰：「汝當倍人之庸。」則倍人之庸。人或勸之訟理，曰：「吾室中孰非官者？然又胥怒，吾豈敢怒胥而犯官哉？」於是眾人益癡之，承恩記憶少小時入市中，市中人指曰：「此癡人家兒。」承恩歸，恚啼不食飲。公知之，笑曰：「兒翁誠癡，兒免為癡翁兒乎？」

吳承恩的曾祖父做過浙江餘姚縣訓導，祖父是浙江仁和縣教諭，但是死在仁和縣。所以吳承恩的父親從小家貧，不能上學，在學堂門外偷聽。先生發現他很有潛力，要他上學，祖母不讓。於是吳承恩的父親入贅徐氏，賣彩色絲帶。因為不善交際和經商，每天在市場上讀古書，所以被人嘲笑為癡人，就是呆子。吳承恩從小被市場上的人嘲笑為呆子的兒子，給吳承恩打擊很大。更關鍵的是，吳承恩竟把這些寫在父親的墓誌銘中，他無疑經過了對父親的懷疑、鄙視、理解、仰望的過程。他從小每天被人嘲笑，這一輩子還怕別人說他的父親是呆子嗎？他還怕在書中說他的父親是贅婿嗎？

有人說，吳承恩的父親是一個有奴性的人，所以《西遊記》的作者不可能是吳承恩。〔註23〕我認為這種說法非常荒謬，吳承恩的父親就是一個老實

〔註23〕劉勇強：《奇特的精神漫遊：西遊記新說》，三聯書店，1992年，第262頁。

人，這和吳承恩的思想是兩回事。有時世事難料，很多人正是因為父親太老實所以才有反抗的性格。自古以來，很少有人像吳承恩這樣在墓誌銘中如此描寫父親。我認為他這麼寫自己的父親，正反映了吳承恩無所畏懼的性格。所以吳承恩為他父親所寫的墓誌銘，正能證明他就是《西遊記》的作者。

說承恩和八戒在一起就是侮辱了承恩二字的人，似乎根本沒有看過《西遊記》或者沒有體會到《西遊記》的快樂！他們把本來很快樂的學術考證變成了石塊蠟丸。如果這些人不承認吳承恩是作者，吳承恩如果知曉也不會和他們生氣，而只會哈哈一笑，繼續喝酒，這就是吳承恩的性格。

我以為吳承恩在死之前，或許為自己一生懷才不遇而感到些許遺憾，或許為自己不能為光耀門楣而心生一絲愧疚，但是決不會看不起他的父親。父親就是真呆子又能怎麼樣？他的兒子吳承恩為全世界人留下了一部千古名著《西遊記》，這就足夠了。

說吳承恩不是作者的人，不知發現承恩二字還用在孫悟空身上了嗎？《西遊記》第七回說如來把孫悟空壓在五指山下，有詩：

> 伏逞豪強大勢興，降龍伏虎弄乖能。偷桃偷酒遊天府，受籙承恩在玉京。惡貫滿盈身受困，善根不絕氣還升。果然脫得如來手，且待唐朝出聖僧。

這一句中的承恩是說孫悟空，這不是最光輝的形象嗎？所以試圖用書中的承恩二字來否認作者是吳承恩的人，不能再否認了。

有人說吳承恩一生科舉不中，所以談不上受籙承恩在玉京。〔註24〕我以為這種看法非常牽強，《西遊記》是小說，又不是官方文件。吳承恩把自己的願望寫進小說，不是很正常嗎？

其實玉京二字還有玄機，表面上看是指玉皇大帝的京城，但是其實也暗指玉華國的京城！

而蔡鐵鷹先生考出玉華國的原型正是吳承恩任紀善的荊王府，他的考證已經非常完美。既然是王府，就可以說玉京。

我更證明了玉華國之前的鳳仙郡故事就在吳承恩在浙江長興縣任縣丞的經歷，玉華國之後的金平府就是吳承恩從湖北荊王府回鄉路過的金陵南京，所以這三個故事在全書最後，銜接為完整的吳承恩晚年外出旅程。

吳承恩在荊王府任紀善的日子是他一生仕途的頂點，也是最逍遙自在的

〔註24〕劉勇強：《奇特的精神漫遊：西遊記新說》，第264頁。

日子，他在晚年仍然非常懷念。這正是承了皇恩，所以他要寫入書中，所以這一句還是在說吳承恩自己。

承恩用在孫悟空身上是在第七回，用於嘲諷世人是在第九回，用在豬八戒身上是在第二十九回，可見是首先用在孫悟空身上。

總之，試圖用承恩二字的客串詼諧，來證明吳承恩不是今本長篇小說《西遊記》作者的說法，完全不能成立。

七、華陽洞天主人是吳承恩好友李春芳

有人說李春芳是《西遊記》作者，這也是不懂江淮方言的錯誤，李春芳是興化人，興化屬於泰州。李春芳說的是泰州話，非但不是淮安話，甚至不是淮揚話，而是江淮話中獨特的泰如片，或稱通泰片。李春芳曾經在淮安住過，但是不可能寫出如此地道的淮安話小說。

但是李春芳對吳承恩的《西遊記》創作確有功勞，根據蘇興教授研究，吳承恩作長興縣丞、荊王府紀善都是李春芳在朝廷運作之功。而且世德堂本署名華陽洞天主人校，就是李春芳。

吳承恩恭賀好友李春芳在嘉靖二十六年（1547 年）中狀元的《贈李石麓太史》詩云：「移家舊記華陽洞，開館新翻太乙編。」因為李春芳的五世祖從江蘇句容遷到興化，句容有道教聖地茅山，號華陽洞天。

吳承恩祝賀李春芳父母八十華誕的《德壽齊榮頌》說：「帝奠山川，龍虎踞蟠。建業神皋，華陽洞天。」因為明代的句容縣屬於南京應天府，所以此句還是指李春芳祖籍句容。

這兩條證據出自吳承恩本人之口，足以表明《西遊記》的校者華陽洞天主人就是李春芳。李春芳是吳承恩的好友，他自然最有可能在吳承恩死後為好友修訂最重要的作品。李春芳的卒年可以明確是萬曆十二年（1584 年），吳承恩的卒年，蘇興認為是萬曆十年，蔡鐵鷹認為是萬曆八年。雖然李春芳比吳承恩僅多活了幾年，但是吳承恩很可能在晚年就託付書稿給李春芳，所以李春芳或其門人還是有能力修訂，或安排出版。也有可能是吳承恩的親友假託李春芳之名，明代的書商也經常假託名人獲利。

李春芳因為給嘉靖皇帝寫道教祭祀的青詞而當上了內閣首輔，所以他在吳承恩的《西遊記》中附加了很多金丹大道的內容，這些內容成了今本《西遊記》的贅疣。還有人發現孫悟空和二郎神爭鬥一段，雖然讚揚孫悟空，但

是文中夾雜的詩詞卻貶低孫悟空，似乎有兩種傾向，我認為這些詩詞很可能也是李春芳添加。明清以來很多信道的人根據李春芳畫蛇添足的這些內容來解釋《西遊記》，當然都不能成立。從道教的角度來看《西遊記》，都是隔靴搔癢。今天甚至有人混淆丘處機的《長春真人西遊記》和長篇小說《西遊記》，說長篇小說《西遊記》是元代全真教為了傳播道教才形成，晚明因為嘉靖帝佞道導致寫定者加入很多批判道教的內容。我認為這種觀點顯然不能成立，如果寫定者是吳承恩，就和丘處機毫無關係。全真教傳播道教，不可能弘揚玄奘的《大唐西域記》。這個觀點的提出者自己也承認他是丘處機的同鄉，所以特別關注丘處機的《長春真人西遊記》，所以我認為這個觀點實在偏頗。

章培恒說，李春芳北遷興化已有五代，華陽洞天主人最多證明校者是句容人，未必是李春芳。〔註25〕這種懷疑毫無意義，完全無視蘇興教授的考證功勞，遷移五代還用祖籍為號很正常。如果不是李春芳，還能找得出第二個人嗎？非要起李春芳於地下才能相信，學術研究還有存在必要嗎？

張錦池說，如果《西遊記》是吳承恩所作，世德堂本署名射陽山人撰、華陽洞天主人校，豈非雙星合璧、相得益彰？〔註26〕其實這是空口亂說，李春芳是首輔，相當於宰相，吳承恩是個縣丞，比芝麻官還小，何來雙星合璧？再說世德堂的刻印者或許自己就不知道作者是吳承恩，或者不知吳承恩為何人，無從署名。張錦池提出《西遊記》作者就是序者陳元之，更是驚世駭俗之論。如果陳元之是自序，難道對自己寫書不提一字？陳元之序中明確說他的書來自唐光祿，豈有是他寫書的道理？

劉懷玉先生認為華陽洞天主人就是吳承恩，我以為此說未必成立。因為華陽洞天主人是校者，不是作者。我們在吳承恩身上找不到他自號華陽洞天主人的證據，而且吳承恩自號射陽山人，射陽不能和道教聖地華陽洞天相比，吳承恩更不能稱為華陽洞天主人。

八、另外兩種百回本能否認吳承恩嗎？

黃永年試圖根據明代的另外兩種百回本《西遊記》來否認《西遊記》的作者是吳承恩，他說，題為《新鐫全像西遊記傳》（以下簡稱楊閩齋本）和題為《唐僧西遊記》（以下簡稱唐僧本）的兩種百回本和世德堂百回本比較，

〔註25〕章培恒：《再談百回本〈西遊記〉是否吳承恩所作》，《復旦學報》1986年1期。
〔註26〕張錦池：《西遊記考論》，第380～425頁。

另外兩種百回本有的地方刪除相同，有的地方又分別和世德堂本相同，所以都是來自另一種更早的刪節本而非世德堂本，從刻書的版式來看，楊閩齋本是萬曆時的建陽坊本，唐僧本因為絕似隆慶元年的《文苑英華》，不晚於萬曆頭幾年，世德堂本的陳元之序是壬辰年，也即嘉靖十一年，此時淮安人吳承恩才二十二歲，不可能寫出百回本的《西遊記》，所以作者不是吳承恩。至於陳元之說此書出自某個藩王府的門客，嘉靖時周弘祖的編的《古今書刻》卷上山東魯王府刻書就有《西遊記》，所以明代百回本的祖本是魯王府刻本。〔註27〕

黃永年強調，他的看法印證了章培恒的看法，但是我認為黃永年的看法漏洞太多，非常明顯：

1. 使用雙重標準，章培恒等人為了否定吳承恩是作者，就說天啟《淮安府志》的吳承恩《西遊記》內容不明，可是魯王府的《西遊記》內容就明確嗎？《古今書刻》說魯王府刻的《西遊記》僅有三個字，信息比《淮安府志》要少得多！天啟《淮安府志》作者好歹是瞭解吳承恩的人所寫，還列有吳承恩的其他著作，但是有何證據表明魯王府的《西遊記》就是百回本長篇小說《西遊記》呢？

2. 黃永年說《古今書刻》魯王府刻的《西遊記》下一條還有登州府刻的《西遊記》，他說登州府的《西遊記》也許就是魯王府的《西遊記》。何以見得呢？沒有任何證據，不過是猜想，《古今書刻》登州府的《西遊記》也就是三個字，沒有任何其他信息！

我以為，登州府的地點就露出破綻，山東登州府（即今煙臺市）是長春真人丘處機的老家，所以登州府的《西遊記》應是丘處機的《長春真人西遊記》，魯王府的《西遊記》很可能也是丘處機的《長春真人西遊記》。

更關鍵的是，《古今書刻》列出魯王府的刻書四種是：

《群書鉤玄》、《薩天錫詩》、《西遊記》、《蓬萊圖》。

蓬萊縣就是登州府治所在，《蓬萊圖》無疑源自蓬萊縣，這也表明《西遊記》是來自登州府的《長春真人西遊記》。薩天錫是元代回族人薩都剌，丘處機也是元代人，應有關聯。

〔註27〕黃永年：《論〈西遊記〉的成書經過和版本源流——〈西遊證道書〉點校前言》，《古代文獻依據集林》第二集，1992年。收入《黃永年文史論文集》，中華書局，第486～532頁。

3. 黃永年根據唐僧本類似隆慶元年的某本書，就斷定唐僧本是隆慶時所刻，難道萬曆初年就不能有某本書的版式類似隆慶元年某本書的版式嗎？隆慶僅有六年，所以這種斷代實在不能令人確信。

4. 黃永年也說，楊閩齋本出自建陽坊間，建陽本無疑是翻刻本，更為甚者，楊閩齋本的秣陵陳元之序落款時間，竟和南京世德堂本的陳元之序落款時間不同！南京世德堂本的陳序是壬辰，楊閩齋本的陳序是癸卯！陳元之和世德堂都是在南京，我們自然相信世德堂本的陳序時間壬辰，而認為楊閩齋本的癸卯是翻刻時的篡改！

壬辰年不是嘉靖十一年（1532 年）就是萬曆二十年（1592 年），而癸卯年不是嘉靖二十二年（1543 年）就是萬曆三十一年（1603 年）。黃永年為了把陳元之的序定在嘉靖十一年（1532 年），說陳元之序中的唐光祿和世德堂唐氏是巧合！世上竟有如此巧合？陳元之序是世德堂唐氏所刻，序中末尾說到：「唐光祿既購是書，奇之，益俾好事者為之訂校，秩其卷目梓之。」顯然唐光祿就是世德堂主，可見黃永年之說絕不能成立。

臺灣學者謝文華找到了唐光祿是世德堂唐氏的鐵證，金陵世德堂刊刻的《唐書志傳題評》，其中《唐書演義敘》說：

> 因略綴拾其額為演義題評，亦愬恩光祿之志，書成，敘之。

世德堂刊刻《南北兩宋志傳題評》，其中《敘南宋傳志演義》說：

> 光祿既取之而質言鄙人，鄙人故拈其奇一二首，簡以見一斑，
> 且以為好事者佐譚。時癸巳長至，泛雪齋敘。

可見，唐光祿就是南京世德堂唐氏，黃永年的猜想顯然不能成立，黃永年的整個觀點也不能成立。〔註28〕

陳元之的序，作於世德堂本刊的萬曆二十年（1592 年），不可能是嘉靖十一年（1532 年）。世德堂本才是百回本的原本，試想如果世德堂本是翻刻本，為何要用 60 年前的序？

5. 所謂另外兩種百回本有時刪除相同，也不能證明這兩種百回本不是來自世德堂本，因為兩種百回本有時恰好把某個情節刪除，或是出自巧合，畢竟都是刪除，為何不能刪除相同的內容呢？而且所謂的另一個更早刪節本是假想出來的版本，至今不見蹤影！

〔註28〕謝文華：《金陵世德堂本西遊記成書考》，東華大學中國語文學系研究所碩士論文，2006 年。

　　黃永年自己在腳注中說:「會不會是閩齋本因襲唐僧本時又參考百回本把一部分為唐僧本所刪去的重新補上,或是唐僧本因襲閩齋本並據百回原本把一部分為閩齋本所刪去的重新補上呢?前面講簡本時不是說朱本因襲楊本並用百回本作增補嗎?但朱本是在楊本有漏洞處才用百回本作增補的,而閩齋本同百回本不同唐僧本和唐僧本同百回本不同閩齋本處都不是有什麼漏洞,因此上面所說既因襲又用百回本增補的情況不可能存在。」可見情況複雜,可能性很多,我們即使把所有的異同都量化也未必得出完全符合史實的結論,這些不能確定的可能性僅供存疑。

　　有學者指出,唐僧本的日本慈眼堂藏本的封面題:二刻官板唐三藏西遊記,而世德堂本的全名是:新刻出像官板大字西遊記,所以唐僧本就是世德堂本的翻刻本。〔註29〕其實唐僧本的日本睿山文庫藏本,陳元之序中的唐光祿改為吾友人,最末又有一行:虎林王鏤君平拜書。可見唐僧本是翻刻本,虎林是武林避諱,即杭州。而楊閩齋本的末卷木記云:閩建書林楊閩齋梓,說明出自福建的建陽。從世德堂所在的南京,到杭州,到福建,這個流傳路線非常明顯。也有可能是分別傳入浙江、福建,但不可能相反。

　　黃永年為了否定吳承恩,把山東的丘處機《長春真人西遊記》拉來充作祖本,毫無旁證!試想如果明代的百回本《西遊記》出自山東,為何看不到書中有鮮明的山東文化?

　　由此可見,黃永年的所謂新證據根本不能成立,唐僧本、楊閩齋本都是出自世德堂本。世德堂本先從南京傳到杭州,出現了唐僧本,所以版式類似隆慶時書。再流傳到福建,出現了癸卯(萬曆三十一年)的楊閩齋本。

九、王府八公之徒正是吳承恩

　　世德堂本百回《西遊記》陳元之序說:

　　　　《西遊記》一書……或曰出今天潢何侯王之國,或曰出八公之

　　　徒,或曰出王自制。

　　說明《西遊記》的作者在王府任官,黃永年提出《西遊記》出自魯王府,已被我在上文否定,而黃永年在文中也提到吳承恩曾任湖北蘄州的荊王府紀善,但他說吳承恩去湖北寫的《西遊記》是遊記!有何證據?毫無根據!他不該不提吳承恩任荊王府紀善正是印證陳元之所說的八公之徒,他再次使用

〔註29〕李時人:《西遊記考論》,浙江古籍出版社,1991年,第160頁。

雙重標準：凡是有利於吳承恩的可能性不說，凡是不利於吳承恩的可能性就對。我認為這種治學態度不正確。

黃永年說魯王府刻出百回本《西遊記》，應看看魯王府的情況。明代的魯王府以文化惡劣聞名，首任魯王就諡號荒王，這是中國歷史上罕見的諡號！充分說明了魯王的荒淫無恥。第五任魯王，雖然諡號為魯端王，但也荒淫無恥。狎近典膳秦信等人，遊戲無度，挾娼樂，裸男女雜坐。左右有忤者，錐斧立斃，或加以炮烙，秦信等乘勢殘殺人。館陶王朱當淴也很淫暴，與魯端王交惡，互相訐奏。嘉靖帝念尚幼，革魯端王祿三之二，逮誅秦信等，亦革朱當淴祿三之一。

這就是周弘祖《古今書刻》之前的魯王府情況，這樣的王能寫《西遊記》嗎？這樣的王府有寫《西遊記》的氛圍嗎？主張《西遊記》出自魯王府的人，不僅毫無根據，也根本不敢列出魯王府的情況。

如果《西遊記》出自山東，為何現在《西遊記》中看不到很多山東話？從語言學的角度，也不能證明《西遊記》出自山東。

八公的典故出自西漢的淮南王劉安，劉安的《淮南子》出自門客之手，據說他的門下有八公。

劉振農先生發現，吳承恩自稱八公之徒，他在嘉靖二十三年（1544 年）給徐達後裔魏國公徐天賜所作壽誕障詞《壽魏國公徐公子六十障詞》說：「四子為之廑德，八公聞而授詞。」〔註30〕

蔡鐵鷹先生指出《明史》說嘉靖三十二年（1553 年）去世的第四代荊王朱厚烇：「性謙和，銳意典籍。」荊王的支系樊山郡王朱翊鈃：「聞古有淮南八公、梁四公，慕之，折節名士。」吳承恩隆慶元年（1567 年）到四年（1570年）在荊王府任紀善，正與之同時。蔡鐵鷹先生還發現了很多證明《西遊記》玉華國故事就是吳承恩在荊王府經歷的證據，可參原著。〔註31〕

我以為蘄州在唐宋時期一直屬於淮南道、淮南路，所以淮南王的典故正是針對蘄州的荊王府而言。

而且天潢貴胄可能也有地理的雙關，因為蘄州在明代屬於黃州府，又在大江之岸，不正是天潢？

〔註30〕劉振農：《「八公之徒」斯人考》，《中國人民警官大學學報》1995 年第 2 期。
〔註31〕蔡鐵鷹：《〈西遊記〉的誕生》，中華書局，2007 年，第 233～245 頁。

十、吳承恩密室的千年書就是《西遊記》

吳承恩在文集《射陽先生存稿》中有一首五言古詩《對酒》：

客心似空山，閒愁象雲集。前雲乍飛去，後已連翩入。迴環杳無端，周旋巧乘隙。勞勞百年內，未省何時畢。聞古有杜康，偏工掃愁術。問愁何以掃？杯斝能驅除。年時不能飲，對酒成長籲。剝琢聞叩門，良友時過余。延之入密室，共展千年書。顧愁忽已失，花鳥同欣如。

曹炳建認為吳承恩密室的奇書，能讓他掃除一切煩惱，就是《西遊記》，孫悟空出生到壓在五指山下是五百年，又五百年出山取經，所以說是千年書。〔註32〕

蔡鐵鷹認為，這部奇書是吳承恩編的唐宋金元詞集《花草新編》，這是文人心目中的千年書。〔註33〕

我認為這本千年奇書就是《西遊記》，唯有《西遊記》才能讓人掃除一切煩惱。但是千年不是指孫悟空的千年故事，而是指玄奘取經到吳承恩寫書，恰好近一千年，玄奘是貞觀元年（627年）西遊，而吳承恩寫成《西遊記》在隆慶三年到萬曆前期去世之前（1569～1582年），從玄奘西遊到吳承恩寫成此書不正是接近一千年？

這首詩是吳承恩晚年所寫，所以此時已經不能飲酒，詩中說：「年時不能飲，對酒成長籲。」他在人世間周旋了一生，開始考慮百年之後的事，所以說：「迴環杳無端，周旋巧乘隙。勞勞百年內，未省何時畢。」

吳承恩的《西遊記》，多年藏在密室，生怕被人察覺他在書中諷刺嘉靖帝是寵幸道士的昏君。但是他感到餘日不多，有時偷偷拿出來和好友一起閱讀。

曹先生注意到了客字，又說時時看望吳承恩的是兩次在淮安任知府、漕儲參政的陳文燭。我認為，客是指客居外地，不在淮安，很可能在湖北，此時《西遊記》基本寫成，從鳳仙郡故事所說三年前來看，《西遊記》在隆慶三年（1570年）在湖北就基本寫好，良友可能另有所指。

〔註32〕曹炳建：《〈西遊記〉作者研究回眸及我見》，《遼寧師範大學學報（社會科學版）》2002年第5期。

〔註33〕吳承恩著、蔡鐵鷹箋校：《吳承恩集》，中國社會科學出版社，2014年，第101頁。

需要指出的是，章培恒的錯誤觀點影響了黃永年、徐朔方、張錦池等人，這些人在文中不考證淮安話，直接引用章培恒的錯誤觀點。黃永年在1984年把研究《西遊記》的文章交給章培恒，〔註34〕張錦池在1986年去上海見章培恒，章培恒要他查出世德堂本的校者華陽洞天主人，張錦池未能找到。〔註35〕徐朔方曾寫信告訴章培恒，把字用於交付的意思在吳語也有，章培恒認可。〔註36〕他們互相引用對方的錯誤觀點，日益認可自己的錯誤觀點。

有人說極個別懷疑作者是吳承恩的文章在學術界引起很大反響，我認為此說不確。極個別的懷疑文章顯然至今未能動搖主流看法，現在大家普遍認為明代百回本《西遊記》的原作者是吳承恩，而針對懷疑論的反駁反而使我們更堅信吳承恩就是百回本《西遊記》的作者。

行文至此，我想說一句，我從來不指望那些懷疑吳承恩是《西遊記》作者的極個別人看了我的文章就承認吳承恩是作者。事實上即使把這些懷疑的人用時光機送到明代的淮安，讓他們在吳承恩的旁邊看吳承恩寫《西遊記》，他們也未必改口，他們會說吳承恩或許是看了別人的書再默寫出來。神仙也不能每天監視吳承恩的所有言行，所以不可能說服這些懷疑的人。懷疑的人批評我們是先相信吳承恩是作者再來論證，但真實情況是：懷疑的人總是先有懷疑。懷疑總是存在，但是未必能起作用。懷疑派的存在也有價值，否則不能襯托我們的價值。真理有時需要辯論才能顯明，希望我們來創造百家爭鳴的局面。

黃永年的岳父是疑古學派的大將、顧頡剛的弟子童書業，所以黃永年的懷疑論直接源自疑古學派，而疑古學派的始作俑者胡適早。《中國文明起源新考》不僅深入揭露了疑古學派的謬論，還用歷史學、語言文字學、考古學、地理志等自然科學、人類學等社會科學結合的五重證據法，復原了中國遠古史，讀者可以參看。〔註37〕

十一、鳳仙郡故事源自吳承恩長興下獄經歷

明代淮安人吳承恩所作著名長篇章回小說《西遊記》第八十七回到第九十七回的故事發生在鳳仙郡、玉華國、金平府、銅臺府，這是全書取經路上

〔註34〕黃永年：《我和〈西遊記〉研究》，《學苑零拾》，第198頁。
〔註35〕張錦池：《西遊記考論》，第481頁。
〔註36〕章培恒：《再談百回本〈西遊記〉是否吳承恩所作》，第285頁。
〔註37〕周運中：《中國文明起源新考》，臺北：花木蘭文化出版社，2015年。

最後的四個地方，出現了全書罕見的郡、府、縣等政區。

四個故事的情節也很異常，鳳仙郡、銅臺府故事中竟然全無妖怪，玉華國、金平府故事也有濃厚的現實因素，值得我們注意。

吳承恩晚年曾任荊王府紀善，蔡鐵鷹先生已經詳細論證《西遊記》玉華國的描寫源自荊王府，證據充分，堪稱定案，本文不再贅述。〔註38〕蔡先生的考證為我們打開了思路，啟發我們思考鳳仙郡、金平府、銅臺府故事的由來。

我以為鳳仙郡的原型是吳承恩曾任縣丞的浙江長興縣，鳳仙郡的故事是吳承恩在長興經歷的真實寫照，金平府、銅臺府的原型就是古名金陵的南京。明代荊王府在湖北蘄州（今蘄春縣），鳳仙郡、玉華國、金平府就是吳承恩晚年旅程的連接，順序符合。這四個故事因為是吳承恩本人經歷的反映，所以最後完成，而且被吳承恩放在全書的最末。

鳳仙郡的故事出現在玉華國之前，這是全書唯一出現的郡，鳳仙郡故事竟無妖怪，而且情節簡略，僅有一回，很不協調。第九十七回的鳳仙郡故事大致是說，鳳仙郡的郡侯上官氏在祭祀時，因與妻子不和，突然發怒，推倒供桌，侮辱了玉皇大帝，導致天廷降下旱災，玉帝在披香殿立了米山、麵山、金鎖，要小雞吃完米、小狗吃完麵、燈火燒斷鎖鏈才給鳳仙郡降雨。

我以為上官、發怒、米麵、鎖鏈這四個關鍵情節，完全可以證明鳳仙郡故事源自吳承恩在長興縣任職又被長官誣陷下獄。關於此事，蘇興先生早有詳細考證。吳承恩在隆慶元年（1567年）任長興縣丞，縣令是歸有光，但不久歸有光入京朝覲，他和繼任署長興縣令者不和，陳文燭《歸震川先生墓表》：

> 又議革糧長，用里甲，先生調停，大豪規避，與攝令者媒孽其
> 短，先生幾危。

歸有光《震川先生別集》卷九《乞休申文》：

> 署印與丞之以贓敗也，由其發狂自宣露，囚服露首於太守之前。

同卷《又乞休文》：

> 署印官與縣丞被察院蒙訪逮，職前入覲在途，彼事已敗。特以
> 察院訪單委悉，疑以謂縣中有言，恨之切骨。

〔註38〕 蔡鐵鷹：《吳承恩荊府紀善之任與〈西遊記〉》，《江漢論壇》1989年第10期。蔡鐵鷹：《關於〈西遊記〉定型的相關推定——吳承恩實任「荊府紀善」詳考》，《明清小說研究》2006年第4期。又見蔡鐵鷹：《〈西遊記〉的誕生》，中華書局，2007年版，第240～244頁。

此處的長興縣丞即吳承恩，而發狂的是代理縣令，不是吳承恩，歸有光《震川先生別集》卷八《與周澱山》：

> 攝縣者日欲中傷，一日忽發狂，自繫太守前，殆若有神。

吳承恩之所以被抓下獄，完全是因為受到代理縣令的牽連。縣令竟然突然發狂，古人認為是神仙降職，鬼魂附體。上司逮捕代理縣令和縣丞吳承恩的直接原因是代理縣令一時發狂，根本原因是因為他們嚴格徵糧，觸動了地方豪族的利益。地方豪族大戶要逃避賦役，往往把負擔轉嫁給小民〔註39〕。

因此我以為鳳仙郡的故事就是吳承恩故意描寫自己的經歷，諷刺陷害他的湖州府和浙江察院的上司。所謂上官氏在天神面前一時發怒，就是代理長興縣令在太守面前一時發狂。上官氏受到天廷的懲罰，就是指代理長興縣令得罪湖州知府和浙江察院。代理縣令是縣丞吳承恩的頂頭上司，所以吳承恩稱為上官氏。

小雞吃米山和小狗吃麵山，無疑是諷刺長興縣的豪強侵佔米糧。而燈火很難燒斷的鐵鍊是指吳承恩下獄，雖然是遭人誣陷，但是令他的人生蒙羞，很難洗清。鳳仙郡的百姓因此受到旱災的懲罰，是指長興縣的改革不成功，豪強仍然把負擔轉嫁給小民。

更為巧合的是，就在吳承恩蒙冤的第二年，也即隆慶二年（1568年），長興縣真的發生了大旱，同治《長興縣志》卷九《災祥志》說：

> 隆慶二年正月元旦，大風揚沙走石，白晝晦冥，大旱（《明史·五行志》），太湖涸（《太湖備考》）。四年，湖州水災，發倉米賑之（《續文獻通考》）。

太湖竟然乾涸，可見旱災嚴重。所以，吳承恩在《西遊記》所說鳳仙郡大旱完全是長興縣事。吳承恩認為這是上天懲罰他的長官，證明吳承恩確實清白。

鳳仙郡的名字其實就是源自烏程，湖州府治在烏程縣，長興緊鄰烏程，而且根據《宋書·州郡志一》揚州吳興郡記載，長興縣是西晉武帝太康三年（282年）從烏程縣析出。烏程之名為世人熟知，吳承恩在書中為了掩人耳目，把長興改為烏程，又把烏程之名反轉，烏鴉的對照就是鳳凰，創造出鳳仙郡之名。因為烏程是湖州府治，所以鳳仙稱為郡，而非鳳仙縣。郡是古代的政區，長興又是小縣，所以吳承恩把偏僻的長興縣化稱為郡，而把留都南京化稱為府，把荊王府化稱為國，他的用字非常小心。

〔註39〕蘇興：《吳承恩譜傳》，中華書局，2015年版，第74～77、223～231頁。

　　長興縣的經歷正是在吳承恩到荊王府任紀善之前，所以在書中排在玉華國之前，玉華國的原型是荊王府，順序符合。

　　吳承恩一生清白，但是仕途坎坷，到了晚年好不容易做了一個縣丞小官，平日焦頭爛額，竟然遭人陷害，被捕入獄，這對他來說無疑是重大打擊。所以吳承恩自然不能釋懷，一定要寫入《西遊記》。

十二、金平府、旻天縣的原型是金陵、應天

　　玉華國之後就是金平府和旻天縣，我以為無疑是指金陵、應天。陵是高出的山陵，吳承恩反轉其義，改為金平，平是平地。朱元璋改集慶路為應天府，應天是指地上的人間上應天命，而吳承恩反轉其義，改為旻天，旻和泯、抿、冥是同源字，旻天指掩蓋天。

　　第九十一回說金平府的慈雲寺：「珍樓壯麗，寶座崢嶸。佛閣高雲外，僧房靜月中。丹霞縹緲浮屠挺，碧樹陰森輪藏清。」此回的主要情節是金平府上元節燈會，每年都異常興盛，用一千五百斤酥合香油，三夜燃盡，因為三個妖精，假裝佛像，哄騙官員，設立金燈，每年收油。原文說：「我這府後有一縣，名喚旻天縣，縣有二百四十里。每年審造差徭，共有二百四十家燈油大戶。府縣的各項差徭猶可，惟有此大戶甚是吃累，每家當一年，要使二百多兩銀子。此油不是尋常之油，乃是酥合香油。這油每一兩值價銀二兩，每一斤值三十二兩銀子。三盞燈，每缸有五百斤，三缸共一千五百斤，共該銀四萬八千兩。還有雜項繳纏使用，將有五萬餘兩，只點得三夜。」

　　明代南京應天府的附郭縣有上元、江寧二縣，上元縣是首縣，編戶二百零三里，接近旻天縣的編戶二百四十里。

　　慈雲寺有高聳入雲的閣樓和佛塔，無疑是指南京城南的大報恩寺琉璃塔，這是明清時期中國的奇景，也是當時的世界奇觀。大報恩寺每夜都有長明燈，而且每層有十六盞，全塔共有一百多盞，燈火輝煌，景象壯麗。明代葛寅亮《金陵梵剎志》卷二《欽錄集》宣德三年（1428 年）條說，此年下詔供應大報恩寺點燈的香油：「月大用貳千貳佰肆拾陸斤肆兩，月小用貳千貳佰斤。」〔註40〕王士性《廣志繹》卷二說：「內設篝燈百四十四，雨夜舍利光間出繞塔，人多見之。」張岱《陶庵夢憶‧報恩塔》說：「夜必燈，歲費油若干斛。」明

〔註40〕〔明〕葛寅亮著、何孝榮點校：《金陵梵剎志》，南京出版社，2011 年版，第87～92 頁。

清歌詠大報恩寺塔上明燈的詩作不少，本文不再贅抄。

吳承恩把大報恩寺改名為慈雲寺，因為大報恩寺是朱棣為了報答母親的恩情而建立，中國人把母親美稱為慈，所以慈雲就是母恩。

明代南京的上元節確實是燈火輝煌，明代南京著名學者顧起元有詩《留京上元篇》，開頭兩句是：「高齋元夜無所適，燈焰幢幢動深碧。」〔註41〕

銅臺府在金平府之下，銅臺是金平的反義詞，而正是是金陵的同義詞。銅是最常見的金屬，南京一直有銅礦。漢代的丹陽郡就以產銅著稱，所以銅臺就是金陵。而銅臺府的地靈縣，無疑又是旻天縣的反義詞，也即應天的同義詞。第九十六回的銅臺府故事也不見妖怪，講寇員外為人陷害的故事。此事是否有原型，尚待考證。

金平府、銅臺府之所以排在玉華國之後，因為吳承恩從湖北蘄州的荊王府回鄉，正是路過南京，或許他在南京短暫停留。南京本來是吳承恩過去熟悉的地方，他在南京與很多著名人物往來，因此吳承恩寫到南京也很正常。

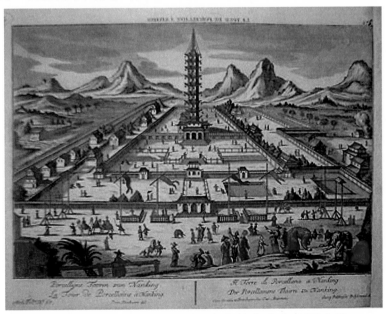

1760 年荷蘭 Peter van Blankaert 版畫中的南京大報恩寺塔〔註42〕

〔註41〕〔明〕顧起元：《嬾真草堂集》，四庫禁燬書叢刊編纂委員會編：《四庫禁燬書叢刊補編》第 68 冊，北京出版社，2005 年版，第 93 頁。

〔註42〕來自荷蘭布勞克博士夫婦 Marcel and Deborah van den Broecke 的地圖收藏網站 Cartographica Neerlandica，網址：http://www.orteliusmaps.com/descriptions/4127.htm。

楊俊指出，[註43]吳承恩筆下描寫的各國風景都能找到明代南京的影子：

寶象國：「崒崒崢崢的遠山，大開圖畫；潺潺湲湲的流水，碎濺瓊瑤。……廓的廓，城的城，金湯鞏固。……太極殿、華蓋殿、燒香殿、觀文殿、宣政殿……也有那大明宮、昭陽宮、長樂宮、華清宮、建章宮、未央宮……花柳的巷，管絃的樓，春風不讓洛陽橋。」

祭賽國：「龍蟠形勢，虎踞金城。四垂華蓋近，百轉紫墟平。玉石橋欄排巧獸，黃金臺座列賢明。真個是神州都會，天府瑤京。萬里邦畿固，千年帝業隆。」

滅法國：「東城兵馬使、巡城總兵官，那國王聽說，即著光祿寺大排筵宴。」

玉華國：「錦城鐵甕萬年堅，臨水依山色色鮮，百貨通湖船人市，千家沽酒店垂簾。樓臺處處人煙廣，巷陌朝朝客賈喧。不亞長安風景好，雞鳴犬吠亦般般。」

我以為此說有一定道理，總體來看，明代的南京作為中國第一大城市，讓所有來過的人都留下深刻印象，吳承恩也不例外。

其實第六十八回，吳承恩說孫悟空住在朱紫國會同館，向西走到鼓樓，轉彎到雜貨店。這也是南京，而不是北京。因為明代的北京會同館有南北二館，會同南館向西是正陽門（前門），會同北館向西是紫禁城，鼓樓在城北。而南京的皇城在東，所以會同館向西才是鼓樓，轉彎向南才是老城繁華的街市。朱紫國是暗指朱明王朝，證明吳承恩熟悉的是南京。

金平府南有青龍山，是犀牛精住處。南京的東南確實有青龍山，綿延很長。南京城南的谷里鎮確實有金牛洞，難道僅是巧合？其實在第五十二回已經有犀牛精，因為金平府是吳承恩添加，所以又重複出現了犀牛精。

鳳仙郡、玉華國、金平府是吳承恩自己經歷的反映，所以他放在全書的最後。在吳承恩之前，已有關於唐僧取經故事的話本、平話、雜劇等書，所以吳承恩把自己的故事放在最後，表示對前人作品的尊重。當然，吳承恩也在此前的情節中插入不少他自己新編的故事，不過那些在前面插入的新編故事主題仍然是降妖除魔，和最末的這幾個故事的主題不同。

所以，鳳仙郡故事是吳承恩在長興縣的經歷，第八十七回鳳仙郡的故事說上官氏得罪天廷是三年前的十二月二十五日。

[註43] 楊俊：《百回本〈西遊記〉作者新探》，《學術月刊》2007 年第 7 期。

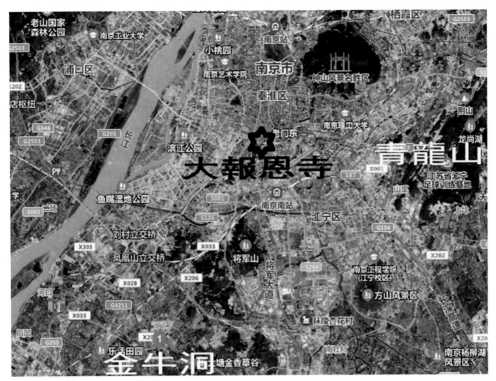

南京青龍山、金牛洞、大報恩寺位置圖

　　蘇興先生認為，吳承恩下獄是隆慶二年（1568年）初，而蔡鐵鷹先生認為吳承恩下獄是隆慶元年（1567年）十一月前後，吳承恩在荊王府三年。我以為蔡說合理，吳承恩下獄時間很可能就是隆慶元年是十二月二十五日，或者在此前後，鳳仙郡故事中的時間印證了蔡先生的考證。鳳仙郡故事說上官氏得罪天廷在三年前，所以三年不雨，三年前正表明吳承恩寫作全書最後這三個故事的時間是長興縣下獄的三年後，也即在隆慶四年（1570年）底，也印證了蔡先生的考證，吳承恩確實很可能在荊王府基本完成全書的寫作。上文引同治《長興縣志》不僅說到隆慶二年的大旱，還說到隆慶四年的水災，但是吳承恩未說到隆慶四年的水災，或許他在此前已經完成了鳳仙郡故事的寫作。也就是說，吳承恩在隆慶四年之前很可能基本完成了《西遊記》的寫作。

　　蔡鐵鷹先生認為吳承恩在荊王府完成《西遊記》，我以為很有道理。因為吳承恩在王府任紀善，位尊而事少，所以有可能完成《西遊記》。不過我們如果考慮到金平府、銅臺府的原型是吳承恩回家路過的南京，或許全書最終定稿是吳承恩回淮安之後不久。

　　總之，鳳仙郡、玉華國、金平府的原型是長興縣、荊王府、應天府，可以連接為吳承恩晚年的完整旅程。從這三個故事的原型可以證明《西遊記》的作者無疑是吳承恩，不可能再有第二個人符合這種經歷。隆慶四年（1570 年），吳承恩回到淮安，完成了他自己的西遊旅程，回望人生，殘年不多，準備加快完成《西遊記》的定稿工作。吳承恩晚年在淮安還有十多年，有足夠的時間完成《西遊記》的定稿工作。而且吳承恩所編的詞集《花草新編》也在此期間完成，所以《西遊記》也很可能在此期間完成定稿。

第六章　吳承恩的功績和思想

一、吳承恩的功績

從玄奘取經回來，西遊故事開始流傳，到吳承恩寫成百回本的《西遊記》，經過了近千年。其間出現了變文、話本、雜劇、平話等多種《西遊記》的前身文學作品，吳承恩的百回本是在前人基礎上完成。

上文考證了西遊各故事由來，可知絕大多數故事都是源自玄奘《大唐西域記》等書記載，次序都很符合。

但是我們可以說，吳承恩仍然有巨大的功績，我想他的功績體現在以上五個方面。

第一、吳承恩成功塑造了孫悟空的新形象，孫悟空在唐宋時期就進入西遊故事，但是吳承恩不僅把全書的開頭變成孫悟空的故事，甚至刪除了以前流行的唐僧出身故事。

元代的雜劇中，孫悟空的老家不在海上，吳承恩把孫悟空的老家移到了東海的島上，不僅增加了神幻色彩，還直接影射了嘉靖年間來自海上的倭寇。我首次提出，孫悟空在島上起兵反抗天廷就是王直等人在島上起兵反抗明朝的直接反映，這是吳承恩在嘉靖年間的獨家創作。

第二、吳承恩拔高了豬八戒的地位，豬八戒很晚才進入西遊文學，原來不占主要地位，但是到了吳承恩的筆下，竟然超過唐僧，成為第二號人物。

吳承恩濃墨重彩寫豬八戒，絕不僅是為了打趣，而是有更高的目標。因為在現實生活中，就有一些人，能力不如別人，但經常為了一己私利，嫉妒暗算能力更強的人，喜歡打小報告，拖集體的後腿，遇到危險就要散夥，這

就是現在我們經常說的豬隊友。豬八戒就是這種人的代表，所以吳承恩要通過豬八戒來描寫這類人，讓讀者感到取經故事確實貼近生活。

雖然豬八戒有很多缺點，但也不是書中的反面人物，這就避免了書中人物塑造的極端傾向。其實豬八戒的一些缺點，比如貪吃、好色也是源自人的本性，並不需要批判。

第三、吳承恩增加了一些降妖伏魔的故事，比如金魚精、朱紫國等故事。有的是文學創作，有的來自江淮的環境，有的是諷刺天廷小官到民間作威作福。有的故事構思巧妙，膾炙人口，豐富了全書的情節。

第四、吳承恩把自己的經歷加入全書，這就是鳳仙郡、玉華國、金平府這三個在全書末尾緊密相連的故事，來自吳承恩在長興縣、荊王府、南京的親身經歷，反映了明朝的社會現實，增添了現實色彩。

吳承恩的《西遊記》全書都在批判嘉靖帝迷信道士的方術，最終喪命。這在古代需要驚人的膽量，可以說吳承恩的身上洋溢著孫悟空的精神，如果沒有這種精神，他寫不出《西遊記》。

第五、吳承恩增加了全書各處的細節描寫，加入很多日常俗語和笑料，使得這本書更受大家歡迎。如果沒有吳承恩的改寫，我們現在看到的《西遊記》要少了很多趣味，很有可能不會成為家喻戶曉的名著。第六十六回，日值功曹對孫悟空說：「大聖，你是人間之喜仙！」其實真正的喜仙，不是孫悟空，而是塑造他的吳承恩。

有人說，《西遊記》的作者是誰不重要，我認為這個觀點不對。這是沒有看到《西遊記》全書濃厚的重商主義傾向，孫悟空的行為非常接近商人，吳承恩生在明代最大都市之一的淮安，他的父母都是商人，所以他才能寫出如此生動的孫悟空。明朝大都會中生長的人，更容易獲得思想的大解放。因此，吳承恩的家鄉、家庭至關重要。

從玄奘的《大唐西域記》到吳承恩之前的西遊文學，各故事發生了很大的變異。外道變成了妖精，逝多林變成了獅駝嶺、盤絲洞，婆羅門女子變成了老鼠精，總的來說，是把社會鬥爭轉變成了人和自然的鬥爭。大概因為佛教故事的聽眾主要是老百姓，他們在生活中更容易接觸到田野的各種動物。古代人口很少，主要是農民，所以更喜歡聽人和動物鬥爭的故事。

但是吳承恩又拉回這個自然化趨勢，給很多故事套上了批判道士、批判宗教、批判現實的框架，使得《西遊記》的社會意味增強。如果沒有吳承恩的改

寫，《西遊記》很可能仍然是一部普通的神魔小說，甚至可能會變得更加俗套。有了吳承恩的改寫，平衡了其自然和社會取向，才變成了偉大的作品。因為吳承恩用詼諧的和風細雨筆法沖淡了批判的咄咄逼人取向，使得人們更容易接受。

二、吳承恩公然批判嘉靖帝迷信道術

吳承恩在書中處處揭露明朝後期的腐朽，全書處處貶低妖道，是直接抵制嘉靖帝尊崇道教。

嘉靖皇帝愛好方術，死於道士的仙丹。他在嘉靖四十五年（1566 年）去世前頒布的遺詔說：「只緣多病，過求長生，遂至奸人誆惑。」可惜此時悔悟，為時已晚！

嘉靖三年（1524），徵龍虎山道士邵元節入京，封為真人。兵科給事中高金上書請求削去邵元節真人之號，嘉靖帝捉拿高金入獄拷問。邵元節不僅獲得真人府邸，還任禮部尚書。邵元節推薦道士陶仲文，嘉靖帝又封陶仲文為真人，特授少保、禮部尚書。嘉靖帝一度不見大臣，唯獨接見陶仲文，稱為老師。

道士段朝用，建議嘉靖帝深居不出，嘉靖帝準備讓位給太子，太僕寺卿楊最上書反對，嘉靖帝下詔逮捕楊最入獄，楊最被錦衣衛拷打致死。監察御史楊爵，上書批評皇帝久不上朝，迷信道士，也被嘉靖帝關入錦衣衛獄中，差點打死。戶部主事周天佐，為楊爵鳴不平，死在錦衣衛獄中。陝西巡按御史浦鋐上書，為楊爵、周天佐鳴不平，嘉靖帝下令錦衣衛逮捕，嚴刑拷打，七天後死在獄中。

嘉靖二十一年（1542 年），宮中的十六名宮女串通，準備勒死嘉靖帝，差點成功。可惜聲音傳到門外，皇后方氏解圍，英勇的十六名宮女被處死。

沈德符《萬曆野獲編》：

> 嘉靖間，諸佞倖進方最多，其秘者不可知，相傳至今者，若邵、陶，則用紅鉛，取童女初行月事，煉之如辰砂以進。若顧、盛，則用秋石，取童男小遺，去頭尾，煉之如解鹽以進。此二法盛行，士人亦多用之。然在世宗中年始餌此及他熱劑，以發陽氣，名曰長生，不過供秘戲耳。至穆宗以壯齡御宇，亦為內官所蠱，循用此等藥物，致損聖體，陽物晝不僕，遂不能視朝。

邵元節、陶仲文用童女首次月經，煉出紅鉛進獻。無錫人顧可學，取童男小便，煉出丹藥進獻，被嘉靖帝任命為工部尚書、太子太保。廣東饒平人

盛端明，自稱通曉藥石，嘉靖帝任為工部尚書、太子太保。

嘉靖帝晚年，求方術更急，陝西人王金偽造道書和金石藥品，嘉靖帝吃了假藥，終於喪命。

吳承恩《西遊記》筆下的各國國王，多是體弱多病，信任道士，為非作歹。比如烏雞國王，被信任的道士竊取王位。車遲國王，以道士為國師。朱紫國王，長年生病，久不上朝，被賽太歲強奪了皇后。寫比丘國王，精神倦怠，聲音斷續，眼目昏蒙，要用小兒的心肝為藥引：這些都是直指嘉靖帝！朱紫國出現了司禮監，比丘國出現了錦衣衛。

賽太歲就是指道士，因為道士主持迎神賽會，所以吳承恩稱為賽太歲。賽太歲的寶貝是金鈴，也是道士所用。

吳承恩《西遊記》第二回借菩提祖師和孫悟空的對話說得很清楚：

> 祖師道：「此是有為有作，採陰補陽，攀弓踏弩，摩臍過氣，用方炮製，燒茅打鼎，進紅鉛，煉秋石，並服婦乳之類。」悟空道：「似這等也得長生麼？」祖師道：「此欲長生，亦如水中撈月。」

嘉靖帝用紅鉛、秋石等多種丹藥，最終喪命，這就證明吳承恩的《西遊記》是寫在隆慶年間，這也符合前人和我的觀點。

謝文華指出，吳承恩在烏雞國故事中寫虎力大仙求雨，柳枝上托著一面鐵牌，牌上書的是雷霆都司的符字。嘉靖寵幸的道士徐道廣，因為能夠求雨，被嘉靖帝封為雷霆都司。這一段顯然是吳承恩在諷刺徐道廣等人，我認為他的看法很有道理，都司是明代的軍事機構，這個名目不會在明代之前出現。

吳承恩在烏雞國一篇中寫鹿力大仙自稱保國二十年，謝文華認為這是影射陶仲文，陶仲文是嘉靖十八年被嘉靖封為真人，總管全國道教，嘉靖三十九年去世，所以《明史》稱他得寵二十年，這證明吳承恩在嘉靖中晚期寫《西遊記》，我認為很有道理，吳承恩的所謂保國二十年或許不是亂寫，嘉靖信道誤國早已使吳承恩非常反感。

謝文華還指出，第四十五回車遲國王說自己在位 23 年，還沒有見過真龍，這是影射嘉靖二十三年封陶仲文為少師。我認為證明嘉靖二十三年時吳承恩已經開始改寫《西遊記》，這和謝文華提出的嘉靖三十九年陶仲文去世矛盾，所以鹿力大仙自稱保國二十年或許不是指陶仲文，而是邵元節和陶仲文等人。邵元節在嘉靖十八年推薦陶仲文，陶仲文到嘉靖二十三年時僅得寵五年。從邵元節在嘉靖三年進京，到嘉靖二十三年正好 20 年。

吳承恩還在《西遊記》中直接用嘉靖的年號來諷刺嘉靖帝，第九十三回說天竺國：

> 我敝處乃大天竺國，自太祖太宗傳到今，已五百餘年。現在位的爺爺，愛山水花卉，號做怡宗皇帝，改元靖宴，今已二十八年了

王國光指出，靖宴就是諷刺嘉靖的年號。可惜他誤以為太祖、太宗是指宋太祖、宋太宗到明朝嘉靖為五百年。[註1] 其實明朝的第一個皇帝是太祖朱元璋，第二個皇帝是朱允炆，但是被朱棣奪位，朱棣就是太宗。吳承恩說的太祖、太宗到如今的五百年是虛指，其實就是指明朝。

王國光認為靖宴的宴就是嘉，靖宴就是嘉靖倒過來。我認為不是，古代皇帝去世叫晏駕，也寫成宴駕。所以靖宴很可能是指嘉靖已經去世，這是公然指責嘉靖帝因為方術而暴斃。如果靖宴二十八年是指嘉靖帝去世已經二十八個月，也就是隆慶三年。此年，吳承恩正在蘄州荊王府任紀善。所以天竺國的故事正是在蘄州寫成，吳承恩在次年即回到淮安，說明他的《西遊記》正是晚年在蘄州和淮安寫成。

天竺國在全書最後，前面是吳承恩根據他的親身經歷所寫的鳳仙郡、玉華國、金平府，正是為了明明白白地指責嘉靖皇帝。吳承恩說天竺國是神州天府，在南瞻部洲中華之地，雖然是明指印度的中天竺，其實是暗指明朝，所以天竺國也出現了錦衣官。

天竺國王的女兒被玉兔精擄走，玉兔精的武器是搗藥杵，其實也是吳承恩諷刺道士。因為道士為嘉靖帝煉藥，所以吳承恩說他們是玉兔精。

吳承恩《西遊記》還揭露了明朝社會上警匪一家的風氣，第三十七回，唐僧問烏雞國王為何不去閻王那裡狀告全真道人，烏雞國王說：「他的神通廣大，官吏情熟，都城隍常與他會酒，海龍王盡與他有親，東嶽天齊是他的好朋友，十代閻羅是他的異兄弟。因此這般，我也無門投告。」第十六回，觀音禪院的方丈竟常與黑風山的黑熊怪講道，黑白一道。

第三十三回，金角大王、銀角大王本來是太上老君的童子，到了凡間，不僅能使喚本地的土地，還拜本地的九尾狐狸精為乾娘。吳承恩是暗指從朝廷派下的官員和地方上的牛鬼蛇神，沆瀣一氣。

但是吳承恩的思想也有很大的侷限，因為他的《西遊記》中，妖精多數是從天界下凡，但是從來沒有說到玉皇大帝的侍從，而且這些妖怪最終被天界的

〔註1〕 王國光：《西遊記別論》，學林出版社，1990年，第134頁。

主人收回。反映了吳承恩仍然認為罪責來自一些大臣,最終還是要靠朝廷解決腐敗。其實在君主集權的體制下,人治很不可靠,明君非常難得,問題的根本就在皇帝,但是吳承恩對皇帝的批判仍然不夠,仍然對君主寄予厚望。

第七回,孫悟空說,皇帝輪流做,明年到我家。要玉皇大帝搬出靈霄寶殿,把天宮讓給孫悟空。但是如來說:

> 你那廝乃是個猴子成精,焉敢欺心,要奪玉皇上帝尊位?他自幼修持,苦歷過一千七百五十劫。每劫該十二萬九千六百年。你算,他該多少年數,方能享受此無極大道?你那個初世為人的畜生,如何出此大言!

如來說,玉皇大帝歷經劫難,才登上帝位,孫悟空無權侵佔。吳承恩的意思是說,明朝是朱元璋在九死一生中創建,傳到嘉靖,已經到第十一代,所以天下理應屬於朱家。吳承恩認為反抗的人比如王直,還是不夠做皇帝的資格。吳承恩做過一些小官,代表明代中晚期中下層士大夫的思想。他們一方面對社會現實深惡痛絕,另一方面找不到任何出路,被迫接受現狀,又很期待有明君轉世下凡,拯救社會。

吳承恩的《西遊記》永遠不會過時,明代是嘉靖皇帝為了自己長生不老,公然殘害兒童,現在又有一些人為了賺錢而製造毒奶粉、假疫苗,還有各種為了賺錢而殘害兒童的手段,一個靠殘害兒童來賺錢的民族能有未來嗎?四百多年過去了,嘉靖皇帝換了人,社會究竟有多大變化?是變好了還是變壞了?

三、吳承恩的重商傾向

吳承恩本來對道教有好感,但是他認為嘉靖帝崇拜道教,不管民生,是十足的昏君,所以在書中處處寫到妖道害人。唐僧師徒是佛教徒,吳承恩如此一寫,看似尊佛貶道。其實不是,吳承恩筆下的主角早已變成了替天行道的孫悟空,孫悟空曾經公開反抗如來佛。

所以吳承恩並不獨尊佛教,反而經常嘲笑佛教的神,比如第三十五回,太上老君說,觀音菩薩故意安排他的金爐童子、銀爐童子變成金角大王、銀角大王在此等候,孫悟空說:

> 這菩薩也老大憊懶!當時解脫老孫,教保唐僧西去取經。我說路途艱澀難行,他曾許我到急難處親來相救。如今反使精邪摹害,語言不的,該他一世無夫!若不是老官兒親來,我決不與他。

　　雖然這也是諷刺明朝中樞派出的地方官為害一方，但也調侃了觀音菩薩，說她心腸惡毒，活該一輩子不嫁人。

　　尊佛的人不可能這麼寫，所以吳承恩不尊崇任何一種宗教。第四十七回，孫悟空山對車遲國王說：

　　　　望你把三教歸一，也敬僧，也敬道，也養育人才，我保你江山
　　永固。

　　養育人才比尊重佛道還要重要，前人說，吳承恩的《西遊記》使宗教喪失了神聖莊嚴，我以為非常準確。〔註2〕

　　吳承恩代表解放的市民階級思想，他原本生活在明朝繁華的大都市淮安，他的父母都是小商人，所以他是市民階級。在他的筆下，孫悟空處處流露出濃厚的商業思想。

　　林庚指出，孫悟空對菩提老祖說他不會打市語，道出了菩提老祖的老於世故，菩提祖師是江湖上的師傅。孫悟空靈巧機敏，善於偷盜，都像是出沒在市井的一個機靈鬼。

　　第十六回，唐僧告誡孫悟空：

　　　　徒弟，莫要與人鬥富。你我是單身在外，只恐有錯。

　　鬥富是商人行為，商人有時在外鬥富，膽小的商人不敢鬥富，害怕顯山露水，招來禍害。

　　第三十七回唐僧把烏雞國王的冤案告訴孫悟空，行者笑道：

　　　　不消說了，他來託夢與你，分明是照顧老孫一場生意。必然是
　　個妖怪在那裡篡位謀國，等我與他辦個真假。想那妖魔，棍到處立
　　要成功。

　　聽孫悟空說的這話，好像他是私營鏢局或律師事務所的老闆，看到案子上門非常高興。

　　第十九回，他降服豬八戒，把高老莊答謝的金銀，抓了一把給高家的僕人高才，還說：

　　　　以後但有妖精，多作成我幾個，還有謝你處哩。

　　吳承恩筆下的神仙們，也都很勢利。第四十二回，孫悟空為了打敗紅孩兒，向觀音菩薩借淨瓶，觀音怕孫悟空借了不還，要孫悟空留個東西作典當，

〔註2〕何滿子：《把藝術從社會學的框子裏解放出來——談神魔小說〈西遊記〉的社
　　　　會內容》，《社會科學》1982 年第 11 期。

孫悟空討價還價，說把頭上的金箍還給觀音，觀音說要他腦後的毫毛，孫悟空說不行，菩薩罵道：「你這猴子！你便一毛也不拔，教我這善財也難捨。」行者笑道：「菩薩，你卻也多疑。」

這段描寫，哪裏是降妖除魔，分明是商場談判，觀音直指孫悟空一毛不拔，孫悟空則說觀音疑心太重。

第三十九回，孫悟空為了救烏雞國王，求太上老君一粒仙丹，他吞入口中的嗉袋，要弄老君，老君著急，孫悟空說：

> 嘴臉！小家子樣！那個吃你的哩！能值幾個錢？虛多實少的，
> 在這裡不是？

第五十三回說，唐僧師徒喝了子母河水，懷上胎兒，要用落胎泉水來解，但是如意真仙說就是帝王宰相也要用禮物來求。

第九十八回說，唐僧到了西天，因為沒有行賄，所以阿儺、伽葉給了無字的經書，孫悟空告發，沒想到如來佛還為阿儺、伽葉辯護說：

> 你且休嚷，他兩個問你要人事之情，我已知矣。但只是經不可
> 輕傳，亦不可以空取，向時眾比丘聖僧下山，曾將此經在舍衛國趙
> 長者家與他誦了一遍，保他家生者安全，亡者超脫，只討得他三斗
> 三升米粒黃金回來，我還說他們忒賣賤了，教後代兒孫沒錢使用。
> 你如今空手來取，是以傳了白本。白本者，乃無字真經，倒也是好
> 的。因你那東土眾生，愚迷不悟，只可以此傳之耳。

如來佛一心想著錢，說他的徒弟不會賺錢，哪裏是寺廟的主持？分明是個精明的經理。人們讀了《西遊記》，還會迷信宗教嗎？

連唐僧也有商業思想，第二十七回，唐僧和孫悟空斷絕師徒關係，寫了一紙貶書，遞於行者道：

> 猴頭！執此為照，再不要你做徒弟了！如再與你相見，我就墮
> 了阿鼻地獄！

唐僧和孫悟空斷絕師徒關係，竟然還要立有執照，這反映了明朝嚴格的契約關係。

笨拙的豬八戒也是三句不離商業，第三十三回銀角大王要把豬八戒用鹽醃了，曬乾下酒，豬八戒說：

> 蹭蹬啊！撞著個販醃臘的妖怪了！

上一句明明說的是自己吃，不提販肉，但是豬八戒要說販醃臘，正是因

為淮安商業繁榮，販子很多。

第四十九回豬八戒說：

> 你會使銅錘，想是雇在那個銀匠家扯爐，被你得了手，偷將出
> 來的。

這裡講到商鋪雇傭和學徒的偷盜，豬八戒說到雇傭，正是因為淮安等大都市雇傭關係發達。

第六十九回，豬八戒對孫悟空說：

> 知你取經之事不果，欲作生涯無本，今日見此處富庶，設法要
> 開藥鋪哩。

孫悟空為朱紫國王看病，要太醫院給他八百八味藥物，豬八戒就說孫悟空要做生意又沒本錢，趁機要開藥鋪。

第七十六回，孫悟空偽裝成閻王爺手下，要豬八戒交出私房錢，豬八戒承認他攢了零零散散五錢銀子，找了銀匠煎成一處，又偷去了幾分，只得了四錢六分一塊，藏在豬耳朵裏。如此生動的商業描寫，不是諳熟商業交易的人，不是出自淮安這樣的大都市，不可能寫得出來。

第八十四回說唐僧師徒在滅法國住店，老闆娘越發歡喜，跑下去教：

> 莫宰，莫宰！取些木耳、閩筍、豆腐、麵筋，園裏拔些青菜，
> 做粉湯，發麵蒸卷子，再煮白米飯，燒香茶。

閩筍是來自福建的筍干，福建冬天仍然有筍，福建商人把冬筍製成筍干，賣到北方。淮安在大運河邊上，所以南北貨物齊全。老闆娘聽說唐僧師徒吃素，越發歡喜，因為食宿統一付錢，素菜可以降低成本。

第七十八回說比丘國：「酒樓歌館語聲喧，彩鋪茶房高掛簾。萬戶千門生意好，六街三市廣財源。買金販錦人如蟻，奪利爭名只為錢。禮貌莊嚴風景盛，河清海晏太平年。」

第四十八回，唐僧看到有人在冰上行走，陳老說：

> 河那邊乃西梁女國，這起人都是做買賣的。我這邊百錢之物，
> 到那邊可值萬錢。那邊百錢之物，到這邊亦可值萬錢。利重本輕，
> 所以人不顧生死而去。常年家有五七人一船，或十數人一船，飄洋
> 而過。見如今河道凍住，故捨命而步行也。

淮安正是在黃河、運河、淮河岸邊，冬季河道結冰，黃河很寬，但是冬季仍然有人來往販賣，這是淮安商業的生動寫照。

孫悟空出場，經常說一些大話，嚇倒敵人，他經常自稱神仙，也曾經自稱是歷代馳名第一妖。孫悟空經常失敗，但是他總要到遠處求援。第八十三回，孫悟空說：

> 老孫的買賣，原是這等做，一定先輸後贏。

第七十四回，孫悟空心想：

> 我且倚著我的這個名頭，仗著威風，說些大話，嚇他一嚇看。
> 果然中土眾僧有緣有分，取得經回，這一去，只消我幾句英雄之言，
> 就嚇退那門前若干之怪。

孫悟空的這些行為，其實這些都是商人的行為，商人要宣傳商品，要在市場立足，不免浮誇。商人如果虧本，不免逃到遠處躲債，或許還要到遠處尋求資源，以圖東山再起。

商人最重實效，孫悟空靠的也是過硬的本領，他火眼金睛，而唐僧卻經常被騙，孫悟空經常勸唐僧收起善心，第四十回孫悟空說：

> 長老道：「徒弟，這個叫聲，不是鬼魅妖邪。若是鬼魅妖邪，但
> 有出聲，無有回聲。你聽他叫一聲，又叫一聲，想必是個有難之人，
> 我們可去救他一救。」行者道：「師父，今日且把這慈悲心略收起收
> 起，待過了此山，再發慈悲罷。」

第八十回：

> 行者笑道：「師父要善將起來，就沒藥醫。你想你離了東土，一
> 路西來，卻也過了幾重山場，遇著許多妖怪，常把你拿將進洞，老
> 孫來救你，使鐵棒，常打死千千萬萬。今日一個妖精的性命，捨不
> 得，要去救他？」唐僧道：「徒弟呀，古人云：勿以善小而不為，勿
> 以惡小而為之。還去救他救罷。」

唐僧顯然是現實社會中的書呆子形象，而孫悟空則是商人形象，二者形成鮮明對比。

吳承恩的思想解放，源自大運河邊淮安城內繁榮的商業經濟，他的父親就是在街上買彩色絲帶的小商人，所以孫悟空身上的市民精神無疑源自吳承恩本人。吳承恩弘揚孫悟空，其實是自我伸張。

吳承恩的思想解放，不可能沉迷於某種宗教。所以他的百回本《西遊記》雖然籠罩著原有的宗教色彩，但經他改寫，不僅未達到宗教宣傳的效果，反而使人們看到宗教的種種醜惡，一如世俗社會。所以魯迅說這本書是神魔小

說，不過說到了外表，或者說到了一個方面，至少使人容易產生誤解。《西遊記》在本質上是世俗小說，從誕生的那一天起就是世俗小說，而且持續褪去宗教色彩，到了吳承恩的筆下，更是發起了對宗教的大批判。

四、吳承恩《西遊記》產生的時代原因

吳承恩的三位好友，沈坤和李春芳兩個人中了狀元，朱曰藩是進士，李春芳還靠給昏庸的嘉靖帝寫青詞，爬到了內閣首輔的位置。唯有吳承恩一生仕途坎坷，他不是官場上的成功者。但是他的文學作品成功了，有他自身的努力原因，也有時代背景的作用。

吳承恩生在弘治末年，成化和弘治年間正是整個明朝歷史中最大的轉變期。在成化之前的明英宗時代，雖然朝政也在走向腐敗，但是畢竟去太祖、太宗之祖制不遠，又有仁宣之治的遺風留存。但是到了成化和弘治年間，中國社會出現重大轉變。

明初，朱元璋制定了明確的重農抑商政策，重點打擊江南地主，所以民間商人地位很低，士紳不敢顯山露水。到了成弘之際，人口增長，東南沿海恢復了宋元時期商業繁榮的景象，民俗日趨奢侈，風氣大變。

蘇州府長洲縣人王錡說：

> 吳中素號繁華，自張氏之據，天兵所臨，雖不被屠戮，人民遷徙實三都、戍遠方者相繼，至營籍亦隸教坊。邑里蕭然，生計鮮薄，過者增感。正統、天順間，余嘗入城，咸謂稍復其舊，然猶未盛也。迨成化間，余恒三四年一入，則見其迥若異境，以至於今，愈益繁盛。閭簷輻輳，萬瓦甃鱗，城隅濠股，亭館布列，略無隙地。輿馬從蓋，壺觴罍盒，交馳於通衢。〔註3〕

陳祖範說常熟縣：

> 元時習俗奢靡，邑中高貲，如陸莊曹氏、城北徐氏最為雄長，園林侔於禁禦，服用僭於列侯。顧雅好名士，金幣延致，以誇詡於東南。明初，吳最後服，太祖奮其武怒，義用剛克。民皆畏慎斂戢，歸於淳樸。邑有吳文恪、張修撰、魚開封諸人，以名德清節，主持風教。至天順、成化之間，時稱富庶，頗以昌逸嬉遊相尚矣。中葉

〔註3〕〔明〕王錡：《寓圃雜記》卷五《吳中近年之盛》，北京：中華書局，1984年，第42頁。

以後，宦家多怙勢，而編戶為所折壓，不得已多役屬於宦家以自存。
故其時薦紳之氣盛，而平民或弗堪焉。其秀民之能為士者，萬曆後
以聲華氣誼相高，尋盟結社，千里命駕，在閭里中，眼高於頂，負
手逍遙，擔夫走卒，望而卻避，遇細事輒發憤，其傑然者，亦頗以
名教是非為己任。〔註4〕

可見，天順、成化時的轉變，其實是回歸宋元時期的狀態。到了萬曆時
代，士紳氣焰囂張，和明初成天壤之別。

有的偏僻地方是在稍晚開始轉變，崇禎《靖江縣志》說：

靖隸吳，禮節俗尚與江南諸郡邑大略相似，然江南稍浮薄……
靖自成化初，民間不冠不履，小袖短衣，相遇不能具一揖。今則衣
冠日盛，高蓋驕奴，以相馳逐……而男女仍務修飾，亟聚會，婚嫁
衣服，飲饌過度，至破產不惜。農人賤而商賈貴，士憤治詩書，或
困窶，貸一錢不肯與。而富豪吏民蓄積累鉅萬，意色揚揚，鮮裘怒
馬，出入都市，騶籍士大夫莫敢誰何。

成弘時代，明初的海禁政策被民間商業力量衝破，張燮《東西洋考》卷
七《餉稅考》說：「成弘之際，豪門巨室，間有乘巨艦貿易海外者。」〔註5〕
明初泉州衰落，明代中期漳州月港興起為重要的走私港，清代漳州人說：「成
弘之際，稱小蘇杭者，非月港乎？」〔註6〕

因為社會出現重大轉折，思想也跟隨轉變。廣東新會人陳獻章（1428～
1500），中舉而未中進士，未入仕途，但扭轉了明朝的思想，使程朱理學轉向
陸王心學，主張靜坐，自然為宗，提出：天地我立，萬化我出，宇宙在我。王
陽明（1472～1528）繼續弘揚心學，王陽明的弟子王艮（1483～1541），原來
是泰州安豐（今東臺安豐）鹽場的灶丁，提出百姓日用就是聖人之道、滿街
都是聖人等驚世駭俗的思想，開創了龐大的泰州學派。

王艮原名王銀，王陽明為他改名為艮，字汝止，很像菩提祖師為孫悟空
取名。王艮的身上頗有孫悟空的影子，也是海上的平民，也拜名師學藝，經
常和王陽明爭論。王艮曾經製造一個據說是孔子周遊列國所用的蒲輪車，坐

〔註4〕〔清〕陳祖範：《司業文集》卷二《昭文縣志未刻諸小序·風俗》，《四庫全書
　　　存目叢書》集部第 274 冊。
〔註5〕〔明〕張燮著、謝方點校：《東西洋考》，中華書局，第 131 頁。
〔註6〕乾隆《海澄縣志》卷十五，《風土》，《中國方志叢書》華南地方第 92 號，1968
　　　年，第 171 頁。

在車上，戴五常冠，穿深衣，手持笏板。由僕人推行，北上京城，車上打出標語：「天下一個，萬物一體，入山林求會隱逸，過市井啟發愚蒙。」一路講學，驚動廟堂，王陽明命他趕快南歸。王陽明覺得王艮的思想太過狂放，但是王艮的思想更容易為平民百姓接受，聲名超過老師。

王艮早年是販鹽的商人，深諳經營傳播之道，又向平民百姓宣揚學說，因此門生遍天下。

王艮把聖人拉下了神壇，他的弟子更加宣揚人性，何心隱說：「性而味，性而色，性而聲，性而安逸，性也。」羅汝芳說：「天初生我，只是個赤子。赤子之心，渾然天理。」

黃宗羲評價泰州學派：「泰州以後，其人多能赤手以搏龍蛇……遂復非名教之所能羈絡矣……諸公掀翻天地，前不見有古人，後不見有來者。」這不就是大鬧天宮的孫悟空嗎？

王艮是吳承恩的淮揚同鄉，比吳承恩大二十多歲，吳承恩不可能不受到泰州學派的影響。《西遊記》全書受到心學的影響，連章回的題目都充斥心魔、心猿、心神、本心。

成弘巨變，一方面解放了人們的思想，另一方面又使人懷念明初社會猶存的淳樸風氣。

吳承恩的《西遊記》就適應了人們在思想上的兩種追求，東南沿海日益興盛的渡海走私風氣，使得當時的中國人開始積極思考：海外的世界是什麼樣子？宣德年間，鄭和下西洋停止之後，絕大多數中國人早已淡忘了海外世界。此時中國人開始關注海外，自然愛看唐僧到西天取經的故事。

另一方面，日益奢靡的風氣使很多人懷念明朝初年的傳統，不少人開始批判世風日下，希望找到對策，而《西遊記》講述的降妖除魔故事為這些人提供了心靈的慰藉。

所以《西遊記》適應了人們的心理需求，這就是《西遊記》成功的原因。到了萬曆年間，《西遊記》正式刊行時，很多人仍然記得童年時社會依稀猶存的古樸，或者記得長輩說起明朝前期的醇厚。但是現實世界卻日益走向腐敗，兒時的不在，心靈的故鄉漸遠。他們看到《西遊記》對世外荒野的想像，勾起他們對童年淳樸愉快生活的回憶，感到絲絲溫暖。又看到《西遊記》對現實腐敗的批判，感到酣暢淋漓。

可惜吳承恩死後大約六十年，明朝就滅亡了。吳承恩們雖然批判明朝政

府的腐朽，也是無能為力。一個王朝必然有江河日下的時刻，試想，如果吳承恩生在萬曆年間，或許他就寫不出《西遊記》，他在此時或者早已沉淪在醉生夢死的生活中，或者早已為人陷害，或者死在明末的戰亂中。如果吳承恩生在明初的高壓時期，或許他也寫不出《西遊記》。所以吳承恩能寫出《西遊記》，除了淮安的地利，還有明朝中晚期的天時。

偉大的文學作品都是時代的產物，明末也有偉大的文學作品，比如稍晚的《金瓶梅》、《牡丹亭》，但是或為戲劇，或者在小說風格上發生明顯轉向。《金瓶梅》和《西遊記》的差別很大，雖然都在批判現實，但是《金瓶梅》顯然找不到《西遊記》的童真之趣。《西遊記》或許只能產生在吳承恩的那個時代，是時代塑造了吳承恩，吳承恩也用他的作品彰顯了那個時代的特點。

吳承恩《西遊記》第二回有一段孫悟空學藝時與菩提祖師的對話：

> 祖師道：「流字門中，乃是儒家、釋家、道家、陰陽家、墨家、醫家，或看經，或念佛，並朝真降聖之類。」悟空道：「似這般可得長生麼？」祖師道：「若要長生，也似壁裏安柱。」悟空道：「師父，我是個老實人，不曉得打市語。怎麼謂之『壁裏安柱』？」祖師道：「人家蓋房欲圖堅固，將牆壁之間立一頂柱，有日大廈將頹，他必朽矣。」

吳承恩說，諸子百家不能維持要倒掉的房子，他似乎已經預料到明朝將要垮掉？或許他只是說這些學問不能挽回王朝的沒落吧。

五、孫悟空在海上稱王與海盜王直

今本長篇章回小說《西遊記》是明代淮安人吳承恩最終寫就，此前經過長期發展，從唐宋時期的話本到元明時期的雜劇，現在還留下不少《西遊記》孕育過程中的階段形態和文獻證據，比較吳承恩之前的話本、雜劇與吳承恩所寫的長篇小說《西遊記》，很快就會發現，其中有不少內容在吳承恩之前未曾出現，這些內容很可能是吳承恩本人增加。這些內容主要可以分為兩類，一類是從孫悟空海上起兵到被壓在五指山下的情節，一類是對宮廷和道教的批判和嘲弄。

吳承恩筆下的唐僧師徒取經路上，經常出現佛教和道教鬥法，道士通常是惡人形象，比如比丘國的國丈道士，車遲國的國師道士，烏雞國的假王道士，黑風山的狼精道士凌虛子，盤絲洞蜘蛛精的道兄蠍子精。為何吳承恩要貶低道士呢？前人早已指出，這是因為吳承恩一生主要生活在嘉靖一朝，嘉靖帝一改此前明朝各帝崇佛的傳統，改尊道教，煉丹求仙，朝政腐敗，所以

吳承恩無疑是在小說中批判嘉靖帝。吳承恩說比丘國的國王聽信道士讒言，要用小兒心肝治病，嘉靖帝本人就曾用各種男女兒童的血塊、小便、月經來煉丹。至於吳承恩對宮廷的揭露則更加明顯，在他的筆下，妖精最後現形，一查老底，經常是天廷神仙們的下屬。吳承恩無疑是指控明朝中樞派出的各級官員，為害一方。

因為吳承恩在《西遊記》中增加的這一類內容是對嘉靖朝現實的直接批判，所以我們不免要懷疑，吳承恩在《西遊記》中新增加另一類內容，也就是孫悟空從海上起兵到被壓在五指山下，是不是也是吳承恩對嘉靖朝現實的一種曲折的反映呢？

在吳承恩之前的話本、雜劇之中，未曾出現孫悟空海上起兵到被壓在五指山下這一情節。宋代的《大唐三藏取經詩話》，在第二回中出現了猴行者，以白衣秀才形象出現，秀才曰：

> 我不是別人，我是花果山紫雲洞八萬四千銅頭鐵額獼猴王，我今來助和尚取經。

元代楊景賢所作雜劇《西遊記》中首次出現了孫行者起兵的故事，但是情節非常簡單，第三本第九齣《神佛降孫》說：

> 小聖弟兄、姊妹五人，大姊驪山老母，二妹巫枝祗聖母，大兄齊天大聖，小聖通天大聖，三弟耍耍三郎。喜時攀藤攬葛，怒時攪海翻江。金鼎國女子我為妻，玉皇殿瓊漿咱得飲。我盜了太上老君煉就金丹，九轉煉得銅筋鐵骨，火眼金睛，鍮石屁眼，擺錫雞巴。我偷得王母仙桃百顆，仙衣一套，與夫人穿著。今日作慶仙衣會也。

吳承恩今本《西遊記》第一回說：

> 這部書單表東勝神洲。海外有一國土，名曰傲來國。國近大海，海中有一座名山，喚為花果山。此山乃十洲之祖脈，三島之來龍。

花果山水簾洞就在連雲港的雲台山，明代屬淮安府海州，雲台山原來也是海島，《山海經》稱為鬱洲。康熙五十年（1711年）前後才與大陸聯結。崔應階《雲台山志》卷一說：「康熙庚寅、辛卯（五十年）間，海漲沙田，始通陸路。」〔註7〕嘉慶《海州直隸州志》卷二十《海防三》也說：「康熙四十年後，海漲沙淤，渡口漸塞。至五十年忽成陸地，直抵山下矣。」

〔註7〕〔清〕崔應階重編、吳恒宣校訂：《雲台山志》，《中國方志叢書》華中地方第468號，成文出版社，1983年，第71頁。

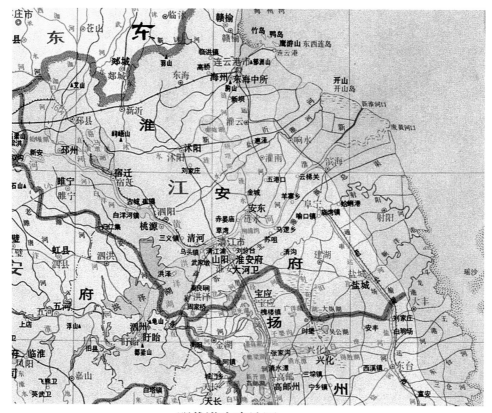

明代淮安府地圖〔註8〕

連雲港南雲台山主峰附近有水簾洞，董作賓指出《淮安府志》的《藝文志》有：朱世臣題云台山水簾洞。嘉慶《海州志》卷十一《山川》云台山引姚陶《登雲台山記》：

> 夜半，呼僕夫乘月登山，觀日出。由（三元）殿東石徑上一里
> 許，為水簾洞，洞中石泉極淺，冬夏不竭，泉甚甘美，云為三元弟
> 兄修真之所。洞後險峭難行，攀援而上，將五里，始躋其嶺。

現在連雲港雲台山水簾洞，石壁上有四個大字：高山流水，是明代嘉靖二十三年（1544 年）海州知州王同題寫，早於吳承恩的《西遊記》。

連雲港雲台山不僅有水簾洞，其西北靠近平原也即原來的海岸處，還有猴嘴山，山頂有一個突出的猴石，站在山下，可以看到全貌，尖嘴猴腮，面對山下的猴嘴鎮。雲台山在明代屬於淮安府，靠近吳承恩的家鄉，又是古代東海（今黃海）第一大島，歷代名勝古蹟很多，所以吳承恩寫進了《西遊記》。

〔註8〕引自譚其驤主編《中國歷史地圖集》第七冊第 47～48 頁。

　　吳承恩為何要把孫悟空的老家花果山安排在東海之上呢？我以為，這無疑是源自嘉靖一朝最為嚴重的東洋倭寇！

　　倭寇在元代已有，明代前期也有，但是直到嘉靖朝才在中國釀成大患。吳承恩一生主要生活在嘉靖朝，他在書中批判了嘉靖帝寵幸道士等種種弊政，不可能不提倭寇！

　　倭寇生在海島，進攻明朝，孫悟空也被吳承恩設計在東方海島起兵，反抗天廷，所以孫悟空的原型無疑摻雜了倭寇的因素！

　　明代開始實行嚴格的海禁，而東南沿海數千年來習慣下海經商，所以形成嚴重的官民矛盾。經過明朝前期的人口繁衍，到了明代中期，本來地少人多的東南沿海人口過剩，大量民眾開始鋌而走險，下海經商。他們聯合葡萄牙人和日本人，形成了嘉靖朝的所謂倭寇集團。

　　其中最有名、最強大的首領是徽州人王直，一說正名是王鋥、汪直。正像明朝很多徽商一樣，他原為鹽商。但是經商虧本，被迫下海走私，這在當時是違法犯禁的死罪。他往來於福建、廣東甚至暹羅（泰國）、滿剌加（馬六甲），又為葡萄牙人服務。

　　嘉靖丙戌（五年，1525年），福建人鄧獠越獄下海，誘引夷人，到雙嶼港（今舟山六橫島）貿易。庚子（十九年，1540年），許松、許楠、許棟、許梓兄弟，勾引葡萄牙人，來到雙嶼貿易。王直與葉宗滿等人造海船，置硝、黃、絲、綿等違禁貨物，抵日本、暹羅、西洋等國，往來貿易，五六年大富。〔註9〕

　　王直於乙巳歲（二十四年，1545年），往市日本，始誘博多津（今福岡）倭助才門等三人來市雙嶼。次年，又到內地，南直、浙江倭患始生。丙午（二十五年，1546年），許楠與朱獠、李光頭等誘引番人，寇掠閩浙地方。丁未（1547年），胡霖等誘引倭夷來市雙嶼，而林剪往自彭亨國（今馬來西亞彭亨），誘引賊眾，來與許氏兄弟等，劫掠閩浙，邊方騷動。

　　王直曾經把葡萄牙人帶到日本，日本僧人南浦文之（1555～1560年）的《南浦文集·鐵炮記》記載，日本天文十二年（嘉靖二十二年，1543年），三個葡萄牙人漂流到日本種子島，其中有明朝儒生王五峰，即王直。

　　王直開始是許棟的掌櫃，但是他的能力更強，獲得日本人和葡萄牙人的信任。他號為五峰船主，一說來自他家鄉徽州的五峰，一說來自日本九州島

〔註9〕〔明〕嚴從簡《殊域周咨錄》卷二《日本》，中華書局，1993年，第74頁。

之西的五島群島。

嘉靖二十七年（1548 年），浙江巡撫、提督浙閩海防的朱紈（1494～1549）摧毀雙嶼港，次年在漳州接連打敗葡萄牙人，迫使葡萄牙人退回廣東。但是朱紈損害了東南沿海士紳下海通商的利益，反而被人誣陷處死，東南海上民間武裝氣焰更大。

許棟在雙嶼之戰中，下落不明，王直逃脫。朱紈死後，王直屯兵金塘島的烈港，福建人吳美乾、陳思盼屯兵長塗島的橫港，不久陳思盼火並吳美乾，王直又生擒陳思盼，獻給明朝。王直一統海上武裝，成為真正的海上霸主。王直曾經與明朝協作剿滅海盜，獲得明朝獎賞。明朝要求王直剿滅浙江黃岩的海盜，沒有成功，政府懷疑王直的誠意，王直退到日本的平戶。

王直在日本：

> 據薩摩洲之松浦津，僭號曰京，自稱徽王，部署官署，咸有名號，控制要害，而三十六島之夷，皆其指使。時時遣夷漢兵十餘道，流劫濱海郡縣。

明代人萬表《玩鹿亭稿》說，投奔王直的人，不僅有沿海百姓，還有邊防軍官，一呼即往，而且自以為榮，其實是貪圖厚利。

嘉靖三十一年（1552 年），王直派倭寇，乘巨艦百艘，浙江東西、長江南北的數千里海岸，同時報警。王直艦隊，攻溫州，破黃岩，攻海鹽，到嘉興，明軍戰死三千多人。破乍浦，而澉浦、金山、松江、上海、嘉定、青村、南匯、太倉、崑山、崇明、蘇州僅保孤城，城外都遭焚劫。繁榮的吳越大地，成為一片廢墟，白骨累累。

嘉靖三十四年（1555 年），總督胡宗憲派人到日本招降王直，優待王直母親、妻子、兒女。三十五年（1556 年），王直手下的徐海、陳東攻打松江、嘉興，想佔領南京為都，被胡宗憲破殺。王直回到舟山岑港，被胡宗憲以官位、重金招降，殺於獄中。王直在海上數十年，殺害無辜平民和官吏將士數十萬，破壞了明朝最精華的江南地區，還在海上稱王建都，絕不能為明朝所容。

王直死後，他的餘部仍然在海上反抗明朝，但是江浙的海島勢力大為衰退。嘉靖末年，潮州海盜勢力興起，明末又有閩南海盜興起。

孫悟空開始到東方的傲來國取兵器，吳承恩《西遊記》第三回，四猴道：

> 我們這山，向東去有二百里水面，那廂乃傲來國界。那國界中有一王位，滿城中軍民無數，必有金銀銅鐵等匠作。大王若去那裡，

或買或造些兵器，教演我等，守護山場，誠所謂保泰長久之機也。

傲來國在花果山之東二百里，吳承恩筆下的花果山原型是江蘇連雲港的雲台山，向東不正是日本嗎？傲來的讀音非常接近倭人，傲來暗指指趾高氣昂，正是日本武士的神態。

王直在日本，自稱徽王，設置官署，號令三十六島，明代鄭曉說：

> 王忤瘋、徐必欺、毛醢之徒，皆我華人，金冠龍袍，稱王海島。
> 攻城掠邑，劫庫縱囚。遇文武官，發憤斫殺。

王忤瘋、徐必欺、毛醢即王五峰王直、徐碧溪徐惟學、毛海峰，這是對他們的蔑稱。

而吳承恩《西遊記》第三回說：

> 共有七十二洞，都來參拜猴王為尊。每年獻貢，四時點卯。也有隨班操演的，也有隨節徵糧的。齊齊整整，把一座花果山造得似鐵桶金城。各路妖王，又有進金鼓，進彩旗，進盔甲的，紛紛攘攘，日逐家習舞興師。

東方海上的武裝首領王直，也有金冠龍袍，也有大小部將，不就是現實世界的孫悟空嗎？

孫悟空最終被如來佛降服，壓在五指山下，而王直的號就是五峰，不正是五指山嗎？連雲港花果山上沒有五指山等類似地名，吳承恩之所以要說孫悟空被壓在五指山下，而不是別的地名，正是為了影射王直。

孫悟空被玉皇大帝誘降，不就是暗指王直被胡宗憲誘降嗎？王直受降前曾經求官，孫悟空也是被弼馬溫、齊天大聖等小官、虛銜迷惑。

但是玉皇大帝最終沒有打敗孫悟空，孫悟空是被西天如來打敗，西天如來正是隱喻王直的西洋靠山葡萄牙人。

胡宗憲擒獲倭寇最大的頭目王直、徐海等人，功勳卓著，所以吳承恩的《射陽存稿》中有一篇嘉靖三十五年（1556年）的《賀總制梅林胡公奏捷障詞》。有人說這是吳承恩想要投筆從戎，蔡鐵鷹認為是吳承恩代他人所作，因為其中的學劍、請纓無法落實。〔註10〕我認為是代他人所作，未必是吳承恩的本意。

但是胡宗憲等人誘殺王直，治標不治本，王直的餘部不僅仍然在海上活

〔註10〕〔明〕吳承恩著、蔡鐵鷹箋校：《吳承恩集》，中國社會科學出版社，2014年，第135頁。

動，而且明朝未能實行新的海外貿易制度，所以倭寇竟在嘉靖三十六年到三十八年，肆虐江北，一直打到淮安城。

吳承恩和很多人一樣，本來以為王直等人被誘殺，倭寇確實消聲滅跡。但是他們沒想到，倭寇很快席捲江北，這令吳承恩看清了明朝腐朽的本質。他在《西遊記》中把孫悟空塑造為正面形象，加入了孫悟空在海上起兵反抗天廷的故事，正是同情王直這些海上武裝，暗中表達了對明朝腐朽制度的抗議。

就在吳承恩的時代，就有很多明朝官員、士紳公開指出，所謂倭寇，其實絕大多數是中國東南沿海人。他們主張通過開放海禁來根除倭寇戰亂，但是他們的主張很難為明朝官府採納。

直到隆慶元年（1567年），因為連年戰亂，明朝被迫開放漳州的海澄縣的合法下海通商。雖然平息了漳州一帶的戰火，但是根本不能解決中國多數海岸的問題，潮州等地的海盜仍然非常囂張。

吳承恩此時正在浙江長興縣丞任上，他的《西遊記》尚未最終改定，孫悟空在海上起兵之事或許也未改定。所以吳承恩仍然要通過《西遊記》為東南沿海的海上武裝鳴不平，孫悟空最終還是被觀音、如來一夥控制，走向了與最高統治者合作的道路，反映了吳承恩作為基層官吏的矛盾心理。他通過小說來批判現實，但是找不到新的出路。

六、菩提祖師與葡萄牙人

孫悟空的高強本領來自須菩提祖師，菩提祖師住在西洋，吳承恩《西遊記》第一回說：

> 猴王參訪仙道，無緣得遇，在於南贍部洲，串長城，遊小縣，不覺八九年餘。忽行至西洋大海，他想著海外必有神仙，獨自個依前作筏，又飄過西海，直至西牛賀洲地界。

王直最早是因為接觸到葡萄牙人才起家，葡萄牙人正是來自西洋，而且菩提和葡萄牙的讀音很近。中國古代的神仙很多，吳承恩選中菩提祖師做孫悟空的師傅，無疑是暗指葡萄牙人。

吳承恩能知道葡萄牙人嗎？

其實吳承恩不僅能知道葡萄牙人，而且是明朝最有可能深入瞭解葡萄牙人的人。因為吳承恩的老師淮安府沭陽縣人胡璉，曾經是中國最早戰勝葡萄

牙人船隊的官員，歐洲火器得以傳入中國境內，而這對《西遊記》產生了重大影響。

萬曆《淮安府志》卷十四《名賢傳》：

> 胡璉，字重器，沭陽人，弘治乙丑進士，以南京刑部郎中，出為閩廣二藩兵憲職。剿賊不以殺為功，多所全活。島寇佛郎機牙，肆行海上。公選鋒猝入奪其火器，俘之。其器猛烈，蓋夷所常恃者。得之，遂為中國利，因號佛郎機。遷藩臬長，晉中丞。巡撫遍歷兩京、戶部，右堂致仕。遇徵安南，薦起督餉。卒年七十三。天性孝友，歷官以廉稱，而不事標顯，禮賓濟乏特厚。邃於經術，教授生徒甚眾。鄒東廓守益、程松溪文德，皆以童子，傳業成儒宗。其子孫已逝者，知府效才、京府判效忠、經魁應徵、都給事應嘉悉知名。

胡璉的孫子就是構陷沈坤的都給事中胡應嘉，胡家在淮安勢力很大，自然不把平民出身的沈坤放在眼中。吳承恩曾經從胡璉學習，所以吳承恩《射陽先生存稿》卷二《壽胡內子張孺人六裹序》，稱胡璉為：「我師南津翁。」胡內子張孺人，即胡璉長孫胡應恩的妻子。卷二《壽胡母牛老夫人七裹障詞》，吳承恩說：「自惟累葉周親，亦是連枝嬌客。」所以吳承恩很可能也是胡家的親戚，有如此親近的關係，吳承恩自然很有可能聽說葡萄牙人的故事。

正德十六年（1521 年）到嘉靖元年（1522 年），廣東海道副使汪鋐在今香港的屯門一帶打敗葡人。汪鋐因為戰功，升任廣東按察使。嘉靖元年（1522年），胡璉接任廣東海道副使。

陳文輔《都憲汪公遺愛祠記》記載汪鋐驅逐葡人之戰說：

> 正德改元，忽有不隸貢數號為佛朗機者，與諸狡猾，湊雜屯門、蔡涌等處海澳，設立營寨，大造火銃為攻戰具。佔據海島，殺人搶船，勢甚猖獗。虎視海隅，志在吞併。圖形立石，管轄諸番，膾炙生人，以充常食。民甚苦之，眾口嗷嗷，俱欲避地，以圖存活，棄其墳墓室廬，又極淒婉。事聞於公，赫然震怒，命將出師，親臨敵所，冒犯矢石，劬勞萬狀。至於運籌帷幄，決勝千里，召募海舟，指授方略，皆有成算。諸番舶大而難動，欲舉必賴風帆。時南風急甚，公命刷賊敵舟，多載枯柴燥荻，灌以脂膏，因風縱火，舶及火舟，通被焚溺。命眾鼓譟而登，遂大勝之，無孑遺。是役也，於正

德辛巳出師，至嘉靖壬午凱還。〔註11〕

此文說：「是役也，於正德辛巳出師，至嘉靖壬午凱還。」似乎是一次為時一年的戰爭，其實是兩場戰爭。根據葡人的記載，1521年，廣東海道副使進攻屯門的葡人，6月20日杜瓦爾特‧科埃略的船到屯門，加入戰爭，持續了40天，最後明軍的許多船燃燒，杜瓦爾特‧科埃略得以在1521年10月逃回馬六甲。因為明軍在1521年戰敗，1522年戰勝，所以明軍瞞報了1521年戰敗之事，陳文輔就把1521～1522年的兩次戰爭合記為一次勝仗。

真正指揮明軍大敗葡萄牙人的是汪鋐，不是胡璉。汪鋐的《奏陳愚見以弭邊患事》說，他在正德十六年正月，接到東莞縣白沙巡檢司巡檢何儒報告，因為到葡萄牙人的船上收稅，認識了為葡人效勞的中國人楊三、戴明，聽說他們在葡人軍中很久，知曉造船鑄銃的方法。汪鋐隨即派何儒以賣酒米為由，私通楊三。夜間用小船接回楊三，為明朝鑄造火銃，果然成功。汪鋐後來打敗葡人，全靠楊三等人的火銃。從葡人手中獲得火銃二十餘管，與楊三等人鑄造相同。〔註12〕所以《明史》卷三二五說，汪鋐進上佛郎機銃。

嘉靖帝《明世宗實錄》卷二四嘉靖二年三月壬戌：

> 佛郎機國人別都盧寇廣東，守臣擒之。初，都盧恃其巨銃利兵，劫掠滿剌加諸國，橫行海外。至率其屬疏世利等千餘人，駕舟五艘，破巴西國。遂寇新會西草灣，備倭指揮柯榮、百戶王應恩，率師截海御之。轉戰至稍州，向化人潘丁苟先登，眾兵齊進，生擒別都盧、疏世利等四十二人，斬首三十五級。俘被掠男婦十人，獲其二舟。餘賊末兒丁甫思多滅兒等，復率三舟接戰，火焚先所獲舟，百戶王應恩死之，餘賊亦遁。巡撫都御史張嶺、巡按御史塗敬以聞，都察院覆奏，上命就彼誅勠梟示。

別都盧就是葡萄牙文獻中所載的佩德羅‧豪曼（Pedro Homen），疏世利是別都盧指揮的戰艦西賽羅號（Siseiro），並非人名。《明實錄》所記的末兒丁‧甫思‧多‧滅兒，正是葡萄牙艦隊總指揮官梅勒‧科迪尼奧，全名為馬爾丁‧阿豐索‧德‧梅勒‧科迪尼奧（Martim Afonso de Melo Coutinho）。

〔註11〕康熙《新安縣志》，張一兵校點：《深圳舊志三種》，海天出版社，2006年，第471頁。

〔註12〕〔明〕黃訓：《名臣經濟錄》卷四三《兵部職方下》，《影印文淵閣四庫全書》第444冊。

末兒丁‧甫思‧多‧滅兒給葡萄牙國王的信說：

這兩位前來詢問的官員，一系布政使，另一為按察使，均為廣東大吏。他們下令海道攻擊葡萄牙人。這位海道，初來乍到，不知舊情，回答說無法從命，於是託病不出。〔註13〕

張萱《西園聞見錄》說：

> 正德年間，佛郎機匿名混進，突至省城，擅違則例，不服抽分，烹食嬰兒，擄掠男婦，設柵自固，火銃橫行。犬羊之勢其常，狼虎之心叵測。（汪）鋐與前任海道副使，並力驅逐。

有人說前任海道副使就是胡璉，我認為這是誤記，汪鋐本人就是前任海道副使。雖然胡璉不是打敗葡人的主帥，但是他已經到任，無疑知道此戰的詳情，看到了俘虜的葡萄牙人和歐洲火器。

所以胡璉退休回到淮安，很可能也把戰勝葡萄牙人的事情告訴淮安人，包括吳承恩，所以吳承恩能夠知道葡萄牙人的很多事情。

嘉靖三年（1524年）三月，南京守備、徐達六世孫、魏國公徐鵬上疏建議仿製佛郎機銃。四年，南京守備衙門仿葡萄牙船，因為兩側有很多長槳，所以稱為蜈蚣船，配備佛郎機銃。佛郎機銃在上海、浙江、福建等地海戰之中，發揮了很大作用。〔註14〕

葡萄牙人的事蹟，在吳承恩的時代是很神秘的新聞。但是吳承恩自幼喜好這些奇聞異事，他很可能對葡萄牙人很感興趣。葡萄牙人來自大地的極西部，帶來了很多新奇的事物，中國人仿造了不少。而《西遊記》的主題就是到西天取經，所以葡萄牙人的到來或許對吳承恩改寫《西遊記》產生了影響。

看《西遊記》中的菩提祖師，似乎是佛教的神仙，菩提源自印度，但是他講授的內容又都是道教的書籍和方術，所以前人不能明白這位菩提祖師的真正身份，往往用晚明的三教合一思潮去解釋吳承恩這種令人費解的描寫。我認為天主教在內地最早的傳教士利瑪竇，最初就是在廣東偽裝成來自印度的佛教徒，試圖讓中國人感覺比較親近。但是他又放棄這種身份，最早接觸天主教的中國人可能發現利瑪竇的佛教不是真正的佛教，所以產生了利瑪竇

〔註13〕金國平編譯：《西方澳門史料選粹（15～16世紀）》，廣東人民出版社，2005年，第102頁。

〔註14〕周維強：《佛郎機銃在中國》，社會科學文獻出版社，2013年，第54～58、88～108頁。

的宗教非驢非馬的印象。吳承恩和利瑪竇是同時代的人，利瑪竇也在南京等地活動，利瑪竇的名氣很大。吳承恩或許聽人說起利瑪竇，吳承恩或許不清楚利瑪竇的天主教，或許有所瞭解，但用非佛非道的菩提祖師來隱喻同樣是來自歐洲的傳教士。

七、金箍棒源自歐洲的火槍

孫悟空的武器金箍棒原來是東海龍王的定海神針，吳承恩《西遊記》第三回說：

> 悟空十分歡喜，拿出海藏看時，原來兩頭是兩個金箍，中間乃一段烏鐵，緊挨箍有鐫成的一行字，喚做如意金箍棒一萬三千五百斤。

金箍棒可大可小，小到繡花針大小，可以放在耳朵中。兩頭有金箍，中間是鐵棒，威力無比。

元代楊景賢《西遊記雜劇》第三本，孫悟空從耳朵裏取出的是生金棍，生金就是生鐵，此處的金泛指常見的金屬。所以元代《西遊記平話》中，孫悟空的武器就是鐵棍。生金不可能是金，否則太重。現實生活中，也沒有人用金銀等貴金屬做武器。

在吳承恩之前，金箍棒不是兩頭金的鐵棒，這個形態是吳承恩的創造，而且不是簡單的拼合金、鐵。

我認為，金箍棒就是葡萄牙人傳來的火銃，因為早期的火銃就是類似一根鐵管，而所謂兩頭的金箍，正是火銃兩頭固定槍管的鐵環，而且多是金黃色，所以吳承恩稱為金箍棒。

明代葉權的《賢博編》說：

> 鳥嘴銃，即佛郎機之手照。日本國制稍短，而後有關捩可開。佛郎機制，長而後閉。人持一支，如中國之帶弓矢。最貴重者，上錯黃金，可值銀百兩。乃以精鐵，先煉成莖，立而以長錐鑽之，其中光瑩，無毫髮阻礙，故發則中的。非若中國工人鹵莽，裹鐵心而合之，甚至三節接湊，然後鑽銼，其中既不圓淨，又忽斷裂，萬不及也。余親見佛郎機人，投一小瓶海中，波濤跳躍間，擊之，無不應手而碎。恃此為長技，故諸番舶，惟佛郎機敢桀驁。昔劉、項相距廣武間，羽數令壯士挑戰，漢王使樓煩輒射殺之。羽怒，自出，

樓煩不敢動。使有此物數支，伏陣中攢指之，何懼項羽哉！三國時，關將令有此，雖十呂布可斃也。然以之押陣守城及舟車之戰，可斃上將，以之倏忽縱橫，即便利不及他器矣。

佛郎機（葡萄牙）人的火銃很長，而日本的火銃較短。最貴重的火銃，夾以黃金，裹鐵管合成，我認為就是金箍棒的原型。

葉權曾經親眼看到葡萄牙人把瓶子投入海中，再用火銃擊碎！葡萄牙人帶來的西洋火銃給中國人極大的震撼，所以吳承恩筆下的孫悟空也即王直等人的武器，就是金箍棒，其實就是火銃。

明代鄭若曾《籌海圖編》卷十三《兵器》佛郎機圖說：

> 其制出於西洋番國，嘉靖之初年，始得而傳之。中國之人，更運巧思而變化之，擴而大之，以為發礦，發礦者，乃大佛郎機也。約而精之，以為鉛錫銃，鉛錫銃者，乃小佛郎機也。其制雖若不同，實由此生之耳。

歐洲火銃有大有小，中國人可以按比例改造。但是威力都很大，都是鐵棒的形狀。

嚴從簡《殊域周咨錄》卷九《佛郎機》引《月山叢談》說：

> 佛郎機與爪哇國用銃，形制俱同，但佛郎機銃大，爪哇銃小耳。國人用之甚精，小可擊雀。中國人用之，稍不戒，則擊去數指，或斷一掌一臂。銃制須長，若短則去不遠。孔須圓滑，若有歪斜澀礙，則彈發不正。惟東莞人造之，與番制同，餘造者往往短而無用。鋐入宰吏部，值北虜吉囊入寇，請頒佛郎機銃於北邊，凡城鎮關隘皆用此以禦寇。

歐洲火銃必須長，槍膛必須圓滑，外形看上去就是一根細長的圓鐵棒，這不就是金箍棒？東莞人還能仿製，中國人很快就能掌握製作技術。

清代印光任、張汝霖《澳門記略》卷下《澳蕃篇》說：

> 鳥銃，有長槍，有手槍，有自來火槍，其小者可藏於衣之中，而突發於咫尺之際。皆精鐵分合而成之，分之二十餘事，合之牝牡橐籥相茹，納紐篆而入。外以鐵束之五六重，圍四寸，修六七寸。

火銃有大有小，所以吳承恩說金箍棒可大可小。因為小的火銃可以放在衣袖中，所以吳承恩說金箍棒可以放在耳朵中。

我發現，16世紀的葡萄牙火槍不僅在槍口處有金色圓環箍住槍管，在槍

身的中部也有一道或兩道金色圓箍。

西洋火銃，初到中國，所向披靡，震驚東方。中國人仿製成功，風行內地，吳承恩生長在江蘇，又在浙江做官，他的老師胡璉據說是把西洋火銃引入中國的人，吳承恩豈能不知大名鼎鼎的西洋火銃？

吳承恩把王直的故事添加到了孫悟空身上，王直就是把西洋火銃傳入日本的人，所以吳承恩給孫悟空新配的武器就是西洋火銃！

馬來西亞國立歷史博物館的 16 世紀葡萄牙火槍

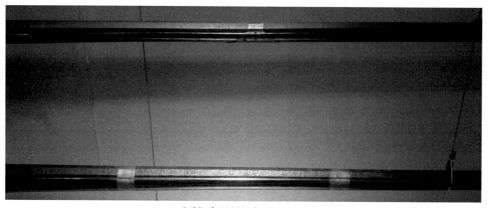

火槍中間的金色圓箍

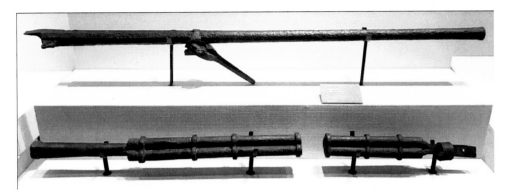

深圳南山區博物館的明代小佛郎機和三眼銃

第七章　吳承恩筆下的江淮文化

一、吳承恩筆下的江淮水鄉風貌

明代淮安人吳承恩創作了著名的長篇小說《西遊記》，書中有六百多條淮安方言詞，前人已有研究，[註1]本文不再證明。有人試圖用十多條其他方言詞證明吳承恩不是淮安人，顯然不能成立，因為十多條不能駁倒六百多條。其實書中不但在語言方面富有江淮特色，還描寫了很多江淮的風物民俗。前人雖然已有論述，比如劉懷玉先生考證《西遊記》提到的淮安蒲菜等事物。[註2]但是還有很多地方需要揭示，江淮以外或許不太瞭解，本文即論述書中展示的江淮文化。

淮安是水鄉，河湖交錯，水網密布，吳承恩居住的地方河下鎮不僅靠近黃河、運河，還靠近淮安城的西湖。因此吳承恩熟悉水鄉風貌，書中有不少諺語來自水上居民，吳承恩《西遊記》第三十二回孫悟空暗想：「常言道：乍入蘆圩，不知深淺。」蘆圩即多蘆葦的圩田，類似蘆葦蕩。蘆葦蕩人煙稀少，所以說不知深淺，此處的深淺其實是指面積大小。

又第七十九回孫悟空叫土地神去燒火，土地神率陰兵：「搬取了些迎霜草、秋青草、蓼節草、山蕊草、蔓蒿柴、龍骨柴、蘆荻柴，都是隔年乾透的枯焦之物，見火如同油膩一般。」可見吳承恩很熟悉草料，此處所說的三種柴其實

〔註1〕晁瑞、楊柳：《〈西遊記〉所見方言詞語流行區域調查》，《淮陰師範學院學報》2012 年第 2 期。

〔註2〕劉懷玉：《吳承恩作〈西遊記〉二證》，《東北師大學報（哲學社會科學版）》1986 年第 6 期。

不是來自樹木，也是草本植物。因為淮安一馬平川，缺少山林，所以淮安人把蘆葦當成柴來用，淮安人稱蘆葦為蘆柴。

淮安靠近黃河的地方，盛產杞柳，是一種黃河流域常見的低矮灌木，枝條柔軟，適合編成容器，淮安人俗稱為柳。第五十四回八戒笑道：「常言道：粗柳簸箕細柳斗，世上誰見男兒醜。」粗的柳條因為不值錢，所以編成簸箕，細的柳條比較精貴，所以編成笆斗，笆斗一般用來盛食品。

書中還多次提到船，第六十一回豬八戒道：「這正是俗語云：大海裏翻了豆腐船──湯裏來，水裏去。」第六十七回提到蟒蛇精吞下孫悟空：「那怪物肚皮貼地，翹起頭來，就似一隻贛保船。」

贛保船，可能是江北船的音訛。吳語稱江為 gang，讀音接近贛，現在上海話的戀讀 gang，北、保讀音接近，江淮話的北讀音接近 bok。江北船的名稱可能是江南人起名，再流傳到江北。淮安本來是明代的大碼頭，江南船隻彙集，所以有江南的叫法也很正常。

書中多次提到魚，用魚來比喻各種事物，第五十九回說火焰山的土地神：「後帶著一個雕嘴魚鰓鬼。」魚鰓形容臉頰乾瘦，嘴部自然突出如雕。

書中有不少諺語涉及魚，第五十四回八戒道：「你好癡啞！常言道，乾魚可好與貓兒作枕頭？就不如此。」乾魚與貓兒作枕頭，也就是肉包子打狗，有去無回。第八十五回小妖道：「大王卻在半空伸下拿雲手去捉這唐僧，就如探囊取物，就如魚水盆內撈蒼蠅，有何難哉。」第八十六回：「古人說得好，手插魚籃，避不得腥。」

第六回孫悟空和二郎神不斷比賽變化的描寫非常精彩，其中對魚和鳥的描寫尤其精確，說孫悟空：「忽見一隻飛禽，似青鷁，毛片不青。似鷺鷥，頂上無縷。似老鸛，腿又不紅。」因為都有破綻，於是認定是二郎神變的。二郎神看見：「打花的魚兒，似鯉魚，尾巴不紅。似鱖魚，花鱗不見。似黑魚，頭上無星。似魴魚，鰓上無針。」因為這魚是四不像，於是認定是孫悟空變的。因為吳承恩熟悉魚和水鳥，才能寫出如此精彩的情節。

吳承恩《西遊記》是在唐宋以來有關西遊故事的話本、雜劇、平話基礎上創作，很多故事的基礎來自前人，但是也有不少是吳承恩創造。對比吳承恩的百回本《西遊記》和此前的西遊故事，可以發現吳承恩新編的故事，出現了鼉龍精、金魚精、萬聖龍王、老黿精、黑魚精、鯰魚精、鱖魚婆等。鼉是揚子鰐，古代氣候比現在濕熱，所以古代淮安也有。黿原來也是江淮常見生

物，現在罕見。黑魚、鱖魚是江淮人常吃的魚，味道鮮美。這些故事全部來自淡水生物，也就是吳承恩在淮安熟悉的水鄉動物。書中出現的海洋生物很少，因為吳承恩主要在淮安內陸生活，極少去過淮安海邊，不熟悉海洋生物。

二、通天河老黿和淮河巨黿無支祁

淮河水神無支祁的說法來自唐代的楚州，就是今天的淮安，很多人相信無支祁是孫悟空的原型。特別是魯迅提出這一觀點，所以學界更加認可。

我認為明代百回本《西遊記》的作者就是淮安人吳承恩，但我不認為孫悟空的原型和無支祁有關。

先看《太平廣記》卷四六七李湯條引唐代《戎幕閒談》：

　　唐貞元丁丑歲，隴西李公佐泛瀟湘、蒼梧，偶遇征南從事弘農楊衡泊舟古岸，淹留佛寺，江空月浮，微異話奇。楊告公佐云：「永泰中，李湯任楚州刺史時，有漁人，夜釣於龜山之下。其釣因物所制，不復出。漁者健水，疾沉於下五十丈。見大鐵鎖，盤繞山足，尋不知極。遂告湯，湯命漁人及能水者數十，獲其鎖，力莫能制。加以牛五十餘頭，鎖乃振動，稍稍就岸。時無風濤，驚浪翻湧，觀者大駭。鎖之末，見一獸，狀有如猿，白首長鬐，雪牙金爪，闖然上岸，高五丈許。蹲踞之狀若猿猴，但兩目不能開，兀若昏昧。目鼻水流如泉，涎沫腥穢，人不可近。久乃引頸伸欠，雙目忽開，光彩若電。顧視人焉，欲發狂怒。觀者奔走。獸亦徐徐引鎖拽牛，入水去，竟不復出。時楚多知名士，與湯相顧愕悚，不知其由。爾時，乃漁者知鎖所，其獸竟不復見。」公佐至元和八年冬，自常州餞送給事中孟簡至朱方，廉使薛公蘋館待禮備。時扶風馬植、范陽盧簡能、河東裴蘧皆同館之，環爐會語終夕焉。公佐復說前事，如楊所言。至九年春，公佐訪古東吳，從太守元公錫泛洞庭，登包山，宿道者周焦君廬。入靈洞，探仙書，石穴間得古《嶽瀆經》第八卷，文字古奇，編次蠹毀，不能解。

　　公佐與焦君共詳讀之：「禹理水，三至桐柏山，驚風走雷，石號木鳴。五伯擁川，天老肅兵，不能興。禹怒，召集百靈，搜命夔、龍。桐柏千君長稽首請命，禹因囚鴻蒙氏、章商氏、兜盧氏、犁婁氏。乃獲淮、渦水神，名無支祁，善應對言語，辨江淮之淺深，原

熙之遠近。形若猿猴，縮鼻高額，青軀白首，金目雪牙，頸伸百尺，
力踰九象，搏擊騰踔疾奔，輕利倏忽，聞視不可久。禹授之章律，
不能制；授之烏木由，不能制；授之庚辰，能制。鴟脾桓木魅水靈
山妖石怪，奔號聚繞以數十載，庚辰以戰逐去。頸鎖大索，鼻穿金
鈴，徙淮陰之龜山之足下，俾淮水永安流注海也。庚辰之後，皆圖
此形者，免淮濤風雨之難。」即李湯之見，與楊衡之說，與《嶽瀆
經》符矣。

　　一般人看到無支祁是猿的形狀，就相信無支祁真的類似猿猴。我過去看
到這一段記載，也深信不疑，畢竟鬼怪不必按照自然界的常理來生長。但是
水下猿猴實在怪異，缺乏根據，猴子住在山上、樹上，不可能住在水中，古人
為何要把水神說成是猿猴的樣子呢？

　　長期的校勘考證，終於使我還是從猿猴的誤會泥潭中自拔，我悟出無支
祁是黿不是猿，猿是口頭傳說的訛誤。

　　江淮原來多大黿，清代江蘇泰州人夏荃《退庵筆記》：

　　　　道光乙未四五月間，大旱，河皆見底……市中間市巨黿，每枚
　　動八九斤……興化縣有村名孫家舍，初，土人遙見汊港中有巨物，
　　蠢蠢蠕動，駭不敢近。越日，漁師大集，迫視之，赫然大黿也……
　　有市得一前爪者，秤之得十一斤，計黿身重三石有奇云。

　　興化在裏下河地區的中心，地勢極為低窪，河湖密布，所以能生出巨黿，
傳說這只巨黿重達 300 斤，不是誇張，黿的體重可達兩百斤。

　　我的家鄉江蘇省濱海縣是 1940 年才從阜寧縣的沿海分出，而阜寧縣是清
代雍正九年（1731 年）從淮安府治所在的山陽縣分出，明代就屬山陽縣，我
和吳承恩是同鄉。而我的家鄉一直有水下巨黿的傳說，傳說在我家鄉南部的
射陽河的水底住著老黿，力氣很大，還能吃人。光緒《阜寧縣志》卷二四《雜
記》：「射湖之窯灣、鶴兒灣、李家尖、小尖、川子等處，皆有黿。大者如車
輪，小者如盆、如碗，時時出見，馴擾如恒，未嘗為怪異也。」

　　射陽河流經今天的淮安、阜寧、濱海、射陽等縣，在射陽縣入海。射陽
縣也是從阜寧縣分出，吳承恩自號射陽，源自古代的射陽縣。古代的射陽縣
城在今寶應縣東部的射陽湖鎮，古代的射陽縣境在今淮安、寶應、鹽城、阜
寧等縣交界處，淮安不過是佔有其中一部分。但是吳承恩好古，所以用射陽
為號。

射陽河現在已經是普通河流了，但是在 1957 年河口建閘之前是通海的大河。古代的射陽河極寬，故名射陽湖。射陽湖的前身是裏下河潟湖和大海之間的通道，裏下河之東有天然形成的貝殼堤隔斷大海，所以其內的海灣逐漸形成潟湖。潟湖和大海之間最大的通道就是射陽湖，逐漸縮窄為河。南宋建炎二年（1128 年），東京留守杜充為了阻擋金兵南下，人為掘開黃河大堤，從此黃河南下，在淮安注入淮河，合淮入海。直到清代咸豐五年（1855 年）才回到山東入海，其間黃河在江淮泛濫，毗鄰的射陽河接受了黃河泛濫的泥沙，逐漸縮窄。

因為古代的射陽河很寬，所以其中有大黿很正常。至於更大的淮河中，更有可能有大黿。所以淮河水神無支祁一定是黿，不是猿。

黿原來是中國南方常見動物，現在已經罕見。黿是淡水龜鱉類中體形最大的一種，體長為 80 到 120 釐米，體重約 50 到 100 千克左右，最大的超過100 千克。在水中時，水面上有吐出的津液，是一種通過口器排泄體內廢物的動物。

養過烏龜的人都清楚烏龜的慵懶，黿也一樣。無支祁的樣子完全是黿龜的慵懶神態，冬季就冬眠，平時愛睡覺，兩眼睜不開，涕泗橫流，唾液難聞，這不就是黿龜的樣子？特別是口吐唾液，尤其貼切。

無支祁的力氣很大，這是因為黿龜能背負重物。無支祁頸伸百尺，這不也是黿龜伸出頭來的樣子？至於所謂上下跳騰，不過是因為誤傳為猿猴之後的牽強附會罷了。無支祁是長鬐、金爪，黿的頸部有瘤狀突起，故名癩頭黿，誤傳為長鬐，猴子不會有長的鬃毛。黿的爪子黃灰色，所以說金爪。

更為關鍵的是，無支祁就在龜山的下面。龜山就是因為龜才得名，所以無支祁必然是龜。

無支祁的名字也是源自龜，無支祁和蟲廲讀音很近，無和蟲都是唇音，容易訛變，祁和廲的讀音也很接近。無支祁就是蟲廲，蟲廲就是龜。

黿一般不遷移，平時棲息在水底，夏季有時浮在水面，民間傳說這是風雨的信號，因此稱為水神。無支祁是白頭的猿，其實是白黿，楚人的水神就是白黿，屈原《九歌·河伯》：「乘白黿兮逐文魚，與女遊兮河之渚。」淮安古名楚州，是楚地楚文化。因為黿的顏色遠比烏龜淡，所以稱為白黿。

吳承恩在《西遊記》中寫到通天河的老黿，這是因為淮安本來就有老黿的傳說，所以無支祁是黿，不是猿，猿是誤傳。

三、金魚精與響水鯨魚廟

吳承恩《西遊記》第四十九回說，金魚精在海嘯時趕潮頭來到通天河，強佔老黿的府邸。

淮安本來靠海，古代河口都有海潮湧入，而且還有鯨魚乘潮進入內河。明代屬於淮安府的江蘇省響水縣，有江蘇省北部唯一沒有在河口建閘的河流——灌河，每年夏初，這裡的特產四腮鱸魚會隨著海潮上湧，這時海中的偽虎鯨群追逐鱸魚，也游到縣城響水鎮。響水鎮因為有海潮到此，所以得名響水口。古代建有龍王廟，古人把鯨魚看成是海龍王。

清代淮安府的海邊也有鯨魚擱淺，阜寧縣在雍正九年（1731年）之前，屬山陽縣，是山陽縣的出海口，據光緒《阜寧縣志》卷二十四《雜記》說，道光二十一年（1841年）三月初七，巨魚吹浪，橫截黃河（今黃河故道）海口，隨潮退旋，被推到青口海灘，不能轉動。居民割肉取油，腮骨兩具，河道總督麟慶派人取到三泓（今屬濱海縣）龍神廟，奉道光帝親書「神功普祐」匾額，以答神。咸豐五年（1855年）七月，有巨魚數十條，隨潮而上，有兩條巨魚到射陽橋，才捨棄魚群，東返大海。另外阜寧城東八蠟廟有大魚肋骨兩具，各長四五尺。野潮洋天后宮，有巨魚脊骨一具，巨如石礎。

看來在淮安府的海岸，人們經常看到鯨魚隨潮水進入內河，追逐魚群。也有不少鯨魚擱淺，所以吳承恩在淮安城內，聽到海邊的人講到鯨魚乘潮進入內河，他寫成了金魚。也有可能是今本《西遊記》出版前被人誤改，金魚很小，也不在海中，不可能打敗老黿。唯有海中的鯨魚，才能打敗老黿。

古人還用鯨魚的須板來做工藝品，唐代封寅《封氏聞見記》說：

> 海州土俗工畫，節度令造海圖屏風二十合。余時客海上，偶於州門見人持一束黑物，形如竹篾。余問之，其人云：「海魚腮中毛，擬用作屏風貼。」因問所得，云：「數十年前，東海有大魚，死於岸上，收得此。惟堪用為屏風貼，前後所用無數。」今官造屏風，搜求得此，奇文異色，澤似水牛角。小頭似豬鬃，大頭正方。長四五寸，廣可一寸，亦奇物也。今人間大魚腮中鬐毛長不盈寸，此物乃長四五寸，魚亦大矣。

唐代海州（今連雲港）有鯨魚擱淺，死在岸上，有人拿魚鰓中的毛來做海圖屏風上的貼塑，其實應是須鯨的須板。

萬曆《鹽城縣志》卷一《物產》：

　　　　鯊魚，嘉靖年間海潮送一魚上灘，長二十丈，海濱人以長木撐
　其口，走　入腹中取油。

　　這顯然是鯨魚，不是鯊魚，因為都是大魚，所以有人特別是文人聽到訛
傳弄錯了，常年在海上打魚的人不可能混淆。

四、捕魚、打雁、挖蛤、淘鹽

　　吳承恩《西遊記》第六十一回孫悟空被牛魔王變成豬八戒的樣子騙了，
孫悟空恨得高呼道：「咦！逐年家打雁，今卻被小雁啄了眼睛。」就是說每年
都打雁，卻被啄到眼睛。

　　第一回說孫悟空出外拜師，到了南贍部洲：「跳上岸來，只見海邊有人捕
魚、打雁、挖蛤、淘鹽。」捕魚、挖蛤、淘鹽都是現代人熟悉的海邊景象，唯
有打雁已經不為人熟知。其實古代海邊的打雁人比內陸更多，明代淮安府沿
海有安東、山陽、鹽城三縣，這三縣的海岸現在都屬鹽城市。因為是候鳥來
往的必經之地，所以鳥類很多，今鹽城沿海還有鳥類保護區。

　　吳承恩可能去過海邊的鹽城縣，他的文集有一篇《贈邑侯湯濱喻公入覲
障詞》，劉懷玉先生考出邑侯湯濱喻是嘉靖二十七年（1548 年）的鹽城知縣喻
希純，認為吳承恩可能去過鹽城縣。〔註3〕

　　我從家鄉的光緒《阜寧縣誌》卷二十二《藝文志》中發現，《廟灣鎮志》
原載吳射陽即吳承恩的一首詩《題郭郊墓》，郭郊是廟灣鎮（今阜寧縣）人，
全文是：「長湖東望草累累，無數荒垣落水湄。惟有全倫郭土墓，千年不泯孝
思碑。」長湖指從山陽縣（今淮陽）流到廟灣入海的射陽湖（即射陽河），從
詩文看來，吳承恩很可能來到海邊的廟灣。

　　淮安鹽城很近，吳承恩應有所瞭解。所以他說海邊人的生活主要是捕魚、
打雁、挖蛤、淘鹽，非常貼切。但是他的書中基本看不到海邊景物的具體描
寫，或許未到鹽城海邊，或許未在鹽城久居。

　　淮安因為多水，所以有很多大雁。江淮多水，古代大雁很多。《山海經·
海內東經》說：「雷澤中有雷神，龍身而人頭，鼓其腹，在吳西。都州在海中，
一曰郁州……韓雁是海中，都州南。」雷澤在吳（今蘇州）西，即太湖。郁州
即鬱洲，今連雲港雲台山，康熙五十年（1711 年）之前是海島。清崔應階《雲

〔註3〕劉懷玉：《光耀海邑——吳承恩嘉靖二十八年鹽城之行考》，《鹽城師院學報》
　　　　1986 年第 4 期。

台山志》卷一:「康熙庚寅、辛卯間海漲沙田,始通陸路。」〔註4〕其南有韓雁,或許與大雁有關,在今江蘇中部。

　　古代江淮有專門捕雁的人,北宋《太平廣記》卷四六二引王仁裕《玉堂閒話》說,淮南人張凝曾經親自捕雁,講述捕雁的方法。他說大雁成百上千,集體在江河的沙灘棲息,有雁奴站崗放哨,捕雁人舉燭而進,雁奴為雁群報警,捕雁人隨即隱藏。如此數次,雁群就不相信雁奴的警報,可以捕獲很多。

　　同卷引揚州人徐鉉《稽神錄》的《海陵人》說:

　　　　海陵縣東居,人多以捕雁為業。恒養一雁,去其六翮以為媒。

　　一日群雁回塞時,雁媒忽人語謂主人曰:「我償爾錢足,放我回去。」

　　因騰空而去,此人遂不復捕雁。〔註5〕

　　海陵縣是今泰州市,泰州在裏下河地區,水網縱橫,尤其是東部多水,所以那裡人多以捕雁為生,用雁媒捕雁。

　　天長縣也有人專門打雁,褚人獲《堅瓠集》廣集卷六:

　　　　耳談天長劉萬以打雁為業,人呼劉雁。然秋冬打雁而春夏則取

　　魚,其取魚也,以蘆竹為箔,而發視謂之起縱。

　　天長縣雖然在清代劃歸安徽省,但是夾在淮安和揚州之間,屬淮揚文化區。唐到北宋的天長縣都屬揚州,南宋因為淮河邊防需要,把天長縣劃歸新成立的盱眙軍。元代統一南北,天長縣隨盱眙縣歸屬泗州,屬淮安路。明代因為盱眙縣是朱元璋祖籍,所以把泗州劃入鳳陽府,清代劃歸安徽省。

　　天長縣人劉萬在秋冬大雁南來時打雁,春夏水漲時則捕魚,這則珍貴的資料告訴我們,原來捕魚、打雁是按季節分配。難怪吳承恩說海邊的人捕魚、打雁、挖蛤、淘鹽,把捕魚和打雁放在一起。

　　萬曆《淮安府志》卷四《田賦志》記載,每年鹽城縣貢雁 50 只,清河縣貢雁 49 隻,桃源縣貢雁 156 隻,沭陽縣貢雁 53 隻,海州貢雁 12 隻。〔註6〕

〔註4〕〔清〕崔應階重編、吳恒宣校訂:《雲台山志》,《中國方志叢書》華中地方第468 號,成文出版社,1983 年。

〔註5〕〔宋〕徐鉉撰、白化文點校:《稽神錄》,北京:中華書局,1996 年,第 136頁。

〔註6〕萬曆《淮安府志》,《天一閣藏明代地志選刊續編》第 8 冊,第 408～411 頁。

五、盱眙縣小張太子和水母娘娘

吳承恩《西遊記》第六十六回說孫悟空打不過黃眉怪，到武當山求真武大帝，真武大帝派龜、蛇二將並五大神龍帶兵援助，仍然不成功，日值功曹說：

> 這枝兵也在南贍部洲盱眙山蠙城，即今泗洲是也。那裡有個大聖國師王菩薩，神通廣大。他手下有一個徒弟，喚名小張太子，還有四大神將，昔年曾降伏水母娘娘。你今若去請他，他來施恩相助，準可捉怪救師也。

孫悟空到了盱眙山，看到：

> 南近江津，北臨淮水。東通海嶠，西接封浮。山頂上有樓觀崢嶸，山四裏有澗泉浩湧。嵯峨怪石，槃秀喬松。百般果品應時新，千樣花枝迎日放。人如蟻陣往來多，船似雁行歸去廣。上邊有瑞岩觀、東嶽宮、五顯祠、龜山寺，鍾韻香煙沖碧漢；又有玻璃泉、五塔峪、八仙臺、杏花園，山光樹色映蠙城。白雲橫不度，幽鳥倦還鳴。說甚泰嵩衡華秀，此間仙景若蓬瀛。

如果吳承恩不是淮安人，他不可能在書中大談盱眙的風景，而且寫得如此貼切。而且他說的盱眙小張太子不見於其他史書，書中小張太子自稱：

> 祖居西土流沙國，我父原為沙國王。自幼一身多疾苦，命乾華蓋惡星妨。因師遠慕長生訣，有分相逢捨藥方。半粒丹砂袪病退，願從修行不為王。學成不老同天壽，容顏永似少年郎。也曾趕赴龍華會，也曾騰雲到佛堂。捉霧拿風收水怪，擒龍伏虎鎮山場。撫民高立浮屠塔，靜海深明舍利光。楮白槍尖能縛怪，淡緇衣袖把妖降。如今靜樂蠙城內，大地揚名說小張！」

傳說泗州大聖來自中亞的何國，此處說小張太子來自西域流沙國，顯然是從泗州大聖的故事演變而來。小張太子是很晚才在盱眙出現的神，但是吳承恩能知曉，說明他可能去過盱眙，或者聽盱眙人說過。他不僅在書中寫到，而且還排在武當山諸神之後。小張太子不能降服黃眉怪，最終才為黃眉怪的主人東來佛祖收服。說明吳承恩認為盱眙的小張太子本領在武當山諸神之上，甚至在孫悟空之上，這也證明吳承恩是淮安人。

乾隆《盱眙縣志》卷十三：「張元伯廟，在縣東二十里張范莊。祠山廟，在舊縣祠山聖烈張真君，諱渤，字伯奇，武陵龍陽人。今廟併入鄉賢祠後。」

這兩個張姓神，都不是小張太子。

小張太子和泗州大聖降服水母的故事非常有名，吳承恩的好友寶應縣人朱曰藩曾經看過元代的小說《大聖降水母》，此處的大聖就是泗州大聖。〔註7〕寶應縣緊鄰淮安，唐宋時期就屬楚州（治今淮安）。

所謂的水母娘娘是指水神，但是現在水母一詞移用到了海蜇的身上。這也可以在江淮找到根源，因為近代才從淮安分出的鹽城人傳說在大旱之年，河流上游來水減少，海潮就會倒灌。這時海蜇就會乘潮水漂到內陸，據說這是海潮倒灌的信號。古代淮河口在今天的內陸，淮安到盱眙一帶都能看到海潮，所以才有泗州大聖降服水母娘娘的傳說。

六、碗子山波月洞之名源自淮安鉢池山

吳承恩《西遊記》第二十八回到第三十一回說，碗子山波月洞的黃袍怪，搶了寶象國的公主十三年，還把唐僧變成老虎，嫁禍唐僧。

而緊接著的第三十二回開始的下一個故事主角金角大王、銀角大王，住在平頂山蓮花洞。

這兩個地名很有意思，碗子是突出的形狀，平頂則反之。波月是指水，蓮花也在水中。一正一反，必有深意。

在吳承恩老家淮安府城西北，明清時期的黃河、淮河、運河交匯處有漕運樞紐清江浦，近代的地位超過淮安府城，成為地區中心，後設淮陰市，今為淮陰市清江浦區。淮陰和淮安之間有一座很矮的小山，叫鉢池山。雖然很小，但是很有名，很早就被道家列為七十二福地之一。

第三十一回，奎宿自己對玉皇大帝檢討說，自己變作妖魔，佔了名山，說明碗子山是一座名山，不是荒山野嶺，正是鉢池山。

近代人冒廣生所輯的《鉢池山志》說：「杜光庭《洞天福地記》：鉢池山在楚州。《山陽縣志》：鉢池一山，僅附培塿之末。《淮安關志》：鉢池山在關署西北五里許，岡阜盤旋八九里，形如鉢盂。」又引王棠《遊鉢池山記》：「鉢池山去淮城十里，鉢形，袤延周匝可十里許，環以水，故名。」

這座小山，因為在南北交通咽喉，因而出名。我以為吳承恩熟悉鉢池山，因而把鉢池山的名字改為碗子山，鉢、碗接近，波月就在池塘中，所以碗子山波月洞就是從鉢池山而來。而平頂山蓮花洞又是從碗子山波月洞而來，或

〔註7〕劉懷玉：《吳承恩與〈西遊記〉》，東方出版中心，2008年，第125頁。

者也可以說是從缽池山而來。

　　吳承恩還為缽池山的景會禪寺寫過一篇《缽池山勸緣偈》，開頭是：「我聞南瞻部洲七十二福地，有一福地缽池山。」〔註8〕說明他熟悉缽池山，而碗子山波月洞也是一座佛寺，竟有如此巧合。

七、孫悟空的黑屁股與高郵黑屁股

　　吳承恩《西遊記》第三十四回說孫悟空變成小妖，但是被豬八戒識破，因為猴屁股沒有變好，還是兩塊紅。孫悟空跑到廚房，在鍋底摸了一把，塗在屁股上，成了黑屁股。

　　孫悟空為何要把屁股塗黑？吳承恩也可以寫孫悟空摸了白色的泥土，塗成白屁股。

　　其實黑屁股是江淮俗語，最有名的俗語是高郵人黑屁股。清代李汝珍久居江蘇海州，在此寫成長篇小說《鏡花緣》，第三十二回：

　　　　林之洋道：「俺又猜著幾個國名。請問老兄：腿兒相壓可是交脛國？臉兒相偎可是兩面國？孩提之童可是小人國？高郵人可是元股國？」主人應道：「是的。」於是把賜物都送來。唐敖暗暗問道：「請教舅兄：高郵人怎麼卻是元股國？」林之洋道：「高郵人綽號叫作黑尻，妹夫細細摹擬黑尻形狀，就知俺猜的不錯了。」多九公詫異道：「怎麼高郵人的黑尻，他們外國也都曉得？卻也奇怪。」

　　李汝珍因為移居海州，所以瞭解到高郵人黑屁股的俗語，故意寫在書中，說外國人都聽說了。

　　晚清錢錫寶的長篇小說《檮杌萃編》，因為緒太尊是高郵人，亨太尊叫他黑屁股，拿他開心，他也直認不辭。

　　其實高郵人黑屁股不過是訛傳，源自高郵的一種船，這種船俗名黑屁股，因為船尾是黑色。所以清人韋柏森寫高郵的《秦郵竹枝詞》有一首說：「旗丁漕運向清淮，順帶鄰封寶應差。不是糧船黑屁股，那來幾輩語詼諧。」吳承恩是淮安人，淮安和高郵之間，僅隔一個寶應縣，文化接近，三地有大運河連接，往來便利。所以吳承恩一定知曉高郵人黑屁股的俗語，在書中抖了一個小包袱。

〔註8〕吳承恩著、蔡鐵鷹箋校：《吳承恩集》，中國社會科學出版社，2014年，第101頁。

八、豬八戒的出場服來自南通

吳承恩《西遊記》第十八回豬八戒出場時：

> 那陣狂風過處，只見半空裏來了一個妖精，果然生得醜陋。黑
> 臉短毛，長喙大耳，穿一領青不青、藍不藍的梭布直裰，繫一條花
> 布手巾。行者暗笑道：「原來是這個買賣！」

孫悟空為何要笑豬八戒呢？因為吳承恩住在明朝最大都市之一的淮安，淮安人穿著時髦，而豬八戒穿的是青不青、藍不藍的梭布直裰，這是鄉下人穿的土布衣。過去江蘇南通等地盛產這種土布，又粗又厚。一種是白色的大布，一種是花布，顏色多是藍色，所以說青不青、藍不藍。因為是用梭機織成，所以又稱為梭布。

嘉靖南通地方志《通州志》卷一《物產》記載商品有：帨、苧布、藍靛、麻、木綿花。帨是手巾，麻、棉都是織布的原料，藍靛是把布染成藍色的染料。康熙《通州志》卷七《物產》說：「農民種業多棉花，所為布頗粗，然緊厚耐著，織苧絲為布稍精細，或織為蚊帳，或織為手巾，俱雅致。」

南通土布遠銷華南，清代南通地方志《州乘一覽》卷八《物產》草類說：「閩粵人秋日抵通，買花衣，巨艘千百，皆裝布囊，標記其上，以線花為上，其黃花不中經緯者悉剔之。農家彈作絮，被褥、衣袴最稱安襖，而價實廉也。」

近代南通土布生產的極盛期，有土布行莊 500 餘家，花行 300 餘家，農村有土布織戶十餘萬戶，上百萬人。年產 2000 萬匹，銷往東北的達 800 萬匹。明清南通是中國四大土布之鄉，所以張謇發展南通紡織業有深厚歷史基礎。

泰州人趙瑜在同治三年（1864 年）寫的《海陵竹枝詞》第 92 首說：

> 儀揚秀髮有豐神，高寶興還服飾新。玄色套加打腰布，出場知
> 是自家人。（俗稱帶為打腰布）

這首說儀徵、揚州、高郵、寶應、興化人的打扮新潮，泰州人的衣著很土，黑色的外套上還有粗糙的打腰布。清代李琪寫南通的《崇川竹枝詞》說：

> 布衣青鞋太古民，相逢各自敘親鄰。君是安定鄉中長，我是集
> 賢里中人。

宋代大儒胡瑗是如皋安定鄉人，王觀是如皋人，四代連中進士、狀元，所居名集賢里，如皋人的穿著也很古樸，明代的淮安是大都市，泰州、如皋等地在淮安看來是小地方。

所以吳承恩是借鄉下人的穿著來描寫豬八戒，也借豬八戒來嘲笑鄉下人。孫悟空代表市民，豬八戒代表農民，高老說豬八戒：

> 耕田耙地，不用牛具，收割田禾，不用刀杖……食腸卻又甚大，一頓要吃三五斗米飯，早間點心，也得百十個燒餅才夠。

這是典型的農民特徵，豬八戒的武器釘耙也是農具，豬八戒的身上不僅穿著農民的服裝南通土布，還繫一條花布手巾，幹農活時好擦汗。

豬八戒對孫悟空變化的妻子說：

> 你惱怎的？造化怎麼得低的？我得到了你家，雖是吃了些茶飯，卻也不曾白吃你的。我也曾替你家掃地通溝，搬磚運瓦，築土打牆，耕田耙地，種麥插秧，創家立業。如今你身上穿的錦，戴的金，四時有花果享用，八節有蔬菜烹煎，你還有那些兒不趁心處，這般短歎長吁，說甚麼造化低了？

豬八戒好像一個高攀的佃農，沒有自己的產業，所以第三十回去花果山請回孫悟空，很羨慕地山：

> 若是老豬有這一座山場，也不做甚麼和尚了。

孫悟空經常戲弄豬八戒，這是市民對農民的戲弄。明代中期，經濟發展迅速，城市規模擴大，所以這種情節實屬正常。

九、豬八戒取笑福祿壽三星的原因

《西遊記》第二十六回說孫悟空砍倒了鎮元大仙的人參果樹，找蓬萊仙境的福祿壽三星來，想把樹救活，三星來到：

> 那八戒見了壽星，近前扯住，笑道：「你這肉頭老兒，許久不見，還是這般脫灑，帽兒也不帶個來。」遂把自家一個僧帽，撲的套在他頭上，撲著手呵呵大笑道：「好，好，好！真是加冠進祿也！」那壽星將帽子摜了罵道：「你這個夯貨，老大不知高低！」八戒道：「我不是夯貨，你等真是奴才！」福星道：「你倒是個夯貨，反敢罵人是奴才！」八戒又笑道：「既不是人家奴才，好道叫做添壽、添福、添祿？」

又說：

> 八戒又跑進來，扯住福星，要討果子吃。他去袖裏亂摸，腰裏亂吞，不住的揭他衣服搜檢。三藏笑道：「那八戒是什麼規矩！」八

> 戒道：「不是沒規矩，此叫做番番是福。」三藏又叱令出去。那呆子
> 出門，瞅著福星，眼不轉睛的發狠，福星道：「夯貨！我那裡惱了你
> 來，你這等恨我？」八戒道：「不是恨你，這叫回頭望福。」那呆子
> 出得門來，只見一個小童，拿了四把茶匙，方去尋鍾取果看茶，被
> 他一把奪過，跑上殿，拿著小磬兒，用手亂敲亂打，兩頭玩耍。大
> 仙道：「這個和尚，越發不尊重了！」八戒笑道：「不是不尊重，這
> 叫做四時吉慶。」

一般人或許看不懂這兩段話，不知豬八戒為何要無理取鬧，他和福祿壽三星毫無過節，而且三星是老人，為何要如此無禮？

其實這不是吳承恩故意鋪排編造，而是來自江淮風俗。明清江淮節日喜慶之時，會有一些人裝扮成福祿壽三星的樣子，到人家的家裏來，口念添壽、添福、添祿，討得一些好處。他們有時在人們的身上搜尋，美其名曰翻翻是福，取諧音番番是福。又望人家的房間內四處張望，美其名曰回頭望福。手裏敲打小磬，美其名曰四時吉慶。

裝扮福祿壽三星的人一般是城市貧民，甚至是乞丐。但是他們索取的不過是雞毛蒜皮，而一般人家在婚慶生日，為了討得口彩，或者為了擺闊，也不去驅趕，甚至主動給些小錢。可是裝扮成福祿壽三星的人，本質上還是被人鄙視，至少被人取笑。豬八戒的取笑，就源自此處。豬八戒說這些人是奴才，因為明代還有主奴，裝扮成福祿壽三星的人都是奴才。如果是吳承恩的同鄉，看到這兩段，就能理解吳承恩的用意。

這些風俗，在現在的江淮已經很少看到。但是三十年前，在我小的時候還有一些遺存。特別是過年正月初一，會有人裝扮成財神老爺，到各家門口甚至房間門口張望，稱為跳財神。這時各家各戶都要給點小錢，表示歡迎財神，來年帶來更大好運。

十、淮安方言的補充解釋

現在流行的長篇小說《西遊記》是明代淮安人吳承恩創作，此書全文浸透淮安方言。方言問題非常重要，第 67 回豬八戒說他會變成賴象、科豬、水牛、駱駝，有人不懂江淮話，誤以為科豬是沒毛的豬，其實江淮話的科豬是母豬。豬八戒是公豬，變成母豬才可笑。

關於書中的淮安方言詞，劉懷玉考出近 60 條，廖大谷考出 85 條，但是

其中有些是劉懷玉提到或其他方言也有的詞條。最近又有學者總結出《西遊記》中的淮安話詞語 640 條，可謂一網打盡。王毅所列淮安話詞彙，又有出入，有的是新考出。〔註9〕雖然如此，吳承恩《西遊記》中仍有一些淮安方言詞未曾為人指出，本處予以解釋。

本人家鄉是江蘇省濱海縣，全境原屬阜寧縣，1941 年從阜寧縣分出。而阜寧縣原屬淮安府治山陽縣，清代雍正九年（1731 年）才從山陽縣分出。所以濱海、阜寧兩縣的方言也即阜海方言最接近淮安方言，屬於江淮方言淮揚片淮安小片。所以本人看吳承恩寫的《西遊記》，不僅非常親切，而且很容易看懂。前人未考全吳承恩《西遊記》中的淮安方言，或許是一時疏漏，或許是因為有的詞在現在的淮安方言已經消失。屬於淮安方言小片的阜寧、濱海方言因為地處海隅，保留的古語比西北內陸且扼守運河要衝的淮安府城多。

齾虎

第一回說孫悟空：「他走近前，弄個把戲，妝個齾虎，嚇得那些人丟筐棄網，四散奔跑。」第五十四回：「一個個都撚手矬腰，搖頭咬指，戰戰兢兢，排塞街旁路下，都看唐僧。孫大聖卻也弄出醜相開路。沙僧也裝齾虎維持。八戒踩著馬，掬著嘴，擺著耳朵。」

在阜海方言中，有一個詞是：哇虎骨稽，形容亂七八糟的東西，骨稽無疑是滑稽。哇虎就是齾虎，齾的讀音接近阿，所以就是 wa。《廣韻·麻韻》齾：「女作姿態。」顯然是婀的同源字，阜海方言的婀讀作 uu。孫悟空裝個齾虎，就是扮個鬼臉。孫大聖弄出醜相，正對應下一句沙僧裝個齾虎。齾虎，源自鬼畫符的畫符，阜海方言把亂寫亂畫說成鬼畫符。道士畫的符，很難看懂，引申為亂塗亂畫，再引申為亂七八糟的東西和鬼臉。人文本解釋為嚇人的樣子，是正解，李洪甫解釋為兇狠咬人的樣子，是誤解。

照

第六回：「被二郎爺爺的細犬趕上，照腿肚子上一口。」

照就是對準，可以搭配動作的目標。

〔註9〕劉懷玉：《〈西遊記〉中的淮安方言》，《明清小說研究》1986 年第 1 期。廖大谷、石如傑：《〈西遊記〉中蘇北方言詞語彙釋》，《蘇州大學學報》1987 年第 2 期。王毅：《〈西遊記〉中淮安方言臆箚》，《明清小說研究》1995 年第 3 期。晁瑞、楊柳：《〈西遊記〉所見方言詞語流行區域調查》，《淮陰師範學院學報》2012 年第 2 期。王毅：《〈西遊記〉詞彙研究》，上海三聯書店，2012 年，第 190～282 頁。

壽促

第十一回說到三次壽促，都是指唐太宗的妹妹玉英喪命。

阜海方言中的壽促指折壽、短命，促指短促，是形容詞。常見的罵人話是促壽、小促壽、老促壽、促大壽的，都是名詞，書中的壽促是形容詞。

癡癡瘂瘂、癡瘂、如癡如啞、癡啞

第十一回：「眾臣悚懼，骨軟筋麻。戰戰兢兢，癡癡瘂瘂。」第五十四回：「長老越加癡瘂。」第五十五回：「只得戰兢兢，跟著他步入香房，卻如癡如啞。」第五十五回八戒道：「你好癡啞！常言道，乾魚可好與貓兒作枕頭？」。

癡癡瘂瘂、癡瘂、如癡如啞、癡啞是一個意思，表示傻，瘂是正字。現在阜海方言一般說瘂瘂、瘂大癡，也單說瘂。還有瘂怪一詞，指沒話找話。

嗒嗒嗤嗤

第二十三回：「那呆子拉著馬，有草處且不教吃草，嗒嗒嗤嗤的趕著馬，轉到後門首去。」

嗒嗒嗤嗤，指無精打采，現在阜海方言又說成嗒嗤嗒嗤，嗒讀 ta?。嗒和耷是同源字，無精打采時會把頭耷下來。

的的當當

第二十三回行者道：「還計較什麼？你已是在後門首說合的的的當當，娘都叫了，又有什麼計較？」

阜海方言中，的當指應該。人文本改為停停當當，雖然意思也符合，但是改變了原貌。

大達赸步

第二十三回：「好大聖，把金箍棒揝一揝，萬道彩雲生。那馬看見拿棒，恐怕打來，慌得四隻蹄疾如飛電，颼的跑將去了。那師父手軟勒不住，盡他劣性，奔上山崖，才大達赸步走。」

人文本解釋為放慢了腳步，王毅解赸步為緩慢，又誤以為不是江淮話，李洪甫也解釋為安步而行。我認為這些解釋都錯了，從上下文看，明明是指快速奔跑。其實在現在的阜海方言中，大踏步是快走，而赸也是快走，赸讀 ʃi。但是現在的濱海話不會把大踏步和赸連用，可能是因為數百年前的淮安方言有別，或是吳承恩連用。

扢蒂、丁

第二十四回說人參果：「真個像孩兒一般，原來尾閭上是個扢蒂，看他丁在枝頭，手腳亂動，點頭幌腦。」

扢蒂就是芥蒂、結蒂，都是同源字，原指花蒂，扢讀 kəʔ。丁，淮安話就是黏，讀作丁。因為淮安話的一些字保留了上古音知端合一的特點，所以黏讀成丁。現在濱海縣方言的沾染的沾讀 taeʔ，黏貼的黏除了讀丁，又讀 taʔ，表示雨淋的霑也讀 taʔ，表示蓋的苫也讀 taʔ，表示泥塑的黏也讀 taʔ，濁又讀 toʔ。這不是一個或一組字，而是很多字。〔註10〕

齁

第二十八回：「豈知走路辛苦的人，丟倒頭，只管齁齁睡起。」

齁，既是睡覺的擬聲詞，也是睡覺的動詞，方言說齁覺，即睡覺。齁雖然源自擬聲詞，但不是指打呼。

扢迸迸

第二十九回說黃袍怪：「那老怪聞言，十分發怒。你看他扢迸迸，咬響鋼牙；滴溜溜，睜圓環眼；雄糾糾，舉起刀來；赤淋淋，攔頭便砍。」

扢迸迸，形容咬牙切齒，現在阜海方言還常用這個詞，扢讀 kəʔ。

家的家

第二十九回又詩詞說寶象國：「廓的廓，城的城，金湯鞏固。家的家，戶的戶，只鬥逍遙。」

所謂家的家，戶的戶，指每一家、每一戶。現在說家頂家，指每一家。的、頂，音近。

抹眼

第三十三回：「那怪急回頭，抹了他一眼。」第三十四回：「那大聖口裏與八戒說話，眼裏卻抹著那些妖怪。」

抹在淮安話中，指瞥，讀成 maeʔ，本字應是蔑，蔑的上古音是 mat，也有人讀成 miʔ，這是晚出的音。還有蔑大蔑大、蔑大等詞，蔑大蔑大就是瞥，蔑大的蔑讀成 ma，指眼皮下垂，因為瞥也是用餘光。還有眯蔑、眯眯蔑蔑，蔑也讀成 ma，但是眯蔑、眯眯蔑蔑指有的人做事情有時候睜一隻眼閉一隻眼。

〔註10〕周運中：《濱海史考》，江蘇鳳凰科學技術出版社，2015 年，第 10 頁。

發狠

第三十六回：「這大聖正在前邊發狠搗叉子亂說。」

阜海方言中的發狠，不是一般的發怒，而是指發怒時對他人的詛咒，有時也指自己為了某種理想的發誓，總之發狠常指發怒時同時說話。

哺哺

第三十八回：「那呆子撲通的一個沒頭蹲，丟了鐵棒，便就負水，口裏哺哺的嚷道：『這天殺的！我說到水莫放，他卻就把我一按！』。」

江淮方言中，水溢出來稱為哺，此處的哺哺指豬八戒的口中嗆了水，水從嘴中溢出來。

稽遲

第三十九回行者道：「前日事，老孫更沒稽遲，將你那五件寶貝當時交還，你反疑心怪我？」

此處的稽遲就是疑遲，也即遲疑，因為阜海方言中表示姓氏的稽與懷疑的疑同音，所以稽遲就是疑遲。

吃食

第四十回：「呆子只是想著吃食，那裡管什麼好歹，使戒刀挑斷繩索，放下怪來。」

淮揚方言中的食物稱為吃食，食品店稱為吃食店，喜歡大吃大喝的人被人戲稱為吃食戶。

搽

第四十回紅孩兒說：「師父，那些賊來打劫我家時，一個個都搽了花臉，帶假鬍子，拿刀弄杖的。」

搽，指塗抹。

高作

第四十二回：「他與那豬八戒當時尋到我的門前，講什麼攀親託熟之言，被我怒發衝天，與他交戰幾合，也只如此，不見什麼高作。」

作指主意、招數，又說成作子，高作就是高明的招數。

團圞

第四十九回老黿說：「我鬥他不過，將巢穴白白的被他佔了。今蒙大聖至此搭救唐師父，請了觀音菩薩掃淨妖氛，收去怪物，將第宅還歸於我。我如

今團圞老小，再不須挨土幫泥，得居舊舍。」

現在阜海方言中的團圞指周圍，團圞本指圓形之貌，謝靈運《登永嘉綠嶂山》詩云：「澹瀲結寒姿，團欒潤霜質。」又引申為周圍，此處的團圞可能是指四周，也有可能是指團聚。團圞又從圓形引申指陀羅，陀羅的名字源自圓形。

夢夢查查

第五十二回：「慌得那些大小妖精，夢夢查查的，披著被，朦著頭，喊的喊，哭的哭，一個個走頭無路，被這火燒死大半。」

查，在阜海方言中讀成 tsae?，音同扎，這個字的本字源自掙扎，夢夢查查指在睡覺中間半醒不醒的狀態。

頸項

第六十一回：「這大聖收了金箍棒，撚訣念咒，搖身一變，變作一個海東青，颼的一翅，鑽在雲眼裏，倒飛下來，落在天鵝身上，抱住頸項旺眼。」

阜海方言中的頸項指脖子，可以單說頸項，也有人說頸項脖、頸項脖子。頸項是古語，頸項脖子是晚近與北方話的合成詞。

刁

第七十七回：「妖精輪利爪刁他一下，被佛爺把手往上一指，那妖翅膊上就了筋。」

淮安方言中，抓說刁，此處的刁就是刁，也即抓。就筋指手腳抽筋，證明上文的刁確實是指用爪子抓。

有學者用泰州話解釋《西遊記》中的方言，[註11]但是所列十個泰州話的詞全部都是淮安話常見詞。總之，書中特有的泰州方言詞極少，說明作者肯定不是來自泰州方言區的人。第二十四回清風說：

你的耳聾？我是蠻話，你不省得？你偷吃了人參果，怎麼不容我說。

現在淮安方言已經沒有省得一詞，所以《西遊記》多用曉得。但是現在泰州方言保留省得一詞，此處的省得可能是明代的淮安話中保留的詞，也有可能是吳承恩有意或無意使用，或許是因為興化人李春芳校正吳承恩原稿才

〔註11〕高菁菁、葛崇烈：《從泰州方言看〈西遊記〉的一些詞語》，《方言》2014 年第
　　　　4 期。

改用，興化人說的是泰州話。

淮安人稱說北方話的人為侉子，稱說泰州話的人為冒子，稱說吳語的人為蠻子。冒子很可能是就是蠻子的古音，泰州話的底層就是吳語。上一句有蠻話，或許下一句故意使用省得。《西遊記》把聽不懂的話稱為蠻話，正說明作者不是江南人。在淮揚話中，蠻是貶義詞，比如形容人說聽不懂的話，就說蠻子格朗，又說成扯蠻。而瞎扯蠻的意思是瞎搞，不限於指話語。

還有人用海州話解釋《西遊記》中的方言，〔註12〕但是所列詞語基本都是淮安話的常見詞，而且多數是前人曾經解釋過的詞。

有人說《西遊記》中多次出現杭州話耍子兒，甚至因此說全書的基本方言是杭州話。〔註13〕此說極其荒謬，《西遊記》全書僅有8次出現耍子兒，而有67次出現耍子兒，說明耍子是主流。耍子也不是杭州話的特有詞，吳語很多地方都說耍子。吳承恩說的是五百年前的淮安話，比現在的淮安話更接近古語，所以明代中期的淮安話中很可能就有耍子一詞。

還有人列出《西遊記》中的14條湘方言，認為這是因為吳承恩曾經在湖北的荊王府任紀善的原因。〔註14〕我以為此說不確，因為這14條中就有淮安方言，比如第2條把、第3條哈話、第7條樣範、第9條哩、第14條才子，而第5條各樣指這樣，也是典型的吳語詞，很可能在明代的淮安方言中就有。所以書中的所謂湘方言其實很少，不足以證明吳承恩受到湘方言影響，而且湘方言和荊王府所在的蘄春話差別很大，蘄春話現在還屬於江淮方言。

還有人說《西遊記》中有河南省新野縣方言，〔註15〕不過所列的詞條很多都是北方話共有詞，這是因為淮安本來接近北方方言區，所以淮安話中就有這些詞。所謂在嘉靖三十五年到三十六年（1556～1557年）任過新野縣知縣的吳承恩，不過是另一個同名的人。

〔註12〕張訓：《〈西遊記〉和海州方言》，《明清小說研究》1993年第3期。

〔註13〕楊子華：《從「耍子兒」談〈西遊記〉中的杭州方言》，《運城學院學報》2004年第1期。

〔註14〕張曉康：《再論〈西遊記〉中的湘方言》，《湖南廣播電視大學學報》2004年第3期。

〔註15〕張成立：《〈西遊記〉的作者吳承恩任過新野知縣——兼述〈西遊記〉中的新野方言》，《南都學壇》1995年第4期。

結論：從文學地理看吳承恩的必然性

　　淮安人吳承恩，是明代百回本長篇小說《西遊記》的作者，這一點已經是主流觀點，得到本書最新論證。但是因為明代的刻本未署吳承恩之名，所以至今仍然有人不接受，他們試圖用種種不能成立的證據來否定吳承恩，或許他們認為今天的淮安不過是江蘇省北部的二線城市，怎麼能產生如此偉大的作品呢？

　　其實從文學地理學的視角來看，《西遊記》的作者就是吳承恩，而且只能是吳承恩！試看：

　　1.《封神演義》的作者是南京人許仲琳和揚州人李雲翔

　　2.《儒林外史》的作者吳敬梓，安徽全椒縣人，他的活動之地和全書故事以南京和揚州為主

　　3.《紅樓夢》的作者曹雪芹，以他的家族在揚州和南京的歷史為背景，寫成這部名著

　　4.《鏡花緣》的作者李汝珍，祖籍河北，少年時代遷居到海州板浦鎮（今江蘇灌雲縣板浦鎮），在此成書

　　5.《老殘遊記》的作者劉鶚，也是淮安人

　　這些地方都在江淮，都是淮揚文化區！如此多的著名小說產生在明清的江淮，難道是巧合嗎？顯然不是，這種文學地理學上的江淮名著群現象由特定的歷史條件綜合作用形成。

　　首先是明清時期的江淮極為富庶，南京、揚州、淮安都是當時中國最大的城市，海州、泰州雖然是第二等的城市，但是與淮安、揚州緊密相連。按照明清的政府規定，海州的鹽運到淮安，銷往內陸，李汝珍所住的板浦鎮就是

鹽場。而且板浦鎮原來是灌雲縣城，是原來的灌雲縣第一大鎮。泰州所產的鹽運到揚州，銷往內陸。南京和揚州很近，所謂：「京口瓜洲一水間，鍾山只隔數重山。」吳敬梓的老家全椒縣緊鄰南京和揚州，《儒林外史》的主要情節在南京和揚州。這些城市構成了一個緊密聯繫的江淮城市群，構成了孕育江淮小說名著群的沃土。這些通都大邑，信息豐富，文化多元，圖書繁多，自然最利於產生文學名著。

南京是明代的留都，揚州在運河和長江交匯點，淮安在運河和淮河、黃河的交匯點，明清淮安的地位不亞於揚州。因為明清北京要依靠江南的漕糧，漕運最險的一段就是淮安，漕運要過黃河，黃河多災，使得淮河產生水災。淮安關乎北京的衣食之源，自然在全國有舉足輕重的地位。

淮安鎮淮樓

明清的漕運總督、河道總督一度都在淮安，淮安還有清江浦造船廠。明代首輔葉向高說羅鍾石任清江浦船廠的督造，兼管榷稅，有人建議他盡拘商船，以遏制漏稅，羅鍾石說：

> 清江十萬戶，非搬壩為生，則鳥獸散盡矣。〔註1〕

─────────────

〔註1〕〔明〕葉向高《蒼霞草》卷十七《明故孝廉工部虞衡司主事羅鍾石暨配劉孺人合葬墓誌銘》，《四庫禁燬書叢刊》集部第124冊，頁462。

明代的清江浦光是搬運船隻貨物的人就有十萬戶，加上沿河的商人和旅客，則有數十萬人。由此可見想見明代清江浦的繁榮，這還不是淮安府城！

明代浙江台州人王士性《廣志繹》卷一說：

> 天下馬頭，物所出所聚處。蘇、杭之幣，淮陰之糧，維揚之鹽，臨清、濟寧之貨，徐州之車騾，京師城隍、燈市之骨董，無錫之米，建陽之書，浮梁之瓷，寧臺之鯗，香山之番舶，廣陵之姬，溫州之漆器。

王士性列舉明代最大的市場，蘇杭之下就是淮安、揚州，其次是同在運河上的臨清、濟寧、徐州、北京、無錫，再次是建陽、景德鎮等地。

所以到了清末，有人建議沿運河修建通往北京的鐵路，還有人因為淮安人口太多而反對，怕外來的勢力引發地方動亂。這種擔憂不無道理，因為運河上的水手很多加入青幫，青幫之名就和水運有關，原來寫作清幫。如果水手被外來勢力利用，又通曉航運，很容易激起民變，再向各地傳播。清末運河漕運廢除，新的大動脈津浦鐵路經過安徽，才導致淮安逐漸衰落。

清代大運河的地位仍然使得沿線城市的地位很高，比如乾隆建造七座藏書樓存放《四庫全書》，南方僅有三個：揚州大觀堂的文匯閣、鎮江金山寺的文宗閣、杭州西湖聖因寺的文瀾閣。江南核心之地蘇州、松江、嘉興竟然不在其中，揚州、鎮江因為扼守運河和長江的交匯點才能入選。

如果光看到富庶的一面，還不是江淮名著群產生的全部原因，因為明清的江南也很富庶。江南的才子佳人更多，至少從進士的數量來看，蘇州、松江、嘉興等地肯定遠遠超過淮安、揚州、南京。

但是我認為，正是因為明清的江南人熱衷科舉，才使得江南不能產生《西遊記》、《紅樓夢》、《儒林外史》、《鏡花緣》。試想每天琢磨八股文的人，能寫出這些書嗎？他們既缺乏寫小說的時間，更缺乏那種閒情逸致。他們的思想被理學束縛，不可能寫出這些小說。這些小說不是歌頌皇恩浩蕩，而都是在批判社會現實，特別是《儒林外史》更是直接批判科舉制度，肯定不是江南的進士們想寫的書！

所以明清的江南和江北形成了鮮明反差，江南人時常金榜題名，江北人在批判他們。江北人在批判他們不是因為自己沒考上，吳承恩等人的作品表明他們超越了這個境界。江北人的科舉也不差，吳承恩的三位好友都金榜題名：沈坤、李春芳都是狀元，朱曰藩是進士。江淮人的超越，根本在於江淮本

身有上古流傳下來的道家傳統，老子、莊子都是淮北人，在孫悟空、賈寶玉、杜少卿、唐敖的身上，我們都能看到老莊的身影。

因為江北雖然比全國其他地方繁榮，但是畢竟不如江南繁榮，人口較江南稀少，還有不少古風。所以有不少文人把他們聽到的古代故事加工融入在文學作品中，《西遊記》、《鏡花緣》都受到這種影響。

孫悟空、賈寶玉等人身上倔強的反抗精神，是江淮人的特性，不是江南人的性格。這種性格源自江淮的作者，從這一點來看，這些小說就不可能是江南人能寫出的作品。

除了文學，我們還要看更廣的文化。明清時期的江淮除了吳承恩、吳敬梓、曹雪芹、李汝珍等小說家，還有揚州八怪、南京的袁枚等非主流文藝家。揚州八怪的怪誕風格恰與江南的四王正統風格形成鮮明對照，猶如吳承恩等人的小說和江南進士的八股文形成鮮明對照。

在現在流傳的百回本長篇小說《西遊記》中有六百多條淮安方言，至今無人能夠反駁。有人試圖用十幾條外地方言來反駁這六百多條淮安方言，自然不能成立。其實這種做法雖然看似科學，我也曾認真考證書中的淮安方言。但是從本文所說的文學地理學的角度來看，這種方言考證法也可以說是好笑。因為原本不需要通過方言考證，從人性的角度就可以斷定作者是江北人不是江南人。

我們還可以比較明代江南人的小說，蘇州人馮夢龍和湖州人凌濛初的三言二拍非常著名，但是三言二拍多是宋元話本小說和明代人擬話本的彙編，馮夢龍不過是整理者，不能說是創作。而且是短篇小說集，不是長篇小說。

長篇小說《金瓶梅》的作者是山東人，已經得到學術界的公認，因為書中的山東話實在太多。也有學者提出《金瓶梅》的作者是江南人，可是拿不出多少吳語的證據。其實我們反過來想，《金瓶梅》這種書怎麼可能是江南一本正經的讀書人所能寫出？《金瓶梅》的作者是山東人，明清的山東也是運河所經之地，運河沿線的濟寧、臨清、聊城等地都是繁華的都市，所以孕育《金瓶梅》的地理原因很類似江淮。

從正統文化地位來看，山東的進士比江淮更少，所以我們就不難理解《金瓶梅》和《西遊記》、《紅樓夢》、《儒林外史》、《鏡花緣》的差異了。正是因為山東的正統文化更弱，所以才有《金瓶梅》。我們可以把山東、江淮、江南分為三個地域層次，這三個地域產生了三種文學，江南產生的文學是正統性最

強的文學，山東的文學正統性最弱。兩個地域極端產生了兩種文學極端，江南的著名小說很少，山東的小說雖然著名，但是在正統人士看來太過淫穢。介於二者之間的江淮，產生了最多的著名小說，既不是一本正經，也不是太過露骨。江淮的著名小說，能夠批判社會現實，又能為人所接受。究其原因，是因為江淮的正統學術介於二者之間，所以這些小說的作者在批判，但是不逾矩。有山東人認為《西遊記》花果山的原型是山東的泰山，其論據除了傲來國和泰山傲來峰相合之外，很少有鐵證，所以我認為不能成立。

所以從自然地理的角度來看，江淮在明清時代飽受黃河水災之苦，實在可憐！從人文地理的角度來看，江淮的文化不南不北，似乎不夠鮮明，但也能兼容並包，算作喜憂參半。而從文學地理的角度來看，江淮的地位最為崇高，因為在如此狹小的地域中產生了這些影響世界的名著，在全世界罕見。

從文學地理的角度來看，《西遊記》的作者只能是吳承恩。他的時代在吳敬梓、曹雪芹、李汝珍之前，因為明代的漕糧從元代的海運改為漕運，使得淮安地位突然提升，這是海州、全椒等小城市無法比擬，也是揚州、南京這種大城市未曾經歷的過程。

在吳承恩之前，西遊故事和西遊文學已經流傳了數百年，出現了多種文學作品。但是唯獨吳承恩昇華了西遊文學，這是天時、地利、人和的綜合作用結果。我們這樣說，不是陷入了地理決定論，而正是客觀的歷史分析。一個人再偉大，也不可能脫離他的時代、環境等客觀條件。我們說吳承恩得益於江淮的大環境，並不否定吳承恩仍然是偉人。吳承恩沒有在時代的大潮中隨波逐流、同流合污，他時時在反思，在觀化。他嘔心瀝血，把《西遊記》改寫為千古名著、世界名著，功勳卓著，名垂青史。

看了我的這本書，我們就不難理解《西遊記》為何風靡世界了。因為玄奘《大唐西域記》原本是中國和域外文明融合的產物，唐宋時期西北宣講佛教故事的人又把《大唐西域記》中國化、通俗化，在山西形成了最早的西遊文學，這是西遊文學的第一階段。

南宋時期，西遊文學來到了杭州，北方文化和南方文化深入融合，在終日喧囂的瓦子勾欄中，由說書藝人們集體創作出了《西遊記》小說的祖本，這是西遊文學的第二階段。南宋杭州中瓦子張家刻印的《大唐三藏取經詩話》，是南遷的西遊文學正要從第一階段向第二階段過渡的代表。元代，中外文化、南北文化再次大匯聚，《西遊記》小說也在持續發展，出現了很多雜劇、平話，

這是西遊文學發展的茂盛枝葉。

明代《西遊記》又被淮安人吳承恩改寫為現在我們看到的一百回長篇小說，淮安本來就在中國南北交界處，也在海陸交界處。吳承恩把孫悟空的老家從華南的山上移到了東洋的海上，影射嘉靖倭寇風潮。又增加了道士的醜惡描寫，批判嘉靖帝迷信道術。吳承恩增加了全書的社會意味，同時增加了詼諧筆法，平衡了批判和戲謔，使全書得到了昇華。

所以《西遊記》不僅融合了中外多種文化，也融合了中國各地文化。《西遊記》中不僅記載了非洲的植物，還記載了歐洲的火山和火槍。《西遊記》的偉大之處就在於不僅有南亞文化，還融合了中國各地的多種文化，更有非洲、歐洲的文化因素。因為《西遊記》融合了三大洲諸多地域的文明精華，才成為全世界最受歡迎的一部小說。

我們可以透過《西遊記》的仙山雲海，看到隋唐之際西北的強盛，看到宋金之際山西的繁榮，看見宋元之際杭州的熱鬧，看到明清之際江淮的興旺。

因為《西遊記》這本書本身，就在一千年間，跋山涉水，向各地文化取經求法，所以最終修成正果，成為家喻戶曉的名著。

吳承恩雖然一生鬱鬱不得志，晚年才做到小官，但是從他在《西遊記》中所寫的鳳仙郡、玉華國、金平府故事情節來看，吳承恩無疑有秉公守法、勤政愛民的思想。鳳仙郡的故事是諷刺上司不顧民生，不分黑白，遭受天譴。玉華國的故事是寫教育王子，保境安民，金平府故事是寫減輕百姓負擔。所以這三個故事的本事考證，不僅有助於我們考證《西遊記》的作者和寫作過程，確定作者肯定是吳承恩，還能幫助我們瞭解吳承恩的思想，可謂非常寶貴。可惜一個王朝到了晚期，愛國愛民的有識之士往往生不逢時。吳承恩雖然懷才不遇，但是他的才華沒有浪費，他書寫了人類歷史上的一部名著。

吳承恩因為激烈批判嘉靖帝，所以他的書在生前不可能流行。吳承恩甚至從來不把書稿輕易示人，僅有他的少數朋友知情。雖然《西遊記》最早是在吳承恩曾經生活過的南京刊刻，離吳承恩的家鄉也不遠，但是這個刻本沒有署吳承恩的名字。或許不是因為書稿的提供者不知道作者是吳承恩，而是因為吳承恩的朋友早已看出這本書是批判嘉靖帝，所以不敢署名。最早的百回本南京世德堂本，僅署華陽洞天主人校。蘇興考證出華陽洞天主人是吳承恩的好友李春芳。吳承恩做長興縣丞、荊王府紀善都是李春芳在朝廷運作。李春芳是吳承恩好友，有可能在吳承恩死後為好友修訂最重要作品。李春芳

卒年可以明確是萬曆十二年（1584年）雖然李春芳比吳承恩僅多活了幾年，但是吳承恩可能在晚年託付書稿給李春芳，所以李春芳或其門人有能力修訂，或安排出版。也有可能是吳承恩的親友假託李春芳之名，明代的書商也經常假託名人獲利。

　　吳承恩的三位好友，沈坤和李春芳兩個人中了狀元，朱曰藩是進士，李春芳還做到內閣首輔，可是他們現在的名氣遠遠不及一生不得志的吳承恩。吳承恩同時代頌揚皇帝的很多著作，今天早已不為人知，或者早已消失在歷史的長河中。吳承恩藏之密室的名著，現在卻得到全世界人的歡迎。人各有志，吳承恩選擇他的人生道路時，一定有充分的信心，知道他改寫《西遊記》的歷史不會被埋沒，他的光輝形象將永垂青史。

後　記

　　我寫這本書源自一場飯局，幾年前我和江蘇省濱海縣的幾位同鄉在廈門喝酒，當晚失眠，不知為何想到研究《西遊記》中的家鄉方言。我的家鄉濱海縣明代屬淮安府山陽縣，我和吳承恩是同鄉，所以我看《西遊記》中的數百條淮安方言詞非常親切。那天半夜，最初不過是想寫一篇《西遊記》的方言小文章，不料一發不可收拾，後來開始關注《西遊記》的成書過程。因為我先前受到本科南京大學歷史系的學風影響，一直關注中外關係史，很早就買了玄奘《大唐西域記》，不過一直未曾認真閱讀。為了研究《西遊記》，逼自己去認真讀《大唐西域記》。不料不僅解決了《西遊記》故事的由來，還有更重要的發現，因為我多年來也研究《山海經》，所以我竟然又發現《山海經》的西南方很多地方是在今天的南亞。還有很多其他發現，我的這些發現環環相扣，原先自己也沒有想到。

　　因為我也研究海上絲綢之路，所以我又發現《西遊記》有一段來自南宋趙汝适的《諸蕃志》。因為我此前出版的專著《中國南洋古代交通史》，曾經發現古代阿拉伯學者記載東非海上的 Wakwak 果是塞舌爾的海椰子果，所以我才能在這本書中又發現人參果就是海椰子果。

　　因為我此前也研究澳門史和明代中外關係史，去過多次澳門，所以我又悟出吳承恩用孫悟空在海上起兵來影射王直，用菩提祖師影響葡萄牙人，用金箍棒影射歐洲的火槍。

　　所以我這本書是我在此前很多研究的基礎上才能寫出，在我之前的很多學者因為研究的面不夠廣，所以不能有這些發現。很多人批評我這種學者駁雜不精，他們時常會打一個比方，說挖十口淺井不如挖一口深井。但是我對

這個比方，很不以為然。我覺得打井的比方太過狹隘，如果放眼世界，最廣的是海，最深的也是海，我們應該有大海的眼光。廣博和精深在海洋上可以是一體，在治學上也可以是一體。如果一個人的學問還不夠深，或許是因為還不夠廣。如果我不是東一榔頭西一棒，就不可能有這些重要發現。

我關注中外關係史的緣起是家鄉在黃淮的入海口，明代的吳承恩已經開始關注當時最新的海外事物，今天我們治學更應該有廣博的視野。《西遊記》成為最受歡迎的文學作品，也是因為廣博。

雖然我不認為《西遊記》的主要內容來自福建，但是我在福建的經歷也對這本書有一定幫助。我在福建多個地方看到大聖廟，在泉州看到印度教的石刻，在廈門的山上看到很多有裂縫的石球，這些都和孫悟空有關。2017 年我在廣西北海的收藏家朋友李繼全的民間博物館，恰好遇到來自河北的收藏家，他展示的金代拓片恰好就有唐僧取經圖，而且其中還有金代還很罕見的豬八戒，這也是我的一個奇遇。

南京是我非常熟悉的城市，我也去過兩次湖州、四次淮安，熟悉吳承恩生活過的地方。我去過三次新疆、三次甘肅、三次陝西，考察過從西安到帕米爾高原的重要城市，所以我對書中涉及的很多地方都有一定程度的瞭解。雖然我認為考察不解決所有問題，但是考察也很重要。我在廣東省博物館親自拍攝了唐僧取經圖的瓷枕，我在杭州飛來峰親自拍攝了唐僧取經石刻，在深圳南山區博物館和吉隆坡的馬來西亞國立歷史博物館拍攝了葡萄牙火槍。可見《西遊記》涉及的國內地方，西北到內陸沙漠高原，東南到福建廣東沿海，非常廣闊。涉及的外國地方還有很多，我未能考察，或許未來能夠彌補。

2018 年 5 月 12 日，我在中國社會科學院歷史學部、中國社會科學院歷史研究所、南京大學主辦「2018‧形象史學與絲路文化國際學術研討會」，發表《西遊文學最早在山西產生》。2018 年 8 月 17 日，我在中國玄奘研究中心、英屬哥倫比亞大學佛學論壇與西安歸元寺在陝西主辦的「首屆玄奘與絲路文化國際研討會」，發表《〈西遊記〉故事源自玄奘〈大唐西域記〉》。我的《鳳仙郡和金平府故事證明吳承恩寫〈西遊記〉》，發表在《南京鍾山文化研究》2019年第 5 期。我的《塞舌爾的人參果和葡萄牙的金箍棒》，發表在上海師範大學的《海洋文明研究》2020 年第 5 輯。

2022 年 2 月 14 日，上海澎湃新聞的私家歷史欄目刊發了楊斌的《美人魚與人參果》一文，認為人參果來自 Wakwak 果，就是我先前已經發表的觀

點，不知是否抄襲我的文章。我寫信給澎湃新聞，竟然得不到回信。後來有人在我不知道的情況下，主動為我去質問澎湃新聞，澎湃新聞回復說是楊斌獨立發現。即使沒抄，難道不應該回復我嗎？幸好我早已寫好的文章有機會先發表，否則不是變成我抄襲別人？不過楊斌的觀點非常單薄，既沒有發現 Wakwak 果是海椰子，更沒有發現 Wakwak 是元代地圖上的哇阿哇。

2008 年我還是一個在讀的碩士研究生，僅參加過一次正式的學術會議，淮安的朋友們邀請我去淮安參加學術研討會。我這本書恰好為淮安的吳承恩正名，也算是我對淮安的一個回報。彼善有善報，我承恩報恩。

我在南京大學讀本科時，從家鄉去南京，來往必經淮安。南京大學的本科經歷對我這本書也很重要，南京大學的很多學者重視貫通文史，我曾聽過卜孝萱先生用他的揚州口音講過文史互證，我們歷史系的學生和哲學系的學生在本科時一起上過中文系程章燦老師一年的文學必修課。南京大學歷史系以中外關係史見長，所以我寫這本書的緣起雖然是我的家鄉話，但最終完成其實是南京大學的學風澆灌的結果。不過南京大學的學者們大多也來自江淮大地，所以最終還是感謝這片哺育我們的大地吧，是奔流不息的江河湖海滋養了我們的精神。

我的家鄉用《西遊記》給了全世界一顆童心，這非常可貴。我希望我的家鄉永遠有好的環境，如果沒有好的環境，一切都沒有了。《西遊記》是吳承恩的童心之作，我的這本小書也是我的童心之作。我希望這本小書未來不再是我的痛心之作，孩子們的未來就是全人類的未來。

感謝我的家人給我極大的幫助，讓我有機會寫出這本小書。感謝前人的研究，尤其是季羨林、蘇興、蔡鐵鷹等先生的研究，使我的研究能有非常好的基礎。感謝所有幫助我考察和發表文章的朋友們，再次衷心感謝出版社，使我的發現能夠與大家分享。

2020 年 9 月 21 日在東坎老家
2022 年 3 月 18 日修訂